KB269121

코끼리가
떴다

김이은 소설

코끼리가 떴다

민음사

차례

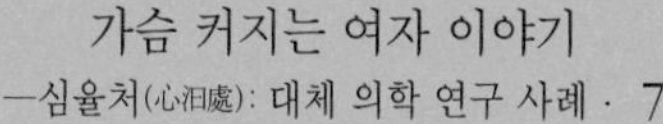

가슴 커지는 여자 이야기

― 심울처(心汩處): 대체 의학 연구 사례

눈

그곳은 눈으로 볼 수 있는 모든 것들이 낯설었다. 은밀하고 신비롭게 느껴지는 묘한 분위기가 방 안 구석구석을 가득 채우고 있었다.

겉으로 보기에는 그저 평범한 상가 건물이었다. 아파트가 밀집한 주택가 한복판에 미용실과 세탁소, 화학조미료를 쓰지 않는다는 간판을 크게 내건 반찬 전문점, 소아과와 내과 병원, 그리고 약국 등속이 들어 있는, 뭐 그냥 흔하디흔한 상가 말이다. S는 그때까지도 반신반의하는 마음으로 상가 1층 로비를 두리번거리다가 드디어 지하로 내려가는 첫 계단에 발을 내려놓았다. 거기까지 따라온 봄 햇살을 등에 가득 짊어진 S는 햇살마저 힘에 겨운 듯한 무거운 걸음으로 계단을 천천히 밟아 내려갔다.

지하 1층으로 내려서자 심율처(心聿處)라고 적힌 손바닥만 한 간판이 먼저 눈에 띄었다. 심율처……. 마음이 물 흐르듯 막힌 데 없이 순리와 이치에 맞도록 해 준다는 뜻? 아니면 맑게 흐르는 물로 마음을 씻어 낸 듯 편안해진다는 뜻인가? 아무려나. 그 간판이란 것도 자줏빛 비단 위에 금사로 수놓은 것을 액자에 표구해 걸어 놓은 것이어서 언뜻 보면 무슨 자수 공예를 배울 수 있는 곳으로 착각하기 십상이었다.

방음장치까지 덧댄 육중한 문을 밀치자 조도가 낮은 조명과, 푸른빛이 도는 옥이 주렁주렁 매달린 주렴이 시야를 막아섰다. S의 가슴께까지 길게 늘어진 주렴에서는 맑고 청아한 구슬 소리가 끊이지 않았다. 마치 바깥세상과 전혀 다른 차원의 비밀 세계에 들어선 기분이었다. S가 주렴을 걷고 앞으로 발을 내밀고 나서도 어둠에 눈을 익히려고 한참 동안 그 자리에 박힌 듯 서 있자, 안쪽에서 여자의 음성이 흘러나왔다.

"안쪽으로 들어오세요. 저는 빈입니다……."

말 그대로 여자, 아니 빈의 목소리는 바닥에 낮게 깔려 흐르는 듯, 발뒤꿈치부터 서서히 휘감아 올라와 S의 온몸을 감싸는 느낌이었다. 바닥에는 어두워서 색깔이 잘 구별되지 않는 푹신한 카펫이 깔려 있고 실내 전체에 뭔지 모를 향긋한 냄새가 가득 차 있었다. 향기는 콧구멍으로 맡아진다기보다는 온몸의 피부 세포를 통해 바로 흡수되는 것 같았다.

뚱뚱하고 못생겼으리라는 우려와 달리 빈은 젊고, 날씬하고, 아

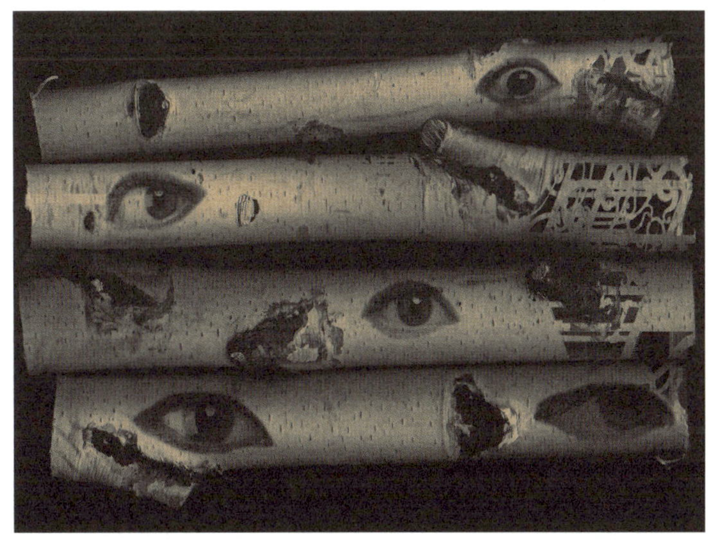

름다웠다. 길게 늘어진 검은 머리칼은 부드러운 컬이 물결치는 데다 갸름한 얼굴선은 섬세하고 우아했다.

"이쪽으로……. 여기 의자에 편안하게 앉으세요."

빈의 목소리에 이끌려 S는 빈 앞에 놓인 의자에 몸을 부렸다. 고풍스러운 흑단나무 재질의 의자 팔걸이에는 수없이 많은 나비 문양이 조각돼 있었다. S는 비단으로 덮인 의자 등받이에 몸을 깊숙이 기댔다. 편안했다. 앉은 자세로 빈을 올려다보니, 빈이 걸치고 있는 긴 가운은 속살이 비칠 듯 말 듯 아슬아슬했다. 빈의 몸놀림을 따라 비단 재질의 가운에서 연신 사락, 사라락 소리가 흘러나와 S의 귓등을 간지럽혔다. 작은 탁자 위에는 여러 개의 초가 타오르며 조용히 불꽃이 흔들리고 있으며, 사방 벽에는 두꺼운 커튼이 둘러쳐져 있었다.

"시작하기 전에 알아 두셔야 할 것들을 얘기해 드릴게요. 가장 중요한 건 보지 않아야 한다는 거예요. 시각이 사라지고 난 자리에 남는 감각을 이용하는 거죠. 촉각, 소리, 냄새, 그리고 가끔 특별한 경우에는 맛을 보는 것도 허용돼요. 하지만 봐서는 안 돼요. 보지 않고 믿는 게 중요하니까요. 눈으로 보게 되면 다른 감각들은 다 없어져 버리고 보이는 게 전부라고 믿게 되거든요. 뭔가 얘기하는 건 상관없어요."

그러더니 빈은 검은 띠를 가져와 S의 눈에 둘렀다.

"자, 이제 눈을 가릴게요."

빈의 말처럼 시각이 사라졌다. 아니, 검디검은 시야가 단번에 펼쳐졌다.

손

감은 눈꺼풀 안쪽에 촛불의 잔상이 남아 계속 흔들렸다. 제 기능을 잃은 시각 대신 예민해진 후각이 맹렬하게 작동하기 시작해 실내에 가득 들어찬 향기로운 냄새를 콧구멍으로 한껏 빨아들였다. 무슨 냄새인지 궁금해졌다.

"탁자 위에 놓인 아로마 향초에서 나는 냄새예요. 라벤더와 일랑일랑을 적당히 블렌딩한 거죠. 심신을 진정시키고 고통과 두려움을 잊게 해 줘요."

라벤더는 '씻다'를 의미하는 라틴어에서 유래됐다. S는 상처 입은 마음을 씻고 고통을 잊기 위해 냄새에 집중했다. 열린 귓속으로 빈의 낮은 음성과 함께 가운이 벗겨지는 소리가 뒤섞여 들어와 청각을 자극했다. 뭔가 말을 하고 싶은데 동시에 아무 말도 하고 싶지 않았다. 후각과 청각뿐 아니라 시각을 제외한 몸의 모든 감각기관들이 활짝 열렸다. 아니, '화들짝'이라는 말이 더 맞겠다. 빈이 S의 손을 끌어다 자신의 가슴에 갖다댄 순간 말이다.

"이건 단지 핏덩이를 젖 먹여 키우는 생물학적 생명 유지 기관으로서의 유방(乳房)에 그치는 것도 아니고, 너무나 서투르고 무지한 남자들이 맘대로 주무르면서 마치 여자를 정복이라도 한 양 한껏 물고 빨고 하면서 도취감에 빠져 갖고 노는 완방(玩房)도 아니에요."

S는 숨을 한 번 크게 들이마셨다. 온몸이 오그라들고, 이마에선 식은땀이 흘렀다. 손끝의 떨림이 점점 강해져 S는 두려움에 몸을 떨었다. 빈의 가슴에서 손을 떼어 내서는 어디론가 도망이라도 가고 싶은 심정이었다.

"두려워하지 마세요. 당신은 지금 치료를 받는 중이고, 어떤 고통도 없을 거예요."

빈은 부드럽게 말하면서 비단 손수건으로 S의 이마에 흐르는 땀을 닦아 주었다. S는 조심스럽게 손에 힘을 약간 주었다. 매끄러운 피부의 느낌이 고스란히 손바닥에 휘감겼다. 그러다 손가락에 힘을 좀 더 실어 두 개의 가슴을 살짝 잡아 쥐었다. 손안으로 빨려 들어온 가슴이 순간, 움찔하는 게 느껴졌다. 손가락 끝의 세포가 다 살아났다. 여윈 듯 보이는 몸피와 달리 가슴은 풍만했다. 발이 바닥에서 떨어져 허공에 뜨는 것 같고 겨드랑이가 간지러웠다. 닫힌 시각

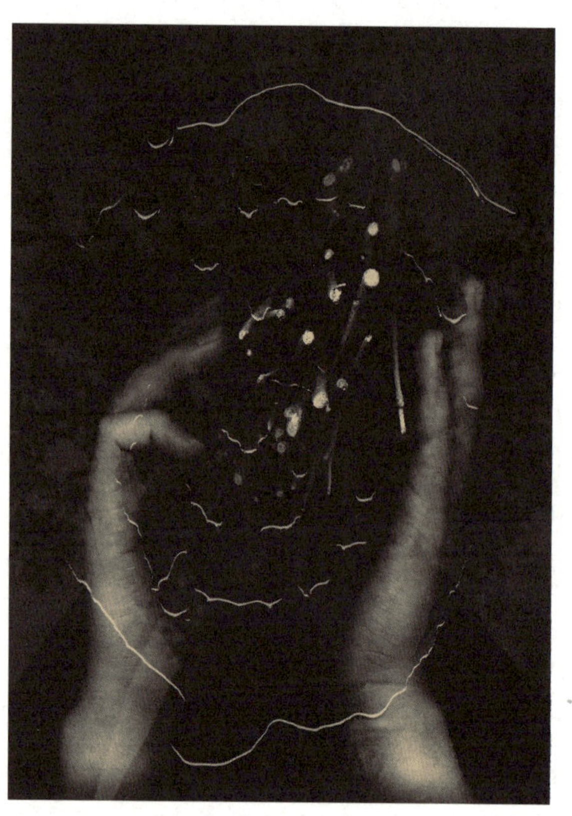

으로 자신의 안쪽 깊은 곳을 들여다보니, 가슴속에서 굳게 둘러쳤던 가시 철망을 뚫고 벚꽃 잎들이 조심스레 불거지기 시작했다. 벚꽃뿐이 아니었다. 영산홍과 목련을 비롯해 향기로운 라일락까지 한꺼번에 만개해 가슴속은 한껏 부풀어 올랐다. 지금까지 이토록 풍요로운 적은 없는 것만 같았다. 봄꽃 향기 가득한 빈의 목소리가 가슴에 가 닿은 S의 손길을 타고 온몸을 어루만졌다.

"이건 당신이 알고 있고 경험한 것들보다 훨씬 더 놀라운 능력을 갖고 있죠. 당신이 과거에 겪었던 모든 상처들, 그리고 아직까지 잊지 못하고 온몸에 각인돼 있는 고통들을 치유해 줄 거예요."

S는 다시 손에 모든 감각을 그러모았다. 빈의 가슴을 만지작거리다가 이내 자신 쪽으로 끌어당겼다. 빈이 작게 아, 하는 신음 소리를 냈다. 희열의 소리인지 고통스러운 비명인지 알 수 없었다. 그 소리에 저절로 손아귀 힘이 더 세졌다. 거칠게 잡아 쥔 손바닥 안에서 빈의 가슴이 터질 듯 팽팽해지고 젖꼭지가 바짝 곤두서서 튕겨 나올 지경이었다. 아까부터 뭔가 말을 하고 싶었는데 도무지 말이 되어 나오질 않았다. S는 입속으로 말이 되지 않는 언어를 우물거렸다.

마음

"당신은 별로 말이 없는 환자로군요. 원한다면 가슴속에 쌓인 것들을 모두 토해 내세요."

손가락으로 빈의 젖꼭지를 비틀고 있는데 빈은 아픔을 모두 다 받아들이는 듯한 목소리로 S를 다독인다. 그 말에 지난 30년간 겪었던 모든 고통들이 가슴속에서 서로 고개를 디밀며 아우성친다. 눈가리개를 잡아 뜯어내고 빈을 향해 마음껏 소리치고 싶은 심정이 된다. 속에서 뻗어 나간 고통의 줄기는 손으로 이어져 S는 빈의 가슴을 거칠게 쥐어뜯는다.

실은, 오랫동안 자신의 가슴속에 둘러쳤던 가시 철망을 쥐어뜯고 있다. 그 안에 켜켜이 쌓여 있던 것들이 철망 사이를 비집고 한꺼번에 뒤섞인다. 초등학교 입학식을 마치고 돌아온 날, S는 열 살이 많은 옆집 누나의 엉덩이에 고추를 비비면서 누나가 손에 들고 있는 회초리를 두려운 눈으로 바라봐야 했고, 훈련소 생활을 마치고 부대 배치 받던 날 밤에는 선임병의 엉덩이 사이에 고개를 들이밀어야 했다. 그 이후부턴가……. S의 성기는 일어설 줄 몰랐다. 학교를 졸업하고 처음 사귄 애인에게 발기불능을 이유로 차였고, 늘 누군가의 눈치를 보는 듯한 인상이 자신감 없어 보인다는 이유로 번번이 입사 시험의 면접에서 떨어졌다. 그리고 이젠 햇빛조차 두려워 대낮엔 바깥출입도 하지 못한다. 야간 대리운전 수입으로만 살아가야 하기 때문에 최소한의 생필품만 구입하고, 어떤 즐거움도 누리지 못한다. 심율처에 대한 얘기를 듣고 찾아와 3개월 동안 대리운전으로 번 돈을 치료비로 지불했다.

"손의 감각에 집중하세요. 그리고 무엇을 발견하고 무엇을 알게 되는지 자신을 찬찬히 들여다보세요."

빈은 S의 손을 부드럽게 잡아 준다. 이어 가슴을 쓸어내리다가

옴폭하게 들어간 손바닥 중앙 부분이 젖꼭지를 감싸 안도록 도와
준다.

"대개 환자들은 너무 서툴고 무지해서 내가 직접 도움을 줘야 할
때가 많아요. 자, 이렇게 해 보세요. 자신의 깊은 곳에 억눌려 있던
기쁨과 환희가 터져 나오도록 섬세하게 느끼는 거예요."

섬세하게…… 느껴진다. 빈의 턱에서 목덜미로 이어지는 선은 한
없이 매끄럽고, 다시 쇄골에서 가슴, 젖꼭지로 내리닫는 굴곡은 완
만한 경사를 이루고 있어 S의 손이 막힘없이 타고 흐른다. 빈의 호
흡을 따라 조용히 오르내리는 명치에 이르러 S의 손바닥은 습기를
머금은 듯 축축해진다. 라벤더와 일랑일랑이 잘 섞인 향기는 빈의
가슴에서도 풍겨 나와 S의 후각을 유쾌하게 마비시킨다. 게다가 빈
이 간혹 내뱉는 신비롭고 낮은 신음은 또 어떤가. S를 향한 빈의 마
음이 느껴져 S는 마치 깊디깊은 원시 수풀림 속에 들어간 듯 몸의
모든 감각이 청쾌하고 무한대로 넓어진다. 빈의 간절한 치유는 계
속된다. 부드럽고, 넘치고, 향기로운 빈의 가슴은 S의 손바닥 안에
서 물결친다. 거기에 S, 자신이 있…… 다.

하지만 여전히 고통과 상처가 S의 마음속에서 맹렬하게 끓어넘
친다. S는 환희와 고통의 세계를 넘나들며 이내 혼란스러워진다. 빈
의 소리와 냄새가 꿈인 듯 미래인 듯 아득해지고, 차가운 과거와
혹독한 현실이 그 자리를 차지하려 든다. 마음이…… 흐르다 막힌
다. 심율…….

그러다 갑자기 S의 손이 아래로 뻗어 가 빈의 음부를 거칠게 움
켜쥔다. 묘한 흥분과 열기가 등줄기를 타고 정수리까지 빠르게 올

라온다. 여긴 지금 S와 빈, 둘만 존재한다. 거세게 빈을 자신의 몸 쪽으로 끌어당긴다.

"쉽지 않군요. 하긴, 천지 사방에 온통 상처 입은 사람들투성이죠. 이젠 치유하고 모든 걸 원래대로 돌려놓아야 할 때예요. 당신에겐 좀 더 심층적인 치료가 필요하겠군요."

빈은 낮게 한숨을 내뱉더니 S의 팔을 가져다 자신의 허리에 두른다. 어느새 빈의 향기가 코끝 바로 앞까지 다가든다…… 싶더니 허리를 들어올린 자세로 빈이 자신의 젖꼭지를 S에게 물려 준다. 입 안 가득 강렬한 향기와 촉감이 채워진다. 아! 아! S는 말이 되어 나오지 않던 무수한 언어들을 순식간에 일갈한다. 외마디 신음과 함께 S의 안에 멈춰 있던 모든 것들이 뚫리고, 그 모든 것들은 다시, 흐르기 시작한다. S는 먼 길을 돌아 점점 더 작아져 유아기를 지나 태아기를 거치고 피에 말갛게 씻긴 몸으로 다시 태어난다. 우렁찬 울음소리가 S의 첫 세상을 열어젖힌다. S는 그제야 빈을 완전히 신뢰한다. 빈의 가는 몸피와 풍만한 가슴 속에 고여 있던 무한한 치유를 완전히 경험한다. 이제…… 됐다. 서서히…… 서고 있다. S는 아랫도리의 감각을 섬세하게 느낀다.

"이제 된 것 같군요. 오늘은 이만하죠. 일주일 후에 다시 오세요. 치료는 6주 동안 진행될 겁니다."

말을 마치자마자 빈은 S에게서 몸을 떼어 내고는 가운을 걸치고 사락, 사라락, 소리를 내며 방 안쪽에 나 있는 또 다른 문을 향해 걸음을 떼 놓는다. S는 눈가리개를 풀고 의자에서 일어나 빈의 뒷모습을 잠시 응시하고는 걸음을 돌려 출입문으로 향한다. 문밖 세상에는 여전히 봄 햇살이 가득하겠지. 치료가 끝나면 햇살을 정면으로, 가슴 한가득 안고 돌아갈 수 있을까. 아직까지 매끄러운 살갗의 감촉이 남아 있는 손으로 출입문을 밀치려는데 등 뒤에서 빈의 목소리가 따라온다.

"아, 잊은 게 있네요. 심층 치료는 비용을 더 지불하셔야 합니다. 잘 아시죠?"

사례 2: P

경계

봄 햇살은 '봄 햇살'이란 단어에서 느껴지는 것과는 달리 따갑게 빈의 정수리를 달궈 놓았다. 지구 온난화 문제로 계절의 경계가 사라진 지 이미 오래란 사실을 새삼 깨달으면서 빈은 보행 신호가 깜박거리는 횡단보도를 서둘러 건넜다. 횡단보도에서 그리 멀지 않은 곳에서는 무슨 공사를 하는지 경계막이 쳐진 공사장 안에서 소음과 먼지가 넘쳐 흘러나오고 있었다. 횡단보도 저쪽은 서울시 은평구 수색동, 건너고 나니 고양시 덕양구 향동동이었다. 그러니까 횡단보도를 건너며 빈은 시의 경계를 지난 셈이다. 고작 몇 발짝으로 서울을 벗어난 빈은 이미 바싹 말라 버리고 개망초만 무성하게 자라 있는 개천 변을 따라 걸으며 눈으로 건천빌라를 찾았다. 손차양도 별 소용없어 내리꽂히는 볕을 피해 얼른 건물 현관으로 들어섰다. 건천빌라는 말이 빌라일 뿐 건물 외벽의 페인트가 다 떨어져 나간 다세대주택으로, 입구가 열린 쓰레기 봉투들이 주변에 제멋대로 널브러져 있었다. 빈은 쓰레기 봉투 더미를 간신히 피해 기다란 치맛자락을 한 손으로 추스르며 계단을 내려가 101호 초인종을 눌렀다.

"심율처에서 왔습니다. P 씨 되시나요?"

P가 작게 고개를 끄덕이는 동시에 빈은 문을 벌리고 들어가 손바닥만 한 거실에 가방을 부려 놓았다. 이어 어리둥절한 표정으로 입을 벌리고 서서 뭐라 웅얼거리고 있는 P의 손을 잡아끌어 문을 닫고는 걸쇠까지 단단히 여며 잠갔다. 방문 치료는 오랜 망설임 끝에 어렵게 용기를 내서 전화를 거는 경우가 대부분이고 또 그중 반수 이상의 환자는 문 앞에서 빈을 돌려보내는 경우가 허다하다. 때문에 일단 환자와 대면하고 서로 대화를 나눌 수 있는 분위기를 만드는 게 중요하다.

"집 안 공기가 너무 건조하군요."

빈은 얼마나 감지 않은 건지 모르게 기름기가 끼고 푸석거리는 파마머리를 긁적이고 있는 P의 눈을 쳐다보지 않은 채 말을 건넸다. 싱크대엔 닦지 않은 그릇들이 가득 차 있고, 집 안 구석구석엔 먼지가 뭉쳐 굴러다녔다.

"누구신데…… . 이 집엔 누군가 찾을 만한 사람이 아무도 살지 않아요."

P가 내뱉는 말은 높낮이가 느껴지지 않아 소리들이 파삭거리며 떨어져 나갈 것 같은 느낌이었다. 두려움에 가득 찬 P의 목소리는 빈의 귓바퀴에 제대로 와 닿지 못하고 공중에서 떨려 그 끝이 흐려

졌다. 찾을 만한 사람은 아무도 없다니.

"P 씨를 방문한 거예요. 제게 와 달라고 하셨잖아요."

P는 마치 어른들이 없는 집을 혼자 지키고 있던 어린아이가 낯선 사람을 맞닥뜨렸을 때처럼 뒷걸음질 치는 듯한 눈빛이다. 방문 치료를 요청한 사실을 잊었거나, 혹은 무엇도 기억하고 싶지 않거나. 빈은 한 손으로 조심스럽게 P의 양손을 잡았다. 그리고 나머지 손에 들고 있던 비단 손수건으로 버석거리는 P의 얼굴을 쓸어 주었다.

"제가요? 그런 적 없는데……. 이 집에 누가 온 건 처음이에요. 여긴 아무도 없는데……."

아무도 없다는 P의 말은 아마도 사실일 것이다. P 자신조차 이미 오래전에 그 '아무도'에 포함돼 버렸을 테지. 빈은 P의 떨림이 진정되고 손안에 따뜻한 온기가 번질 때까지 아무 말 없는 채로 한참을 그대로 있었다. 점차 P의 홍채가 또렷해졌다. 빈은 부드럽게 P의 손을 놓고 가방에서 라벤더와 일랑일랑 향초를 꺼내 집 안 곳곳에 피워 놓았다. 빈은 이어 가방에서 두려움을 치유하는데 쓰이는 보르딘의 「프린스 이골」이 담긴 시디를 꺼냈다가 도로 집어넣었다. 집 안 어디에서도 시디 플레이어는 고사하고 제대로 된 가구를 찾아볼 수 없었다. 작은 불꽃들은 바싹 마른 공기를 태우며 끊임없이 흔들렸다. 아로마 향기가 퍼지면서 집 안의 악취가 서서히 사라져 겨우 숨을 내쉴 수 있었다. 빈은 쉼 없이 아무도 없다는 말을 중얼거리고 있는 P를 일으켜 세워 침대로 이끌었다. 사락거리는 치맛자락이 P의 발에 밟혀 하마터면 둘 다 고꾸라질 뻔했다. 그 결에 빈과 P는 자연스럽게 서로를 끌어안을 수 있었다. 침대에 P를 눕힌 뒤,

빈은 그 옆에 편안하게 걸터앉았다.

"오랫동안 집 안에만 있었던 모양이군요."

서른다섯? 혹은 마흔쯤? 빈은 주름이 자리 잡기 시작하고, 햇빛을 보지 못해 병색이 짙은 P의 얼굴을 쓰다듬었다.

"무서워서요. 밖에 나가면 세상엔 온통 괴물들뿐이에요. 누군가 나를 덮칠 것만 같고, 사람들은 험상궂은 표정들이에요. 집 앞에 횡단보도가 있는데 거길 건너면 사람들이 더 많아져요. 한번은 횡단보도 건너편에 있는 대형 할인 마트에 갔다가 죽을 뻔한 적도 있어요. 수도 없이 많은 사람들이 한꺼번에 나를 향해 달려들잖겠어요? 괴물들이에요. 눈엔 핏발이 서 있고 이빨을 드러내고는 으르렁거려요. 난…… 싫어요."

P는 빈의 소맷자락을 꽉 붙잡고 공포에 질린 표정으로 힘겹게 말을 이었다. 공포든 뭐든, P에게는 아직 감정이 남아 있다. 뭔가 느낄 수 있다는 말이다. 아주 나쁜 건 아니다. P는 사람들 무리 속에 들어가지 못한다. 빈이 들은 바로는 P가 집 밖 출입을 하지 않은 건 이미 여러 달째다. P는 뭐랄까, 경계 바깥에서 혼자 두려워 떨고 있는 것이다.

빈은 천천히 앞섶을 풀어헤치기 시작했다. 가슴은 아침보다 조금 더 커져 있다. 가슴에서 또렷하게 느껴지는 통증이 일어 몸은 좀 무거웠지만 치료를 못 할 정도는 아니었다. 아까 S라는 남자가 다녀간 뒤 충분히 쉬지 못했기 때문이다.

"괜찮아요. 여긴 아무도 없잖아요. 그리고 원한다면 내 얼굴은 보지 않아도 상관없어요. 자, 손을 이쪽으로 뻗어 보세요."

빈의 가슴에 와 닿는 P의 손길이 다시, 떨리기 시작했다. 하지만 아까와 같은 두려움 때문이 아니라 빈의 치료에 대한 반응이다. 다행이다. P는 빈의 가슴을 조심스럽게 어루만졌다. 하지만 이 정도로 치료가 되지 않을 거라는 걸 빈은 잘 알고 있다. S 같은 이성 환자의 경우는 좀 쉬운 편이다. 다른 성(性)의 경계 안으로 들어간다는 사실만으로도 강한 효과를 기대할 수 있는 데다, 막연한 기대감과 호기심, 욕망을 한꺼번에 자극할 수 있기 때문이다. 하지만 대개 동성 환자는 그리 간단하게 끝나지 않는다. 동성의 몸에 대한 신비감이 상대적으로 떨어지므로 좀 더 적극적인 치료가 필요하다. 따라서 이 경우에는 시각을 지우는 것도 그리 큰 효과를 기대하기 어렵다. 상상에 의해 감각을 깨우기보다는 감각을 직접 자극해 줘야 한다. 빈은 P의 셔츠 단추를 풀기 시작했다.

물

빈과 P는 마주 보고 누운 채로 서로의 가슴을 어루만지기 시작했다. 빈은 가슴의 통증이 점점 더 심해지고 크기도 좀 더 커지고 있다는 걸 깨닫는다. 이 일을 시작하면서부터 빈의 가슴은 조금씩 커지기 시작했다. 그러니까 빈이 막 서른을 넘긴 무렵이었다. 환자들을 치료하고 나면 통증과 함께 가슴에 딱딱한 멍울이 만져졌다. 사춘기 무렵, 처음으로 가슴에 멍울이 단단하게 잡혀 콕콕 쑤시며 아팠던 것과 비슷했다. 반면 몸피는 점점 더 가늘어져 갔다. 그러니까 빈의 몸은 기형적으로 변해 가고 있는 것이다. 피골이 상접할 듯 말라 가는 몸에 가슴은 용량이 점점 더 커져 지금은 가슴을 지탱하느라 허리와 척추에도 무리가 온다. 그동안 빈이 치료한 환자들이 얼마나 될까? 줄잡아 500명 가까이는 될 듯싶다. 그들의 고통을 보고, 듣고, 그들의 상처를 보듬어 주고, 그들의 마음을 다독여 주는 동안 그 상처와 고통의 흔적들이 멍울 져서 빈에게 켜켜이 쌓여 온 건지도 모를 일이다.

"내 손은 지금 당신의 가슴을 쓰다듬다가 허리선을 따라 조금씩 아래로 내려가고 있어요. 느껴지나요?"

P는 첫 경험을 하는 소녀처럼 두려움과 호기심이 섞인 목소리로 작게 그렇다고 대답한다. 방문 치료는 심율처로 찾아온 환자들의 경우보다 빈을 더 긴장하게 만든다. 감각은 쉽게 열리지 않고 반응은 더디다.

"나를 만지거나 내게서 나는 냄새를 맡아도 좋고, 혹은 맛을 보는 것도 괜찮아요. 뭔가 말을 하거나 소리를 내 보세요. 당신의 어느 부분을 만지는 게 좋은지 집중해서 느껴 보세요."

P에게서는 오래된 먼지 냄새가 난다. 빈이 손을 미끄러트려 P의 가랑이 사이로 파고든다. P의 음부는 바싹 말라 있다. P가 꿀꺽 마른침을 삼킨다. 집 안의 공기는 건조하다 못해 빈의 물기마저 금세 빼앗아갈 것만 같다. 뭔가 마실 것을 원하느냐고 P에게 물었다.

"목이 말라요. 하지만 집 안엔 마실 만한 게 아무것도 없어요. 횡단보도 건너편, 그러니까 시의 경계 안쪽에 새로 아주 큰 스파가 들어온대요. 그래서 배수 공사를 하던데, 그게 뭐가 잘못됐는지 모

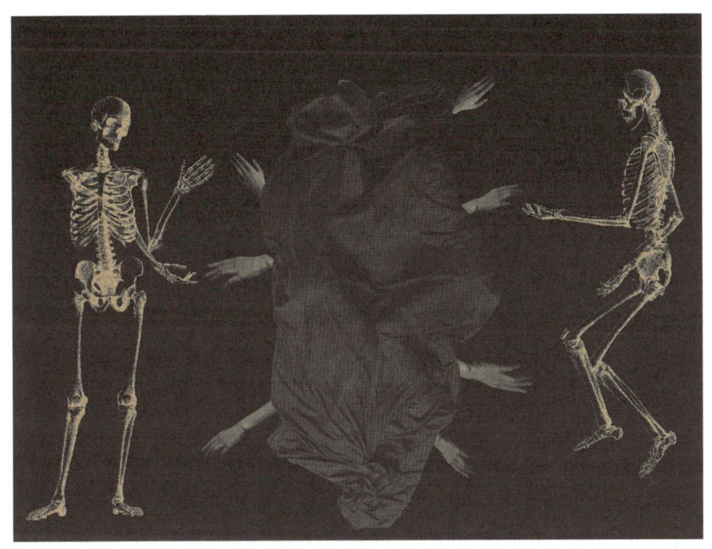

르겠어요. 일주일째 물이 안 나와요. 그나마 받아 놨던 물도 이젠 바닥났어요."

P의 갈증이 고스란히 빈에게 전해진다. P는 일주일이 아니라 너무나 오랫동안 메말라 있었던 것 같다. 듣기로 P는 오랫동안 남편에게 성폭행을 당했다. 외과 수술 전문의인 남편은 환자를 수술하고 돌아온 날이면 P의 속옷을 거칠게 잡아 뜯고는 거실에서, 주방 바닥에서, 화장실 문 앞에서 P를 돌려세워 엎드리게 했다. 그러고는 바싹 마른 P의 음부 안으로 거칠게 밀고 들어갔다. 동시에 P의 귓속으로 "느껴 봐. 고통을 즐겨 보라고. 고통과 희열은 이음동의어거든. 흐흐흐."라는 말들을 흘려 넣었다. 그때마다 P는 남편의 성기가 자신의 몸속을 관통해 온몸의 세포를 오그라뜨리고, 뼈를 부수는 느낌이었다고 했다. 점점 더 남편이 무서워졌고, 남편이 돌아오는

시각이 두려워졌고, 남편이 헤집고 다니는 집 안이 무서워졌다. 보이고 들리는 모든 것들이 두려워졌고, 오로지 두려움만 느낄 수 있을 뿐이었다. P는, 점점 메말라 갔다.

"그렇군요. 이곳의 물을 다 끌어가 버린 거로군요. 이 향을 맡아 보세요. 갈증이 가실 거예요."

빈은 라벤더와 로즈마리를 섞은 향을 P에게 맡게 했다. 달콤한 꽃 향은 P의 두려움을 다스려 줄 것이다.

네 달쯤 전, 술에 취해 들어온 남편은 P를 현관에서 잡아끌어 냄새나는 신발 위에 엎드리게 했다. 타일 바닥에 쓸린 무릎에서 핏방울이 배 나왔다. 자세히 보니 핏방울은 무릎에서만 나는 게 아니었다. 핏줄기는 P의 허벅지를 타고 가늘고 길게 흐르고 있었다. 남편이 일을 치른 뒤 씻지도 않고 그대로 침대에 널브러져 잠든 그날 밤, P는 도망쳤다. 지하에 골프 연습장과 수영장이 딸린 강남 한복판의 주상 복합 아파트를 뛰쳐나와 시의 경계를 넘어 이곳 반지하 셋방으로 숨어들었다. 숨어들었으니, P는 이곳에 없는 게 당연했다. 여기서 P는 자신의 존재를 서서히 지워 가고 있는 중이었다.

"내가 당신을 아주 부드럽게 쓰다듬고 있어요. 내 손가락이 어디로 움직이고 있는지 느껴 보세요. 두려워하지 말고 당신 자신을 느끼는 거예요. 할 수 있죠?"

빈은 가방 안에 들어 있을 새의 깃털과 부드러운 비단 천, 최음 효과가 있는 향료 등을 떠올렸지만, 곧 다른 도구를 사용하지 않고 빈이 직접 도구가 되기로 마음먹었다. 빈은 천천히 P의 허리를 어루만지다가 엉덩이를 살짝 쥐었다 놓았다. 부드러운 놀림으로 손을 앞으로 가져와 손가락을 무성한 털 사이로 집어넣었다. 마치 메마르고 뜨거운 사막의 모래밭 속에 손을 묻는 느낌이었다. 빈의 노력에도 불구하고 P의 몸은 열리지 않은 채 완강하게 빈의 손길을 거부했다.

"뭘 느낀다는 게 무서워요. 고통스럽다구요."

어떻게 할까……. 어떻게 하면 P의 몸과 마음에 물기가 돌아 다시 생명을 호흡하게 할 수 있을까. P는 메마르고 오래 묵은 이 집에 스며들어 버린 것처럼 존재감이 거의 느껴지지 않았다. 목소리는 불안하게 흔들렸다. 잠깐 생각에 잠겼던 빈은 곧 자세를 낮춰 시선을 P의 아랫배에 맞췄다. 그러고는 질 입구에 살짝 입을 맞췄다. P의 허리께가 순간 움찔하는 게 느껴졌다. 반응이다. 좋다. 이어 빈은 입술을 약간 벌리고 따뜻한 숨결을 내뿜는다. 숨결이 가 닿은 곳의 털이 하르르, 떨린다. 빈의 촉촉한 입술이 곧 메마른 P의 입구를 두드린다. 부드럽게, 아주, 천천히……. 빈은 결코 서두르지 않는다. 아주 오랜 시간이 흐른 것 같다. 계속해서 빈은 P의 메마른 문을 두드린다. 그러자, 조금씩 습기가 배 나오기 시작한다. P가 촉촉하게 젖어 들수록 빈은 반대로 자신이 메말라 간다고 느낀다. P의 고통과 두려움이 P에게서 빈에게로 넘어오는 것이다.

드디어, 활짝 열린다. 그리고 깊은 곳에 잠자고 있던 수원(水源)이 터진 듯, 맑고 달큼한 액체가 흐르기 시작한다. P의 입술이 벌어지고 촉촉한 신음이 터져 나온다. 우연인지, P의 신음과 거의 동시에 집 안의 모든 수도꼭지에서 우르릉, 소리가 나더니 물이 쏟아져 흐르기 시작한다.

벼랑

심율처. 마음을 다스린다는 뜻인가……. 퇴근길에 우연히 눈에
띈 간판을 보고 고개를 갸웃하면서 심율처의 육중한 문을 열 때까
지, J는 심율처가 그저 그런 휴게방의 일종일 거라고 생각했다. 이어
차르륵 소리가 나는 주렴을 걷고 들어가 뭔지 모를 편안한 느낌의
음악이 흘러나오는 소릴 들을 때까지만 해도 휴식을 취하면서 차
를 마시는 그런 곳인가 싶었다. 다시 돌아 나갈까 생각하다가 어딘
지 익숙한 느낌이 드는 향내에 J는 저도 모르게 안쪽 깊숙이 발을
들여놓았다. 그리고, 그제야, 실내 안쪽에 벽을 등지고 서 있는 여
자가 눈에 띄었다. 순간, J는 뭐지? 하는 생각이 머리를 훑고 지나
면서 가슴이 콱 막히는 건지 반대로 아련하게 쓸려 내려가는 건지

모를 느낌을 받았다. 여자는 분명 빈이었다.

빈은 소매가 길고 빛깔이 고운 비단 옷을 입고 있었다. 조도 낮은 조명을 받고 서 있어서인지 빈은 오래전에 봤을 때보다 훨씬 편안해 보였다.

"오랜만이군."

간신히 한마디를 건네고 나서도 J는 그 자리에 계속 서 있어야 하는 건지, 좀 더 안쪽으로 들어가 자연스럽게 의자에 앉아야 하는 건지 알 수 없었다. 그리고 왜 빈이 여기에 있는 건지, 이곳은 무엇을 하는 곳인지, 갑작스럽게 들이닥친 자신을 빈이 어떻게 생각하는지…… 한꺼번에 많은 생각들이 밀려와 머릿속이 혼란스러워졌다.

"이쪽으로 들어와 앉으세요."

놀랍다. 빈은 놀라거나 당황한 기색 없이 부드러운 음성으로 J를 안쪽 의자로 안내해 앉게 했다. 빈의 표정은 뭐랄까 연민을 품은 의사가 예의를 갖춰 환자를 맞는 것처럼 따뜻하면서도 낯설다. 그리고 어딘지 피로해 보인다.

"니가…… 아니, 당신이 이곳에 있는 줄 몰랐어. 난 그냥 지나다가……."

"잘 오셨어요. 편안히 앉으시고 우선 차 한잔 드세요."

빈은 과거를 떠올리게 하면서도 동시에 지극히 현실적인 미소를 지으면서 J에게 찻잔을 건넸다. 투명한 크리스털 찻잔에 붉거나 노란, 자잘한 꽃잎들이 가득 피어났다. 향이 편안하고 익숙하게 후각을 자극했다.

"지리산에서 초봄에 반쯤 핀 매화를 채취한 거예요. 매서운 추위를 이겨 낸 봄의 기운이 담겨 있죠. 마시면 머리가 맑아지는데 무엇보다 향과 꽃잎의 아름다움 때문에 후각과 시각을 동시에 자극하는 효과가 있지요.”

알고 있다. 아니, 잊고 있었지만 이미 오래전에 알던 사실이다. 빈이 건네는 매화차를 마실 때마다 살포시 풍기는 그윽하고 달큼한 향내가 꼭 빈의 온몸에서 퍼져 나오는 것 같다고 느꼈었다. 생각해 보니 심율처 문을 열었을 때 맡았던 향내가 바로 이 냄새다. 빈의 몸에서 풍기는 것 같던 달콤하면서도 후각을 강하게 자극하는 향기. 잔뜩 굳어 있던 온몸이 풀어지는 것 같다.

“많이 지친 표정이군요. 예전보다 훨씬 더……..”

지쳤다. 살아 내느라, 살아남느라. 아니다. 지쳤다는 말로는 부족하다. 메마르고 바닥이 드러났다. 오늘도 해고 명단을 뽑아 사무실 책상 위에 던져 놓고 나온 길이다. 나라고 왜 그들이 여기서 나가면 갈 데가 없단 걸 모를까. 하지만 회사의 인력 조정 본부장 자리를 꿰차고 앉아 수익을 내지 못하는 직원들 자르는 게 내 일이다. 1년이 넘도록 돈 한 푼 못 벌면서 꼬박꼬박 월급 받아 가는 놈들을 그대로 둘 수는 없는 노릇이잖은가 말이다. 저들을 안 자르면 결국 내 모가지가 날아간다. 난 이 도시에서 남자답게 싸우고, 경쟁하고, 이기거나 혹은 진다. 그러느라…… 지쳤다.

“요즘 꿈을 자주 꿔…… 요. 같은 꿈을. 나는 깎아지른 듯한 벼랑을 기어오르고 있어요. 사람들이 내 발목을 끌어당기려 들면 나는 그들을 하나씩 떨어트려. 혹은 그들이 저절로 떨어져 나가는 걸 그냥 보고만 있어요. 나는 그저 죽을 힘을 다해 올라가지. 그러다 어느 순간 내 몸을 내려다보면 발가락에서부터 무릎, 손, 온몸에 생채기가 나고 피가 흘러."

빈이 다가와 어깨를 쓰다듬는다. 빈의 손길에서 번져 나온 온기가 어깨를 타고 내려와 손끝에 이른다. 후각에 이어 잊고 있던 촉각이 되살아나는 느낌이다. 손가락 끝이 가늘게 움찔한다.

"그렇게 피 흘리다 깨고 나면, 웃겨. 그냥…… 웃음이 나요. 온몸은 식은땀으로 푹 젖어 있지. 땀이 흥건한 시트 위에 쭈그리고 앉아 마냥 웃지. 어둠 속에서 웃는 거야. 덜덜 떨면서."

빈이 테이블에 내려놓았던 찻잔을 들어 건넨다. 쌉싸름하고 달착지근한 맛이 혀를 지나 목구멍으로 부드럽게 내려간다. 후각으로 자극된 감각이 미각으로 이어져 열린다. 빈의 입가에 떠올라 있는 미소는 과거를 회상하는 옛 애인의 표정이라기엔 너무도 현실적으로 보인다. 그것이 당혹스러우면서도 묘하게 J를 편안하게 만든다.

"그런데, 여기는…… 심율처란 뭐하는 곳이지?"

기억

"당신처럼 지친 사람들, 그리고 상처 입은 사람들을 어루만지고 위로해서 다시 살아갈 수 있도록 도와주는 곳이에요. 기쁨과 환희와 열락을 잃은 사람들에게 그걸 되찾아 주는 거죠."

빈은 비단 옷자락을 팔랑거리면서 실내 쪽으로 난 문을 열고 J를 이끈다.

"자, 이쪽으로 들어오세요."

방 안엔 흑단나무 재질의 침상이 중앙에 놓여 있다. 좀 전에 앉아 있었던 의자처럼 침상 사방의 기둥에는 수많은 나비 문양이 조각돼 있다. 비칠 듯 말 듯한 비단 휘장이 침상을 둘러싸고 드리워 있다. 흑단나무에서 비쳐 나오는 광택이 여기저기 흔들리고 있는 촛불에 비쳐 더욱 은밀하게 느껴진다. 인공조명이 일절 없는 방 안, 침상 옆에 두 손을 다소곳하게 맞잡고 서 있는 빈은 정숙해 보이면서도 동시에 어딘지 도발적으로 느껴진다.

"말했듯, 여기는 치유하는 곳이에요. 당신은 그걸 원해서 이곳으로 이끌려 온 거겠죠."

이끌렸다. 심율처라는 말에, 익숙한 향기에, 그리고 빈에게……. 듣고 보니 뭔가 도움을 받기 위해 이곳으로 온 게 맞다는 생각이 든다. 하지만 어떻게?

빈이 천천히 다가와 J의 넥타이를 목에서 풀어 낸다. 익숙하면서도 낯설다. 그대로 내버려 둬야 하는 건지, 빈의 손을 붙잡아 그만두게 해야 하는 건지, 헷갈린다.

"모든 감각을 열고 섬세하게 느껴 보세요. 치료 방법엔 여러 단계가 있지만, 당신에겐 가장 심층적인 방법을 사용할 거예요. 당신의 기억 속에서 나는 이미 많은 부분이 익숙할 테니까."

맞는 말이다. 잊었던 듯싶었던 몸의 기억이 단번에 살아났다. 빈의 손길에 J의 몸은 오랜 시간을 단번에 뛰어넘어 정확하게 반응했다. 온몸의 세포가 예민해지고 목덜미가 간지러우면서 싸르르한 느낌이 등을 타고 흘렀다. 하지만 좀 다르다. 뭐랄까. 빈의 몸은 예전보다 훨씬 더 가냘프고, 와 닿는 가슴의 감촉은 지나치게 풍만하다. 빈이 살짝 웃는다.

"자, 당신의 고통을 내게 말해 보세요. 가슴속 깊이 쌓여 있는 것들, 살아오면서 받았던 상처들을 다 토해 내는 거예요."

빈은 J의 목에서 풀려 나온 넥타이를 자신의 목에다 건다. 표정과 몸짓이 왠지 피로해 보인다. 가슴에 쌓인 것들, 상처들……. 그걸 어찌 말로 다 할까. 회사 간부의 딸과 결혼하기 위해 빈과 헤어지고, 결혼 직후 고속 승진한 뒤, 수없이 많은 사람들의 모가지를 내 손으로 쳐 냈다. 2년 전 공금횡령으로 회사 간부가 퇴출당하고 나서 이혼하고, 내가 잘리지 않으려고 더 모질게 사람들을 내보냈다. 그러지 않았으면 이 자리에 있을 수 없었을 테지만, 그러는 사이 빈도, 삶의 여유도, 행복도, 다 떠났다.

"당신도 좀 피곤해 보이는군."

J는 침상에 걸터앉으면서 빈을 옆에 앉게 했다. 침상에 깔린 비단 요에서 사라락, 기분 좋은 소리가 난다.

"오늘은 당신이 세 번째거든요. 게다 방문 치료까지 다녀온 탓에……. 처음으로 나를 걱정해 주는 환자로군요."

빈이 희미하게 웃는다. 그리고 목에 J의 넥타이를 맨 채로 손을 뻗어 J의 셔츠 단추를 풀기 시작한다. 내가 언제 한 번이라도 빈을 걱정해 본 적이 있었던가. J는 애써 기억해 보려 하지만 그런 기억 따위는 없다는 걸 곧 깨닫는다. 늘 빈에게서 필요한 걸 가져왔다. 위로와 희열, 따뜻함과 탈출감……. J의 셔츠 단추를 다 풀어 낸 다음, 빈은 조심스럽게 자신의 옷깃을 벌려 가슴을 드러낸다. 빈의 가슴은 두 배는 더 커진 것 같다. 더욱 가늘어진 몸에 큰 가슴이 왠지 기형적이고 슬프게 느껴진다. 자신도 모르는 사이 눈에 눈물이 가득 차오른다. 빈은 J의 손을 끌어다 자신의 가슴 위에 올려놓는다. 그러자 눈물이 주룩, 흐른다.

"이 방법은 좋지 않은 것 같군요. 기억이 때론 덫이 되기도 하죠. 지나간 일은 지나간 대로 그냥 흘러가도록 놓아두는 게 좋아요. 애써 되돌리려 한다거나 다른 방향으로 물꼬를 트려 한다거나 하는 일들은 모두 흐름을 거스르는 일이에요. 모두가 다시 아파진다구 요."

심율

"당신에겐 다른 방법을 써야겠군요."

빈은 입고 있던 옷가지들을 모두 풀어 내리고 완전히 알몸이 되어 J 앞에 선다. 아니다. J의 넥타이는 여전히 빈의 목에 걸려 있다.

"이건 당신을 종일 묶어 놓는 고통이에요. 그 고통을 내게 넘겨 주고, 당신은 거기서 풀려난 거예요. 자, 당신이 꾼다는 그 꿈을 다 시 떠올려 보도록 하죠."

빈은 J에게 자신의 목에 걸린 넥타이를 잡아 쥐도록 했다. 그리 고 끝에서부터 천천히 거슬러 올라가 양쪽 끝을 잡고 빈의 목에 단 단히 감아 매도록 했다. J는 머뭇거리면서 빈의 목을 서서히 조여들 어 갔다. 흔들리는 촛불에 비친 빈의 얼굴이 일그러지기 시작한다. 숨

이 차오르고 미간이 좁아 든다. 빈의 얼굴에 J가 겹쳐진다. 이제 J는
벼랑을 기어오르고 있는 자신의 모습을 본다. 조금씩 위로 올라갈
때마다 호흡은 불규칙해지고 가슴은 답답해진다. 어느새 이마엔
식은땀이 고이고 힘을 꽉 준 손바닥엔 생채기가 난다. 입으로 힘겨
운 날숨이 급하게 뿜어 나오고 눈동자는 허공에서 맴도는 듯 초점
이 맞지 않는다. 옆으로 수많은 사람들이 벼랑에서 떨어져 간다. 벼
랑에서 떨어진 수많은 사람들이 한꺼번에…… 피를 흘리고 있다.
이젠 그들의 손을 붙잡아 주고 싶다. 고통스러운 표정으로 넘어져
있는 사람들을 일으켜 세워 주고 싶다. 그들이 흘리는 피를 닦아 줘
야지. 그리고 나는 돌아갈 것이다.

"열어 줘. 내가 들어가 쉴 수 있도록. 내게…… 활짝 열어 줘."

J는 그제야 빈의 목을 놓아 준다. 빈은 침상에 몸을 기대고 잠시
숨을 고른다. 핏발이 섰던 빈의 눈동자가 서서히 안정을 되찾는다.
이런. 내려다보니 빈의 손바닥과 무릎에 생채기가 나 있고 피가 맺
혀 있다.

"그래요. 이젠 치유할 때예요. 이 도시에서, 험한 사회에서 살아
가느라 사람들은 너무나 많은 상처를 입었어요."

침상에 비스듬히 기댄 채, 빈은 부드러운 몸놀림으로 다리를 벌
린다. 빈의 표정은 어느새 차분해져 있다. 낮게 흐르는 음악과 달큰
한 향내, 그리고 빈의 몸짓으로 열린 몸의 모든 감각들이 예민하게
꿈틀거린다. 빈이 편안한 자세로 반쯤 누워서는 무릎을 구부려 다
리를 세운다. J의 시각이 빈의 양쪽 다리를 타고 올라가 벌어진 그
곳에 가 멈춘다.

그곳은 어느새 활짝 열려 있다. 검고 무성한 털이 뒤덮여 있어 마치 원시 수풀림의 입구처럼 J를 설레게 만든다. 상쾌한 향기가 뿜어 나올 것만 같다. 둘레에는 마치 하얀 꽃잎들처럼 무언가 솟아나 있다. J는 크게 벌린 입속 같다고 생각한다. 가지런하게 나 있는 하얀 이 같기도 한 그것은 다른 세상으로 들어가는 입구를 부드럽게 감싸고 있다. 그 안쪽으로는 검은 동굴이 나 있다. 예쁘다. J는 한없이 아름답다고 느낀다. 도시의 손길이 미치지 않고, 그래서 아직 상처 입지 않은 세계다. 빈은 상처 입어 피 흘리는 J를 부드럽게 받아 안아 줄 것이다.

심율……. 마음이 따라 흐른다. J는 검은 동굴을 한참이나 바라보고 있다. 얼마나 시간이 흐른 걸까. J는 시간과 공간에서 자유로워진다. 원래대로 돌아가고 있다고 느낀다. 고통스러운 마음을 내려놓고 동굴의 입구를, 원시의 수풀림을 천천히 쓰다듬는다.

이제 저곳으로 들어가는 거다. 들어가서, 가슴을 씻어 내고 편안하게 누워 모든 것들이 자연스럽게 흘러가는 모습을 지켜볼 것이다.

나는…… 들어간다.

---

* Photo by 이연.

외계인, 달리다

1

　남자는 제자리에서 몸풀기를 하는 여자를 중심으로 큰 원을 그리며 뛰다가 이내 그 자리에 멈춰 제자리 뛰기를 하고 있다. 여자는 그런 남자를 내버려 둔 채, 러닝화 안에서 발가락 열 개를 차례로 들었다 내리는 동작을 반복한다. 발가락마다 세 번씩, 모두 서른 번을 움직여 발가락을 풀어 준다. 이어 무릎. 양손을 무릎에 올려놓고 왼쪽으로 세 번, 오른쪽으로 세 번 돌린다. 허리를 들어 일어서는데 바람이 일어 눈 속으로 먼지 알갱이가 들어온다. 텁텁한 먼지 냄새에 코부터 감싸 쥔 뒤, 눈을 여러 번 끔벅거려 먼지를 눈 밖으로 흘려 내보낸다.

　모래바람이 불 땐 잠깐 눈을 감아요. 그래도 코스를 벗어나거나 하진 않을 테니까요.

남자는 제자리에서 무릎을 가슴 높이까지 최대한 들어올려 뛰기를 멈추지 않은 채 말을 건넸다.

흡 흡, 하 하. 아직 차가운 초봄 저녁 공기에 들숨에 이은 남자의 날숨이 하얗게 드러난다.

호흡은 이렇게 하는 게 좋아요. 두 번 들이마시고 두 번 내뱉고. 흡흡. 하하. 이렇게.

남자의 말투에서 비음이 묻어난다.

그거, 코에 붙인 건 뭐예요?

여자는 남자의 코 위에 올라 붙은 하얀 밴드를 쳐다보며 묻는다. 동시에 여자가 곁눈질하고 있는지 어떤지 남자는 잘 알지 못할 거라고 생각한다.

이거요? 노즈 밴드라는 거예요. 이것 땜에 코맹맹이 소리가 나긴 하는데 뛸 땐 도움이 돼요. 콧망울을 양쪽에서 잡아당겨 주니까 호흡이 훨씬 편안해지거든요.

남자는 오른쪽 검지 손가락으로 콧부리를 쓱 훑은 뒤 밴드가 단단히 붙어 있는지 확인하려는 듯 콧등을 한 번 꾹 누른다. 밴드는 꼭 일회용 반창고처럼 생긴 데다 하얀색이어서 누가 보면 한 대 제대로 맞은 줄 알 거 같다.

붙여 볼래요? 장거리를 뛸 때 특히 좋죠.

남자는 주머니에서 밴드를 하나 꺼내 건네려다 말고 여자 얼굴을 쳐다보더니, 도로 머쓱하게 손안으로 말아 쥔다.

하긴, 지금은 붙일 수도 없겠네요.

남자의 김빠진 듯한 말과 함께 트레이닝복 주머니에서 부스럭거리는 뭔가가 같이 딸려 나와 바람에 날린다. 파란 줄무늬가 그려진 비닐 사탕 껍질이다. 남자는 바닥에 떨어진 걸 보고는 다시 주머니에 손을 꽂는다. 주머니에서 빼 여자 쪽으로 펼쳐 보인 손바닥에 둥글고 큰 사탕이 올려져 있다.

사탕 먹을래요? 포도 맛이에요. 아까 저녁 먹은 식당에서 넣어 둔 거예요.

여자는 양손으로 매듭을 비틀어 열고 사탕을 입에 넣는다. 거절하려고 서너 마디 더 내뱉는 것보단 그 편이 낫다고 생각해서다. 입안에 시큼한 청포도 향이 퍼져 금세 뱉고 싶어지지만 참기로 한다. 바스락, 바닥에 떨어진 껍질이 몸을 뒤집는 소리가 희미하게 바람 소리에 섞인다. 그 소리가 여자의 귓속까지 헤집는다. 누군가 옆에 따라붙는다는 건 정말이지 귀찮은 일이다.

마무리 준비운동으로 여자는 양손을 깍지 끼고 위로 쭉 들어 올려 근육을 풀어 준다. 허벅지와 종아리 근육이 쉽게 뭉치지 않도록 처음엔 보폭을 좁게, 최대한 느린 속도로 뛰기 시작한다. 남자도 여자 옆에서 천천히 뛰기 시작한다. 청포도 맛이 나는 인공 향료에 설탕이 범벅된 덩어리는 입 안에서 쉽게 녹아 없어져 주지 않는다. 여자는 턱에 잔뜩 힘을 줘 사탕을 부순다. 입 안에서 오도독 사탕 부서지는 소리에 남자는 다시 한 번 여자를 향해 고개를 돌린다.

늘 사탕을 깨물어 먹어요?

남자의 비음이 귀에 거슬려 미간이 저절로 찡그려진다. 꼭 심한 축농증 환자의 목소리 같다. 어차피 남자는 여자가 찡그리는지 어떤지 모를 테지만.

잘 모르겠어요. 사탕 먹는 게 오랜만이라.

여자는 눈을 앞쪽에 그대로 둔 채 건성으로 대답한다.

단 음식 안 좋아해요? 가끔 먹으면 기분이 좋아지는데.

멀리 시선이 가 닿는 곳에 커다란 조형물이 셋, 서 있다. 양쪽으로 뛰는 자세를 하고 있는 두 인물이 서로 마주 보는 자세로 서 있고, 정면을 보고 있는 인물상 하나가 그 가운데 우뚝 버티고 있는 구조다. 정면을 바라보고 있는 인물상의 시선은 그러니까, 한강 쪽을 향하고 있는 셈이다. 여자는 일정한 보폭으로 발을 계속 놀리면서 인물상에 눈을 박아 둔다. 조형물에 가까이 갈수록 인물상의 머리쯤에 맞춰진 시선 때문에 고개가 자꾸만 뒤로 젖혀진다. 조형물은 키가 거의 3미터는 돼 보인다. 한쪽 면은 검은색 아크릴 판으로, 반대쪽은 너비 20센티미터 정도의 공간을 사이에 두고 성긴 철망으로 덮여 있다. 철망과 아크릴 판 사이에는 일부러 채워 넣은 듯한 각종 쓰레기들이 가득 차 있다. 잔뜩 녹슨 체중계, 찌그러진 삼다수 페트병, 뚜껑이 떨어져 나간 플라스틱 반찬통, 부러진 나무젓가락, 귀퉁이가 부서진 컴퓨터 본체 뚜껑 등등이 세 인물상의 몸속을 가득 채우고 있는 것이다. 가운데 우뚝 서 있는 인물은 그렇다 치더라도 한쪽 다리를 들어 올려 뛰는 자세의 두 인물은 보기에 아슬아슬하다. 그걸 보며 뛰는 여자는 자신의 속에서 쓰레기들이 덜그럭거리는 것 같다. 여자는 우그러진 쇠 옷걸이가 위장이나 심장을 찌르지 않도록 아주 작게 몸을 움직이려고 애쓴다. 그러자니 자꾸 어깨가 움츠러들면서 상체는 거의 움직이지 않고 엉덩이 아래 다리만 조심스럽게 앞으로 내딛을 뿐이다. 움츠린 어깨에 꽉 힘이 들어간다.

어깨를 펴고 가슴을 좀 내밀고 뛰어야 해요. 지금 그런 자세는 무게중심이 앞으로 쏠려 다리에 더 무리를 주니까요.

남자가 여자의 어깨에 손을 얹어 뒤로 당긴다. 남자가 손을 떼자 잔뜩 힘을 주고 있던 어깨가 반동 때문에 뒤로 확 젖힌다.

몸에 힘을 빼고. 자연스러운 동작으로. 그래요, 그렇게 뛰는 거예요. 아무 생각 없이 걷듯이.

남자의 주제넘은 코치에 여자는 그 자리에 멈춰서고 싶어진다. 사탕을 다 삼켰는데도 입 안에는 자꾸 신 침이 고인다.

숨쉬기가 불편하지 않아요?

남자는 고개를 돌려 여자의 얼굴을 바라보며 또, 말을 건다.

상관없어요. 이젠 익숙하니까요.

남자에게 대꾸하는 말투가 여자의 귀에도 불퉁스럽게 들린다.

오늘 컨셉트는 더 멋있는데요. 특이해요.

남자는 아예 대놓고 여자를 뚫어져라 쳐다본다.

쭈글쭈글한 피부가 정말 멋져요. 얼굴 전체가 회색인 것도 그렇고.

노즈 밴드 때문에 남자의 말소리는 명확하지 않다. 남자가 발음하는 '쭈글쭈글'은 거의 '주글주글'로 들린다.

어젠 스크림 유령이더니 오늘은 뭔가? 이마에 난 핏빛 상처 자국이 죽이는데요. 교통사고로 죽은 유령 모습인가?

여자는 오늘 쭈글쭈글한 회색 피부에 이마에 상처 자국이 있는 얼굴을 하고 있다. 아니, 그런 모양이라고 짐작한다. 자신의 모습에 대해 남에게 듣는 일쯤은 이제 익숙하다. 얼굴 모양이 매일 달라지는 게 문제랄 수도 있지만, 딱히 기억할 필요가 없는 일이니까 그리 신경 쓸 필요도 없지 않은가.

그렇지만, 여자가 가게에 앉아 있을 때 손님들은 그리 특이하달 것도 없다는 표정을 지으며 가게로 들어오곤 한다. 왜냐면 가면 가게니까. 가면 파는 가게 '뿔 부러진 해골'. 여자는 그 '뿔 부러진 해골'의 주인이니까.

2

여자가 얼굴을 잃은 것은 사실 그리 오래되지 않은 일이다. 아니, 더 정확하게 말하자면 얼굴이 잊어진 것이다. 이제 사람들은 여자의 얼굴을 알지 못한다. 그리고 어느 누구도 여자의 본래 모습을 궁금해하지 않는다. 자신의 얼굴이 잊혀진다는 건 좀 이상하달 수도 있는 일이겠지만, 지금은 별로 개의치 않는다. 또 어찌 생각해 보면 가면 가게 주인으로 살아가는데는 그 편이 더 낫다는 생각이 들기도 한다. 그래선지 여자의 얼굴이 드러나지 않는 것에 대해 아무도 태클을 걸지 않는다. 오히려 가게에 드나드는 사람들은 여자를 볼 때마다 대부분 즐거워한다. 줄곧 여자를 힐끔거리던 남자가 자연스럽게 말을 붙여 온 것도 다 그 때문일 것이다.

남자의 말처럼 어제 여자는 스크림 유령 가면을 쓰고 있었다. 그건 어젯밤 가게에 들른 류에게 들어 이미 알고 있는 사실이기도 하다. 류는 가게에 가끔 들르는, 힙합 음악을 한다는 남자애다. 여자는 실뱀처럼 가닥가닥 꼬아 어깨 너머까지 늘어지는 류의 머리칼을 볼 때마다 신화에 나오는 뱀 머리 여인 가면이 잘 어울리겠다는 생각을 하곤 한다.

그거, 나도 좀 줘 봐요.

류는 가게에 들어서자마자 별로 새로울 것도 없는 가게 내부를 휙, 한 번 훑어보고는 다시 여자 얼굴에 시선을 멈췄다.

뭐 말이야?

그거, 누나가 쓰고 있는 스크림 가면. 재밌겠네, 노래 부를 때 쓰면.

스크림 가면이라……. 오늘은 스크림 유령이 됐단 말이지. 여자는 속으로 중얼거리면서 선반 위에서 스크림 가면을 하나 꺼내 건넸다. 건네면서 처음으로 자신이 가면을 쓰고 있단 사실을 알게 된 때를 떠올렸다.

두어 달 전쯤? 그때도 아마……류였지. 류는 뭐가 급한지 가게 문턱을 넘자마자 숨을 몰아쉬면서 여자에게 냅다 소리를 질렀었다.

누나, 귀신 가면 하나 줘. 뺨에 피 흐르는 걸로.

공원에서 뛰고 돌아와 가게 뒤편에 딸린 욕실에서 샤워를 한 뒤, 막 가게 문을 열었을 때였다. 여자는 수건을 머리에 뒤집어쓴 채 남은 물기를 닦다 말고 류를 향해 돌아섰다.

어? 뭐야. 웬 가면? 좋은데.

류는 숨도 고르지 않고 한꺼번에 말들을 쏟아 냈다.

가면이라니. 무슨 소리야.

여자는 젖은 수건을 플라스틱 의자에 대충 던지고는 반쯤 열린

셔츠 앞섶을 주섬주섬 여몄다.

그것도 한쪽 뿔이 부러진 해골이네. 컨셉트야?

류는 여자 쪽으로 다가와 함부로 여자의 얼굴을 만졌다. 그런데 류의 손길은 여자의 얼굴에 와 닿지 않았다.

오호라. 가게 이름이 '뿔 부러진 해골'이다 이거지. 제대로 맘 먹고 장사 좀 해 보려구?

류의 손길이 물기가 채 가시지 않은 목덜미까지 이어졌다. 목덜미에 선득한 느낌이 들어 가늘게 몸을 떨었다.

손 치워.

여자는 류의 손을 툭, 쳐 내고 벽에 걸린 손님용 거울을 들여다봤다. 손님들이 가면을 쓰고 비춰 보는 거울이었다. 거울엔 피곤한 기색이 가득하고 더운 물 샤워로 붉게 달아오른 얼굴이 그대로 비췄다.

장난하냐? 가면은 무슨. 뭐 달라고 했지?

여자의 거친 손길에 공중에서 흔들리던 류의 손길이 다시, 여자의 얼굴께로 올라왔다.

한쪽 뿔은 부러지고 인상은 더럽네. 그래도 가게 이름하고 어울린다. 좋아. 아주 좋아. 가면 가게 주인이 민얼굴 내놓는 것보단 낫지.

류의 손끝이 얼굴에서 느껴지지 않았다. 분명, 뭔가 얼굴에 덧씌워진 느낌이 들긴 했다. 여자는 다시, 거울을 향해 돌아섰다. 거기엔 그냥 여자의 얼굴이 들어 있었다.

너, 약 먹었냐? 가면은 무슨……. 잘 봐. 턱에 난 기스도 그대로잖아. 돈 벌어 흉터 제거 수술이나 받지 그러냐고 놀렸던 거 기억

안 나?

여자는 어이없다는 듯 웃어 보이려 했지만 자신이 느끼기에도 얼굴은 그저, 일그러지고 만다. 여자는 자신의 손으로 뺨을 훑었다. 그리고 흠칫, 숨을 멈췄다. 손끝에 피부 대신 얇은 고무 감촉이 느껴졌다.

그래. 그 흉터 좀 깨긴 했어. 가면 쓴 게 훨 낫네. 앞으로 쭉 써라. 어차피 가면 파는 데니까 이상할 것도 없잖아.

류는 여자가 건넨 피 흘리는 귀신 가면을 들고 가게 문을 나섰다. 채 마르지 않은 여자의 머리칼에서 물방울이 툭, 바닥으로 떨어졌다. 거울 속엔 여전히 지친 표정의 여자 얼굴이 들어 있었다. 언제 생긴 건지 기억조차 잘 나지 않는 턱의 흉터도 그대로 들러붙은 채였다.

3

여자는 류의 손에 들린 스크림 가면을 물끄러미 바라보았다. 그러니까, 두어 달 전쯤부터 여자는 늘 가면을 썼다. 아니, 정확히 말하면 사람들이 여자에게 가면을 쓰고 있다고 말해 줬다. 난 분명, 가면 따위는 쓰지 않았는데. 스크림 가면의 늘어진 턱선으로 시선을 떨어트리면서 여자는 속으로 중얼거렸다.

사람들은 이제 여자의 진짜 얼굴을 알지 못한다. 매일 바뀌는 여자의 가면을 볼 뿐이다. 때문에 일부러 말을 하지 않는다면 아무도 여자의 기분을 알지 못한다. 어느 누구도 여자가 슬퍼하는지, 외로워하는지 궁금해하지 않는다. 살다 보니 그것도 나쁘지 않다는 생각이 든다. 게다 류의 말처럼 가면 장사엔 그 편이 나을지도 모른다는 생각도 들었다.

류는 여자가 건넨 스크림 가면을 머리부터 거꾸로 뒤집어쓰고는 소리 내 히죽히죽 웃다가 금세, 어 이게 뭐야, 하는 외마디 소리를 내뱉는다. 가면 속, 류의 표정은 알 수가 없다. 여자를 향한 류의 눈동자가 깜박이는가 싶더니 눈꼬리 부분부터 핏물이 흐르기 시작한다. 여자는 튕기듯 자리에서 일어났다. 그 결에 여자가 앉아 있던 등받이 없는 플라스틱 의자가 흔들, 하다 곧 넘어졌다. 눈가부터 흐르기 시작한 핏물이 류의 앞섶을 적시고 있었다. 옷깃에 채 스미지 못한 핏방울이 툭, 가게 바닥으로 떨어졌다.

으.

류는 다급한 비명을 지르며 잠깐, 휘청한다.

뭐야. 왜 그래.

여자가 한 걸음 다가가자, 류는 그만큼 뒷걸음질 치며 그 자리에 주저앉는다. 류의 가면을 향해 뻗는 여자의 손끝이 작게 떨렸다. 류는 고개를 숙이고 숨을 몰아쉬더니, 이내 낄낄거린다. 류의 스크림 가면에 채 닿지 못한 여자의 손이 공중에서 어쩔 줄 모르고 그대로 멈췄다.

몰랐어요, 누나도?

류의 목소리에는 어느새 천연덕스러운 장난기가 배 있다.

뭘?

되묻는 여자 목소리가 의아함인지 호기심인지 모르게 어정쩡하다. 어찌 들으면 좀 화난 것처럼 느낄 수도 있겠다고 생각한다. 여자 쪽으로 내민 류의 손바닥 위에 작은 손 펌프가 놓여 있다. 류가 그걸 누르자 얼굴에서 또 핏물이 흘러내린다.

몰랐어.

여자의 목소리는 금세 심드렁해진다. 류는 스크림 가면 세 개와 해골 가면 두 개를 더 골랐다. 가게에서 나갈 때 류는 정교한 해골 모양 가면을 쓴 채였다.

류가 돌아간 뒤, 여자는 스크림 가면을 쓴 채 마치 진열된 가면들 중 하나처럼 한참이나 꼼짝 않고 앉아 있었다. 가게라고 해 봐야 세 평쯤 될까 말까 한 좁은 공간이어서 하는 일이라곤 밤새 간이 의자에 앉아 꾸벅꾸벅 조는 게 전부다. 게다 가게는 건물 귀퉁이에 붙은 자투리 공간을 개조한 거라 천장도 비뚤어 있고, 좁고 긴 복도 모양이라 폭은 두 사람이 겨우 어깨를 나란히 할 수 있는 정도다. 때문에 졸릴 때 가게 안에서 스트레칭을 한다든가 해서 졸음을 쫓겠다는 생각은 해 본 적도 없다. 졸리면 그냥 존다. 후미진 골목이라 유동 인구도 별로 없고 자정 무렵이 되면 근처 소규모 상가들도 다 닫아, 가면 가게만 빼면 거리는 셔터 내린 상점들과 나뒹구는 쓰레기가 전부다. 이 거리를 지나쳐 골목 끝 쪽에 사는 사람들은 간혹, 술 취해 택시를 탈 때면 택시 기사에게 이렇게 말한다고 한다. 큰길을 돌아 뒤쪽 골목으로 들어가면 환하게 불 밝힌 작은 가게가 하나 보여요. 그 불빛을 따라 쭉 직진해서 들어가면 양 갈래 길이 나오구요, 거기서 오른쪽으로 꺾어 들어가면 돼요. 왜 밤새 가게 문을 열어 두는 건지는 모르죠. 손님도 별로 없는 거 같던데.

하지만 짐작과 달리 여자의 가면 가게에도 가끔 손님이 찾아든다. 아주 드물게 택시에 올라탔던 술 취한 사내들이 골목으로 들어오다가 갑자기 택시를 세우고는 가게로 들이닥치기도 한다.

여전히 가게 문 열었네. 장사 잘돼요, 아가씨?

그렇게 묻는 만취한 사내들의 목소리는 턱없이 높거나 크다.

어떤 가면을 드릴까요?

여자는 터무니없이 높거나 크며, 발음이 불분명한 사내들의 목소리가 귀에 거슬리지만 대체로 잘 참는 편이다.

애들이 좋아할 만한 걸로. 애들이 궁금해하더라고. 이 가게가 뭐 하는 덴지. 애들이 깨 있는 낮 시간엔 늘 닫혀 있으니까.

그러면 여자는 대꾸 없이 옅은 풀빛 둘리 가면이나 밝은 크림색 웃는 돼지 가면을 내민다.

크허. 가면이라…….

가면을 받아 든 사내들은 손 안에 구겨 넣거나 혹은 우격다짐으로 자신의 얼굴에 뒤집어쓴 채 비틀걸음으로 가게와 바깥의 경계선을 힘겹게 넘어 나가곤 한다.

혹은 가게 문을 열자마자 눈이 반쯤 풀린, 앳돼 보이는 남녀 애들 대여섯이 와서 가면을 여러 개 사 가지고 가기도 한다. 그 애들은 대체로 깃털이 달리고 눈꼬리 쪽이 위로 치켜 올라간 실크 눈 가면을 골라 간다. 그럴 때면 여자는 그 애들의 허술한 옷차림과 불안한 발걸음을 유심히 들여다본다. 단호하게 바닥을 딛지 못하고 공중에서 자꾸만 엉키는 걸음이 아슬아슬해, 가슴을 쓸어내리곤 한다. 그 애들이 가면을 쓰고 나가 마주칠 가게 바깥이 위태롭게 흔들려 보이곤 한다.

대체로 가면은 온라인으로 주문하곤 하니까 여자는 주문을 받아 택배로 보내 주면 그만이다. 그러니까 손님이 별로 없는 게 당연한 일이기도 하지만, 가게 옆에 붙은 작은 슈퍼 주인아저씨는 여자를 볼 때마다 끌끌 혀를 차곤 했다. 그래 가지고 어디 밥이나 먹겠어, 하면서. 아, 그 외에도 여자의 가게를 찾는 사람들이 또 있다. 드물게 가게 문을 열 때쯤 퇴근길에 들른 것 같은 피곤한 기색의 여자들이 가면 가게를 찾는다. 그들은 가게에 들어와서는 어수선하게 놓여 있는 가면을 구경하는 대신, 곧바로 여자에게 다가온다. 그러곤 지친 음색으로 묻는다.

여기, 가면 만드는 도구도 파나요?

그러면 여자는 새로 들어온 가면을 진열대에 늘어놓다 말고 그들을 향해 돌아선다. 미소로 손님을 맞아야 하는 걸까, 생각하다 곧 손님들은 여자가 웃는지 찡그리는지 알아채지 못할 거라고 생각한다.

가면 만드는 도구요? 그런 건 없어요.

그들은 자신을 향해 돌아선 여자를 유심히 들여다본다. 그리고 간혹 묻는다. 가면 쓰고 있으면 답답하지 않아요? 가면 가게 주인이라고 꼭 가면을 쓰고 있어야 하는 건가, 하고. 하지만 대개는 여자가 쓰고 있는 가면 따위엔 관심을 보이지 않는다.

애 학교에서 가면 만드는 도구를 사 오라던데. 그럼 그런 건 어디서 살 수 있나요?

그들의 손에는 간혹 길 건너 마트의 마크가 찍힌 비닐 봉투가 들려 있다. 거기서 때론 비린내가, 때론 시든 채소에서 나는 풋내가 풍겨 나오기 일쑤다.

잘 모르겠어요. 인터넷으로 주문하면 된다던데.

여자의 짧은 대꾸에 그들은 짜증이 가득한 표정으로 혼잣말을 중얼거린다. 그걸 또 어디 가서 사야 하는 거야. 피곤해 죽겠는데. 이 동네에 종합 쇼핑몰이 들어선다더니 도대체 그게 언제야.

뒤돌아 가게를 나서는 그들의 발이 질질 땅에 끌리는 소리를 들으면서 여자는 가면 만드는 도구를 어디서 파는지 알아 둬야겠다고 마음먹곤 했다.

4

잘 뛰는데 어느 대회에 나갈 생각이에요?

남자는 일정한 속도를 유지하면서 여자 옆을 떠나지 않는다. 말하면서 남자의 시선은 여자의 가려진 모습을 한번 쳐다본 뒤 공원을 죽 훑는다. 퇴근 시간이 지날 무렵이어서인지 공원에선 저녁 운동을 나온 사람들이 간간이 눈에 띈다. 그들은 느리게, 걷듯이 뛰고 있는 남자와 여자를 앞질러 나간다. 지나치면서 힐끔, 뒤쪽을 한번씩 돌아다본다. '서울을 아름답게, 한강을 맑고 깨끗하게'라는 표어가 붙은 돔형 공연장 안에도 사람들이 삼삼오오 모여 앉아 있다. 그들 앞에는 간간이 맥주 캔이 나뒹군다. 그들의 높은 목소리와 맥주 캔 뒹구는 소리가 공연장 벽에 부딪쳐 웅웅 울리면서 여자 귀에 걸린다. 여자는 갑자기 남자와 멀찌감치 떨어져 저들과 함께 공연장 벽에 기대앉아 무릎을 끌어안고 싶다.

대회라뇨? 무슨 대회 말이에요?

여자는 들숨에 이은 날숨의 타이밍에 맞춰 대꾸한다.

마라톤 대회에 나가려는 거 아닌가? 봄에 있을 동아 마라톤에 나갈 거예요?

남자는 여자보다 조금씩 앞서 나가기 시작하면서 또, 묻는다. 숨이 찬지 남자의 목소리는 간간이 끊긴다. 적당히 속도를 내 뛰던 여자도 깊이 숨을 들이마신다. 여자는 보통 두 시간 가까이 뛴다. 어두워질 무렵, 자고 일어나 화장실에 갔다가 양치하고 밥 먹고 나와서 뛰고 그러고 나서 가게 문을 연다. 그리고 새벽 무렵 다시 잔다. 말하자면, 일과 중 하나다. 재 보진 않았지만 거의 20킬로미터는 뛰지 않을까 싶다. 뛰면서 자연히 속도와 시간, 호흡을 알맞게 조절하는 법을 익혔다.

아직 날씨가 꽤 찬데도 공원 곳곳에는 나와 앉아 있는 사람들이 있다. 근처 매점에서 날라 온 듯한 쟁반 위에는 컵라면이나 우동 같은 간단한 요깃거리뿐 아니라 골뱅이 무침 같은 안주도 눈에 띈다. 그 옆으로 몰티즈나 요크셔테리어 강아지가 주인의 발치에 기대 길게 드러누워 졸고 있다. 새로울 것도, 놀라울 것도 없는 늘 비슷한 풍경이 여자는 맘에 든다. 공원을 한 바퀴 돌아 다시 조형물 앞을 지나는데 뛰는 자세를 하고 있는 왼쪽 조형물 위로 꼬마 서넛이 올라가려 낑낑대고 있는 게 보인다. 몸 안에 쓰레기를 가득 채우고 뛰는 자세를 하고 있는 조형물이 그 무게를 감당할 수 있을까 싶다. 뛰고 있는 여자는 마치 자신의 몸 안에서도 버려야 할 것들이 덜그럭거리는 것처럼 느낀다. 되레 조형물 안에서 쓰레기를 비워 내면 조형물은 기우뚱, 하면서 쓰러져 버릴지도 몰라……. 여자는 가벼움과 무거움의 차이를 생각하면서 앞으로 한 발짝씩 더 나간다. 줄넘기 줄을 손에 들고 있는 아이들은 마치 뛰고 있는 인물의 등 위에 올라타려는 듯 기를 쓰고 있다. 조형물의 목에 줄을 걸어 말타기 놀이라도 하고 싶은 건가? 여자는 킥킥 속웃음을 지으며 앞서 나가는 남자의 등을 쳐다본다. 안정된 자세로 뛰고 있는 남자의 어깨는 곧게 펴져 있다.

아니요, 대회 같은 덴 안 나가요.

여자는 애써 남자의 페이스에 맞추려 하지 않는다. 서너 발짝쯤 앞서 있던 남자가 갑자기 우뚝, 멈춰 선다.

그럼, 왜 뛰는 겁니까? 매일, 그것도 거의 두 시간씩이나.

남자는 방향을 틀어 여자 앞으로 다가든다.

그냥요. 그냥, 습관이에요.

정말, 그냥 뛴다. 언제부턴가 여자는 불면증에 시달렸다. 그것이 주민증을 발급 받은 후부터인지 아니면 훨씬 더 오래전부터인지는 잘 기억나지 않는다. 밤이면 이불 속에서 뒤채는 시간이 세 시간을 훌쩍 넘어서기가 일쑤였다. 처음엔 따뜻한 우유도 마셔 보고, 매일 소주를 반병쯤 마셔 보기도 하고, 또 양을 수천, 수만 마리 세어 보기도 했다. 그런 밤이면 여자는 아주 오래된 꿈을 꾸곤 했다. 잠들지 않았으므로 그걸 꿈이라고 할 수 있는지는 잘 모르겠다. 그 잠들지 않은 꿈속에서 여자는 늘 웃고 있었다. 사람들과 함께 있을 때 여자는 고개를 뒤로 꺾어 가며 숨이 넘어가게 웃었다. 그럴 때 여자 얼굴은 늘 찡그린 표정이었다. 분명 웃음소리가 하늘로 높이 솟아오를 듯 커져만 가는데도 표정은 일그러지는 것이다. 여자가 가면을 쓰기 시작한 건 그러니까, 그때부터인지도 모른다. 슬플 때도, 화가 날 때도 여자는 차분한 말투로 세상을 대했으니까. 그러지 않으면 사람들은 여자를 이상한 눈초리로 바라다봤으니까. 사람들은 여자가 외로운지, 슬픈지 따위에는 관심이 없고, 그저 웃고 있는 여자를 보고 안심했다.

그러다 꼭 밤에 자야 할까, 하는 생각이 들었다. 그래서 밤에 깨어 있기로 마음먹었다. 잠이야 낮에 잘 수도 있는 거니까. 누구나 밤에 잠을 자야 한다는 건 어떤 법칙도, 순리도 아니다. 그러니까 편해졌다. 거의 손님이 들지 않는 가면 가게를 하다 보니 낮에 자건, 밤에 깨어 있건 별로 문제될 건 없었다. 여자는 자연히 올빼미 족이 됐고, 그러다 보니 요즘은 늘 밤에 가게를 연다. 온라인 주문은 그때그때 택배 처리하면 되니까 별 문제 없고, 그저 운동이나 해 볼까 하는 마음으로 뛰기 시작한 거다. 그뿐이다. 그러니까, 그냥 습관이란 말은 정말이다. 남자가 앞을 막아서 여자는 조금 옆으로 비켜 다시 뛴다.

그냥? 맘에 드네. 그냥이라……. 같이 사막에 안 갈래요?

사막……?

여자는 모래바람이 눈에 들어가기라도 한 것처럼 발을 멈추고 눈을 껌벅인다.

그래요, 사하라사막 어때요? 딱 좋네. 그냥 뛴다니 말이오. 그런 거예요. 울트라 마라톤이죠. 난 내년에 사하라사막에 갈 거거든요.

남자는 고개를 여자 쪽으로 향한 채 다시 뛰기 시작한다. 남자의 팔은 거의 'ㄴ' 자 모양이다. 편안해 보인다. 발은 '11' 자 모양이고, 어깨는 뒤로 좀 젖혀 있고, 머리는 약간 들어 올린 자세다. 남자가 뛰는 자세는 안정적이다. 여자는 처음으로 자신이 어떤 자세로 뛰고 있는 걸까 궁금해진다.

내년 오월이에요. 갑시다, 사하라사막. 거기 가면 왜 뛰는지 알게 될 거요.

남자는 차츰 속도를 줄이면서 여자에게 사막 애기를 들려준다. 사하라사막 마라톤 대회는 서바이벌 울트라 마라톤 대회다. 울트라 마라톤……. 풀코스 이상의 거리에서 인간이 상상할 수 있는 거리까지 달리는 모든 마라톤이다. 참가자는 자신의 음식과 장비가 든 배낭을 메고 그 외 어떤 지원도 없이 뛰어야 한다. 총 여섯 개 구간으로 나뉘고 거리는 250킬로미터다. 그 거리를 6박 7일에 뛰어야 한다. 아니, 뛰어 내야 한다. 보이는 거라곤 몸속의 모든 물기를 바싹 말려 온몸을 바스라지게 만들 거 같은 태양과 타닥타닥, 발바닥을 찌르며 튀어 오르는 거친 모래뿐이다. 발에 물집이 잡혀 터지고 발톱이 빠져 피가 흘러도 누구의 도움도 받아선 안 된다. 그리고 밤이면 잔뜩 웅크린 자세로 누워 추위에 떨어야 한다.

여자도 숨이 차기 시작한다. 명치 윗부분에 날카로운 뭔가가 들어박힌 것처럼 통증이 인다. 들어 올려진 다리가 공중에 떠 있는 짧은 시간이 몇 분, 몇 시간이나 되는 것처럼 길게 느껴진다. 다리가 바닥에 닿을 때의 충격으로 여자의 젖가슴이 출렁, 발의 높낮이를 따라서 흔들린다. 평소엔 전혀 느껴지지 않던 진동이다. 그리고 관절 마디마디, 뼈와 살들의 움직임이 제각각 살아나 여자의 발목을 잡아챈다. 여자의 걸음이 자꾸만 느려지려고 한다. 발목과 무릎, 골반과 척추에서 삐걱 소리가 나는 것 같다. 평소에는 전혀 들리지 않았던 소리들이다. 폐가 조이는 듯한 느낌, 피가 정수리 쪽으로 몰리는 듯한 느낌. 좋다. 한참을 뛰면 여자의 몸이 있는 체하니까. 진짜 여자의 몸이 소리를 내고 아프다고 말하는 거니까. 사하라사막에 가면 뭐가 또 있을까. 생각해 보니, 손님도 들지 않는 가면 가게에 앉아 조는 거나 사막에서 혼자 뛰는 거나 여자에겐 별 차이가 없을 것만 같다. 다만 사막의 지독한 모래바람이 땀구멍을 바싹 말려 온몸을 오그라들게 할지도 모를 일이다. 여자는 온몸의 물기가 다 빠져나간 뒤 바스라져 모래와 섞여 사막에 누운 자신을 상상한다.

5

　나도 이제 딴 가게서 온라인 주문할까 봐. 그러면 할인도 해 주고, 사은품도 주던데. 누나도 그런 거 해 봐. 아니면 뭐, 이벤트 같은 거라도 해 보든지.
　류는 여자에게 충고랍시고 한마디하고는 스크림 가면을 들고 가게를 빠져나갔다. 짐작이 맞다면 류는 더 이상 여자의 가게에서 가면을 사지 않을 것이다. 하긴, 새로운 판매 전략을 짜야 한다는 생

각을 하기도 했다. 지금처럼 가면만 팔아서는 가게 월세만 내기에
도 벅차다. 온라인으로 판매를 하고 있지만 그쪽도 신통치 않기는
마찬가지다. 다른 가게들처럼 풍선이니 폭죽이니 고깔모자니 하는
파티 용품을 같이 팔아야 할까. 아니면 '3만 원 이상 구매하는 고객
께는 사은품으로 요술 풍선을 드립니다.'라는 문구라도 써 넣어야
할까.

요즘 간혹 가게에 들르는 손님들은 여자가 좀 더 많은 가면을 팔
아 보려고 매일 가면을 바꿔 쓰는 줄 안다. 핼러윈 땐 귀신 가면을,
크리스마스 시즌엔 파티용 가면을 쓰고 그 가면들을 세일해서 판
다든지 하면 혹시 조금 더 팔 수 있을는지도 모를 일이다. 하지만
여자는 자신이 어떤 가면을 쓰고 있는지조차 모르지 않은가. 다만
매일 바뀐다는 걸 알 뿐, 자신이 어떤 얼굴을 하고 있는지 다른 사
람이 말해 주지 않으면 알 수 없으니 말이다. 그러니까 마케팅 차원
에서 여자가 가면을 쓴다는 말은 여자로서는 좀 억울한 얘기다. 하
지만 여자는 가게 매출이 거의 바닥이라는 게 그리 화나는 일은 아
니라고도 생각한다. 혼자 먹고 사는 데는 사실 그리 많은 돈이 필요
한 것도 아니지 않은가. 여자는 자신이 가면만 판다는 사실이 마음
에 든다. 왜냐고? 여기는 가면 가게 '뿔 부러진 해골'이니까.

류가 돌아간 뒤, 여자는 여느 때처럼 등받이 없는 플라스틱 의
자에 앉아 졸았다. 등받이 없는 의자에 앉아 조는 건 생각만큼 쉬
운 일이 아니다. 자칫하면 앞으로 고꾸라지거나 뒤로 넘어갈 수도
있는 일이다. 여자는 등받이가 푹신한 소파를 하나 사고 싶다. 벌써
부터 생각했던 일인데, 아직 생각만 하고 있다. 어차피 가게가 뜯겨

나가고 나면 등받이 없는 의자조차 필요 없어질지도 모르는 일이니까. 피곤한 여자들이 말한 것처럼 곧 이 동네엔 종합 쇼핑몰이 들어설 예정이다. 그 때문에 슈퍼 아저씨는 벌써부터 입가에 한숨을 달고 산다. 얼마 되지 않는 가게 보증금은 어딘가로 가서 다시 슈퍼를 열기엔 턱없이 부족한 돈일 테니까. 이미 근처 상점들은 하나 둘, '폐업 땡처리'라는 팻말을 가게 문에 써 붙여 놓고 있다. 여자도 이참에 아예 온라인으로만 가면을 팔아야 하는 건 아닌지 모르겠다는 생각을 한다. 건물 귀퉁이에 붙은 손바닥만 한 가면 가게는 애초부터 보증금 따위는 걸지도 않았다.

밤이 깊어질수록 등허리가 점점 활처럼 휘면서 뒷목이 뻣뻣해진다. 여자는 앉은 채로 고개를 좌우로 돌리다가 둥글게 원을 그린다. 가슴께부터 유리창인, 가게 문 바깥에서 안쪽을 들여다보면 어떨까. 여자는 커피를 마시는 대신 별로 쓸데없는 상상으로 잠을 쫓는다. 아마…… 스크림 가면 하나가 공중에 둥실, 떠서 저 혼자 목을 돌리고 있는 모양새일 게다. 갖가지 가면들로 가득한 좁은 가게 안에서 스크림 가면을 쓰고 앉아 조는 모습을 그려 보고 있자니, 여자의 입가로 쿡쿡 웃음이 새 나왔다. 여자는 다시 한 번 바닥을 향해 고개를 꺾었다. 고개를 푹 숙인 채 졸린 눈을 깜박거리는데 전화벨이 알람처럼 화들짝 울렸다. 거의 가슴께에 가 달라붙어 있던 고개가 단번에 꼿꼿하게 들렸다. 수화기를 집어 들면서 동시에 벽에 붙은 드라큘라 가면 모양의 시계를 올려다보니 새벽 1시 반이다. 시곗바늘은 한껏 크게 벌린 드라큘라의 입속에서 천천히 움직이고 있다.

네, 가면 가게 '뿔 부러진 해골'입니다.

회색 바탕에 흰 색깔의 시곗바늘을 보면서 여자는 바늘에 붉은 색을 칠해 보면 어떨까 생각한다.

…….

가면 가겝니다. 가면 주문하실 건가요?

여자는 아무 대꾸 없는 상대방에게 딱히 뭐라 할 말이 떠오르지 않아 가면 얘기를 꺼냈다. 그리고 수화기를 든 채 드라큘라 입속에 매달린 초침을 읽는다. 1초, 2초, 3초……. 초침이 드라큘라의 송곳니를 막 지난다.

저…….

어딘지 많이 지친 음색의 여자 목소리다. 잠깐 여자가 아는 몇몇의 얼굴을 떠올렸지만, 역시 아니다.

어떤 가면이 필요하신데요?

여자는 그냥 끊어 버릴까 하다가 다시, 가면 얘기를 했다. 그것 말고는 뭐 다른 할 말이 없기도 했다.

아니요, 그게……. 전 식당에 가서 음식을 주문 못 해요. 누가 나를 볼까 겁도 나고, 창피하기도 하고……. 그래선지 남자 친구도 얼마 전에 날 떠났어요. 가면을 쓰면 식당에 가서 먹고 싶은 거 다 주문할 수 있을까요?

뭐라 해야 할까. 역시 그냥 끊지 않길 잘했다 싶지만 대답할 좋은 말이 떠오르지 않는다. 그리고 전화 속 목소리도 불면의 밤을 보내고 있구나, 싶다.

외계인 가면을 보내 드릴까요? 그러면 아무도 당신인지 모를 거예요.

네. 그게 좋겠어요. 외계인 가면……. 식당에 가서 자장면도, 설렁탕도 너무 먹고 싶어요.

그럴게요. 보내 드릴게요. 외계인 가면뿐 아니라 해골 가면, 귀신 가면…… 다 보내 드릴게요. 자장면 맛있게 드세요.

전화를 끊고 나서야 여자는 수취인의 주소를 묻지 않았다는 게 생각났다. 온갖 종류의 가면을 다 보내 줄 수 있는데. 여기는 가면 가게 '뿔 부러진 해골'이니까. 여자는 어느 가게보다 많은 종류의 가면을 구비하기 위해 노력한다. 어제 쓴 스크림 가면처럼 피가 흐르는 가면, 쓰면 한쪽 귀가 완전히 덮여 마치 귀가 한쪽밖에 없는 것처럼 보이는 가면—실제로 그 가면을 쓰면 한쪽 귀는 완전히 들리지 않는다. 실제 유명 인물과 똑같은 가면, 목소리가 변하는 가면, 눈이 세 개인 가면 등등 다른 데는 없는 가면들을 여자는 잘도 찾아낸다. 며칠 전엔 슈퍼맨과 곱사등이 전신 가면을 주문해 놓았다. 그 전신 가면을 쓰면 누구든 완벽하게 가면의 캐릭터로 변신할 것이다. 자신의 존재를 가리고 언제든 원하는 모습이 될 수 있는 게 가면이니까.

원래 모습을 가린다……. 여자는 뜬금없이 며칠 전 TV에서 보았던 한 프로그램을 떠올린다. 화면 안에는 모델처럼 예쁜 여자가 드레스를 입고 나와 서 있었다. 여자는 그녀가 마치 바비 인형 같다고 생각했다. 그녀 앞에는 똑같은 모양의 가면을 쓴 여러 명의 남자가 서 있었다. 바비 인형은 그들 중 하나를 고르는 것이다. 얼굴을 보지 않고 미리 주어진 시간을 각각의 남자와 보낸 뒤, 느낌만으로 남자를 고르는 것이다. 그리고 그녀는 자신이 고른 남자와 결혼을 해야 한다. 그것이 프로그램의 규칙이다. 사회자는 가면으로 얼굴을 가린 상황이 그 사람을 더 잘 알게 해 준다고 말했다. 원래 모습을 가리고서야 진짜 모습이 드러난다는 말은…… 정말일까. 그리고 주인공으로 나선 여자가 인형처럼 예쁘지 않았더라도 출연한 남자들이 선택받기 위해 애를 쓸까, 싶어졌다. 그리고 여자는 괜히 속이 더부룩해졌다.

6

여자보다 몇 걸음 앞서 뛰던 남자가 몸을 흠칫, 떤다. 가늘게 흐르던 땀줄기에 찬 저녁 바람이 와 닿은 탓일 게다. 여자에게 부딪힌 바람은 가면 바깥으로 그냥 사라지고 만다. 별로다. 사막의 탈 듯한 태양빛도 비켜 갈까. 여자는 왠지 모르게 사막에 신경이 쓰인다.

마라톤 완주 해 봤어요?

남자의 호흡이 흐트러지기 시작한다. 남자와 여자 모두 족히 20킬로미터는 넘게 뛰었으니 무리도 아니다. 여자도 애써 흡흡 하하, 숨을 고른다.

40킬로미터가 넘는 거릴 뛰고 피니시 라인을 밟고 나면 그냥 눈을 감아 버리게 돼요. 더 이상 도로는 보고 싶지도 않죠. 하긴, 도로는 거기서 끝이 나는 것이기도 하지만요. 하지만 사막은 끝이 없어요. 피니시 라인이 목표가 아니라 앞선 사람의 그림자를 놓치지 않으려고 죽을 힘을 다해 뛰어요. 길을 잃을까 봐 말이죠. 모래와 바람밖에 없는 곳에 나 혼자 남게 되는 게 두려워서 뛰고 또 뛰어요. 그러다 어느 순간이 되면 혼자 남는다는 사실에 마음이 편안해지죠. 이상한 일이죠?

혼자 남게 되는 게 두려워서 뛴다. 그러다 곧 혼자라는 사실에 안도한다. 갈까…… 사막으로. 어차피 여기서도 별로 할 일이 없으니까. 그리고 사막에선 오래된 꿈속에서처럼 억지웃음은 짓지 않아도 될 거라고 생각한다. 사막에선 웃음 가면 따위, 필요 없겠지. 여자는 발이 조금 가벼워지는 걸 느낀다. 난 사막으로 간다. 사하라사막. 속으로 중얼거리던 말이 여자의 입술 밖으로 좀 새어 나온 모양이다. 남자가 눈을 크게 뜨고 여자를 향해 고개를 돌린다.

갑시다, 사막. 그 전에 지금은 커피 한잔 하구요.

여자는 생뚱맞은 표정으로 남자를 쳐다본다. 그러면서 갑작스레 발을 멈추느라 그 결에 걸음이 엉켜 약간 뒤뚱한다. 남자가 픽, 싱거운 웃음을 흘린다.

커피를 마시면 더 잘 뛰게 돼요. 카페인이 지방을 더 빨리 태워 에너지원으로 바꿔 주는 역할을 하거든요.

남자는 이제 약간 앞서 걸어가면서 시선을 도로변에 서 있는 자동판매기에 맞춘다. 여자도 따라 피식 웃으며 남자가 남긴 그림자를 놓치지 않고 밟는다. 자동판매기 옆구리에 거울이 매달려 있다. 그 옆으로 바닥에서 삐죽 수도꼭지가 올라와 있는 걸 보니 그럴 만하다고 여자는 고개를 끄덕인다. 남자가 건넨 일회용 종이컵을 들고 입으로 가져가는데 쌉싸름한 커피 향이 먼저 깊은 들숨에 코로 빨려 들어온다. 평소엔 전혀 커피를 마시지 않던 여자다. 꼭 뜨겁게 달궈진 아스팔트 냄새가 나기 때문이었는데, 오늘은 커피 향이 달다. 정말 잘 뛸 수 있을 것 같다. 기분이 좋아진다.

여자는 반쯤 마신 컵을 들고 자동판매기를 지나쳐 공원 쪽으로 시선을 돌리다 말고 우뚝 멈춘다. 아직 채 돌아가지 않은 고개가 거울 앞에 정면으로 가 멈춘 것이다. 거울 속엔 여자가 없다. 노란 가로등 불빛이 비추고 있는 거울 속엔 분명 여자의 얼굴이 없다. 거기엔 여자의 얼굴 대신 피부는 회색인 데다 쭈글쭈글하고 이마엔 상처 자국이 선명한 얼굴이 들어 있다. 여자는 전, 혀, 놀라지 않는다. 더 이상 여자의 얼굴은 없다. 여자는 잠깐 자신의 얼굴을 떠올려 보려고 하지만 잘 기억나지 않는다. 이 모습이 사람들이 본 내 얼굴이구나. 여자는 이제야 자신이 다른 사람들과 같아졌다고 믿는다. 사람들이 보는 걸 똑같이 보게 됐으니까. 여자는 이제 진짜 웃는다. 그리고 마음이 편안해진다. 사막으로 가서 얼굴에 와 닿는 뜨거운 태양빛을 느낄 수 없다 해도 상관없을 것 같다. 이제 앞선 사람의 그림자만 놓치지 않으면 되는 거니까.

여자는 가벼운 몸짓으로 뒤돌아서서는 다 비운 일회용 종이컵을 쓰레기통에 던져 넣는다. 그리고 날렵하게 남자를 향해 돌아선다.

자, 다시 뛸까…….

여자는 말을 끝맺지 못한다. 남자가 없어졌으니까. 여자는 눈을 꼭 감았다 다시 뜬다. 거기에는 남자 대신 샛노란 피부색의 외계인이 서 있다. 외계인은 웃는 얼굴이다.

그러죠. 조금만 더 뜁시다.

웃는 얼굴의 샛노란 외계인이 남자의 목소리로 말을 한다. 여자는 이제야 알겠다는 듯 고개를 약간 끄덕인다. 이제 모든 게 분명해진 것이다. 돌아보니 사람들은 모두 가면을 쓰고 있다. 뛰고 있는 사람들, 벤치에 앉아 있는 사람들, 돔형 공연장 안에서 술을 마시고 있는 사람들 모두 얼굴에 가면을 쓰고 있는 것이다. 그들은 모두 얼굴에 웃음을 짓고 있다. 온 세상에 해골과 유령과 드라큘라와 외계인이 차고 넘친다. 서로 웃으면서 친절한 인사를 건넨다. 저쪽에서부터 누군가 여자 쪽을 향해 뛰어오고 있는 게 보인다. 여자는 가만히 선 채로 그를 바라본다. 차츰 다가오고 있는 그의 얼굴에도 역시 가면이 씌워 있다. 좀 더 가까워지자 그가 쓰고 있는 가면의 모습이 선명하게 드러난다. 가면은 여자의 얼굴을 하고 있다. 좀 지치고, 두 시간 가까이 뛴 탓에 볼이 붉게 상기되어 있는 얼굴 말이다. 턱엔 작은 흉터도 나 있다. 여자는 가까이 다가온 그의 얼굴에서 가면을 벗겨 내서는 자신이 쓰고 있는 가면을 벗어 던지고 자신의 얼굴 가면을 뒤집어쓴다. 그리고 다시, 뛰기 시작한다. 옆을 돌아보니 '마라톤 풀코스 출발 지점'이라는 팻말이 크게 붙어 있다.

코끼리가 떴다

—도시 구역 재정비 계획서

요 며칠 새 계속해서 헬기가 공중을 떠다닌다. 수용소에 갇혀 감시를 당하는 듯한 기분이다. 얼마 전, 코끼리 사살 사건 이후부터 도시가 혼란에 빠지기 시작했기 때문이다. S는 그렇게 생각했다. 코끼리는 광장 한복판에서 공개 처형됐다. 늦가을, 한낮의 햇빛이 올가미처럼 코끼리를 둘러쌌다. 많은 사람들이 빛을 가리고 코끼리 그림자 위에 올라 서 있었다. 그림자밟기 놀이. 빛과 그림자가 서로의 윤곽을 흐리게 하고 있었다. 사람들이 내지르는 소리는 낮게 가라앉아 그림자를 타고 번져 갔다. ‘도시 방위 사령부’ 소속 군인들의 총구에서 일갈처럼, 총성이 뛰쳐나왔다. 내내 몸을 심하게 좌우로 흔들던 코끼리는 앞다리부터 무릎 꿇었다. 코끼리는 얼얼한 소음에 귀부터 닫혔을 것이다. 모든 것을 마비시키고, 마비된 것들을 파열시킬 듯한 굉음. 코끼리가 퉁, 소리를 내며 모로 쓰러지는 순간,

S의 왼쪽 귀도 영영 죽어 버렸다. 소리가 끝나자, 색이 살아났다. 부옇게 떠 있는 빛의 입자들과 어둡게 가라앉은 그림자 사이를 비집고 선홍색 핏줄기가 바닥으로 흘렀다. 핏방울은 공중에서 흩뿌려지는 듯 점점이 튀어 오르기도 했다. 마치 밑그림에 채색하듯이 선홍색은 이글거리며 광장을 덮었다. 다음은 움직임. 바르르, 코끼리의 마지막 경련이 바닥에 무더기 진 핏덩어리를 짓이겼다. 사람들은 군이 쳐 놓은 접근 금지선 바깥쪽으로 뒷걸음질 쳤다. 죽은 코끼리 치우랴, 사람들 접근을 차단하랴, 움직임은 광장에 퍼진 소리와 색깔을 순식간에 삼켜 버렸다. S는 무력하게 이빨을 딱딱 부딪쳤다.

분명 헬기는 그날 이후로 도시의 감시자로 나선 것이다……라고 짐작하며 수습 사육사 S는 당근 상자를 들고 수돗가로 향하다 고개만 바짝 치켜들고 하늘을 올려다본다. 여러 대의 헬기는, 병든 듯 허옇게 바랜 하늘에 검버섯처럼 박혀 있다. 검버섯 쏟아질라, S는 치켜들었던 고개를 얼른 꺾어 내린다. 입 벌린 상자 속에 벌건 당근들이, 아래 위 서로 엇갈려 맞물린 이빨처럼 꽉 들어차 있다. 제주도에서 막 배달된 당근은 뱃길을 건너 긴 육로 여행을 거쳤는데도 피곤한 기색 없이 단단하고, 싱싱하다. 부러울 따름이다. S는 수습 사육사 노릇 2주 만에 팔다리에 알이 배 움직일 때마다 송곳으로 근육을 찌르는 것 같다. 시간당 3000원 받는 수입으론 솔직히 파스 값도 제대로 안 나올 판이다.

당근 상자를 수돗가에 아무렇게나 부리고, 공중에 주먹을 대고는 감자를 먹이려는데 헬기는 이미 사라지고 없다. 하긴, 헬기가 무슨 상관이야. S는 당근 한 개를 꺼내서는 바지에 쓱쓱 문질러 우적, 이를 박아 넣는다. 카로틴이 많아 암 예방에 좋다는데, 생각하면서 암보험이나 들어둘걸, 한다. 그리고 암에 걸리면 수천만 원이 한 방에 들어오는 건데, 싶다.

S는 헬기 대신 좀 전에 꽁무니를 뺀 트럭 운전수 놈을 향해 공중에다 주먹을 날린다. 찬바람 때문에 손등에 허옇게 각질이 올라 있다. 그걸 보자 공연히 화가 더 난다. 이봐요, 내 말이 말 같지 않아요?라며 목줄기에 핏대까지 세워 가며 큰소리 쳤는데도 운전수 놈은 아랑곳없이 당근 상자를 코끼리 우리 앞에 던져 놓고 가 버렸다. 네놈이 이거 한번 옮겨 봐. 당근 스무 상자가 장난인 줄 알아? S는 공연히 혼잣말을 보탠다.

그래 봐야 결국 S는 우리에서 수돗가까지 50미터는 족히 넘는 거리를 혼자 끙끙대면서 당근 상자를 옮겨야 한다. 놀이 공원 간부들끼리 코끼리 쇼를 준비한다는 계획 자체를 수정해야 하는 것 아니냐는 논의가 분주하지만, S가 상관할 바는 아니다. 여섯 마리 코끼리들을 굶길 순 없는 노릇이니까. 갈피를 못 잡는 간부들 덕에 코끼리 조련사들도 놀고 있기는 마찬가지다. 오늘은 아예 얼굴도 안 내민 조련사도 있지만, 아무도 월급을 삭감하겠다거나 어디 있는지 수배해 보라고 윽박지르는 사람이 없다. 요즘 들어 벌어진 연이은 코끼리 탈주 사건 때문이다.

보름쯤 전, 한 동물원에서 코끼리 한 마리가 우리를 이탈한 일이 있었다. 탈출한 코끼리는 출동한 동물 구조대와 119 대원들에 의해 곧 동물원으로 되돌려 보내졌다. 그리고 며칠 뒤, 이번엔 어린이 대

공원에서 코끼리 여섯 마리가 탈출하는 소동이 벌어졌다. 깊은 가을인데도 황사 바람이 인 날이었다. 심한 황사 바람에 천막이 흔들리자 놀란 코끼리 한 마리가 갑자기 정문 옆 펜스를 뚫고 빠져 나갔고, 뒤이어 다섯 마리가 도망친 것이다. 뛰쳐나온 코끼리들은 인근 식당으로 돌진, 숨을 곳을 찾으며 탁자들을 짓밟았다. 식당 현관문 앞을 지탱하던 철기둥이 휘었고 벽에는 코끼리가 찍어 눌러 파인 자국이 선명하게 남았다. 이날의 소동 때문에 한국의 주요 언론은 물론, 일본의 아사히 TV, 니혼 TV, 후지 TV 등을 비롯해 미국의 CNN까지 취재에 열을 올렸다.

식당 주인 금태훈 씨(45)는 "다행히 손님들이 없었고, 주방에서 일하는 아줌마들도 신속하게 장롱 속으로 대피해서 인명 피해는 없었다."고 인터뷰에 응했고, 식당 앞에서 철물점을 운영하는 박의수 씨(60)는 "내가 귀신도 안 무서워하는 월남 참전용사요. 그까짓 코끼리쯤 한 손으로 확 때려잡을 수도 있을 것 같은데 막상 세 마리가 달려드니 무섭더라고……." 하면서 깔깔 웃었다. 철물점 옆 슈퍼 주인 이혜숙 씨(64)는 "수도요금 고지서를 확인하던 중 갑자기 코끼리가 코로 슈퍼 문을 들이받는 바람에 매대 뒤에 숨어 벌벌 떨었다."고 말했다. 일본 NTV 취재진은 "일본도 코끼리 쇼를 비롯해 각종 동물 쇼가 성행하고 있어서 유사한 사례가 발생할 수 있기 때문에 시청자들의 관심이 많다."고 말했다. 길 가던 사람들은 삼삼오오 모여 "'어머, 여기가 그 식당인가 봐.'라며 연신 디지털 카메라와 휴대폰 카메라 셔터를 눌러 댔다. 같은 시각 근처 식당 또한 유리창이 모두 깨지고 기물이 파손되는 등 주변이 아수라장으로 변했다.

주민들에게 긴급 대피령이 떨어졌고 경찰관 40명, 소방관 80명, 구급차 세 대, 소방차 아홉 대가 긴급 출동했으며 지게차도 동원됐지만, 탈출 코끼리 생포 작전은 쉽지 않았다. 오히려 차량의 경적 소리와 주민 대피 명령을 하달하는 확성기 소리에 코끼리들은 더욱 흥분해서 날뛰었다. 조련사들이 코끼리들을 당근으로 달래면서 유인, 목에 줄을 매고는 코끼리 한 마리당 소방수 등 20여 명이 달라붙어 줄을 잡아당기는 방식으로 코끼리 네 마리의 생포에 성공했다. 하지만, 나머지 두 마리는 천호대로를 통과해 한 마리는 인근 야산으로 숨었고, 나머지 한 마리는 구청 앞 광장으로 달려갔다. S가 드림 월드에 면접을 보러 가는 도중이었다. 구청 앞 광장을 지나다 사람들의 행렬에 발이 묶였었다. 코끼리는 광장에 서 있는 한 사람을 들이받고 쓰러져 누운 그 사람을 다시 한 번 밟았다. 이에 군과 경찰은 신속하게 사살 작전을 검토했다. 채 5분도 되지 않아, 총기

로 무장한 병력이 광장을 에워쌌다. 왜 하필 광장이었을까. 코끼리 코가 가슴을 후려친 듯, S는 가슴이 뻐근했다.

광장을 빠져나와 버스를 탄 후에도 이 사건으로 일대 교통이 네 시간 동안 마비돼 극심한 교통 정체를 빚었다. S는 버스 안에서 라디오 생방송을 들으며 천호대로를 건넜다. 아나운서는 실시간으로 코끼리 탈주 소동을 중계했다. 코끼리 사살에 대해서는 한마디 언급도 없었다. 중계를 들으며 S는 버스의 덜컹거림을 용케 참아 내고 있었다. 3분의 1쯤 건넜을까. 갑자기 차량들이 줄지어 급제동했다. 사람들은 일제히 창문을 열고 고개를 쑥 내밀었다. 그 사이를 비집고 S도 고개를 디밀었다. 맞은편에서 세 살쯤 돼 보이는 코끼리 한 마리가 빠른 걸음으로 천호대로를 건너오고 있었다. 사람들은 벌린 입을 다물지 못했다. 처음에 설계했던 사람도 차량과 사람만 통과하도록 만들어진 도로를 1톤 무게의 코끼리가 이용하게 될 거라고는 생각하지 못했겠지. 아마 그럴 거라고 S는 속으로 중얼거렸다. 그리고 코끼리가 버스 옆을 지나갈 때 손을 뻗어 코끼리의 귀를 만졌다. 귓속말을 건네려면 먼저 귀를 기울이게 해야 하니까.

"어디 가니?"

"응…… 원래 왔던 곳으로."

코끼리는 좀 떨리는 듯한 목소리로 S에게 대꾸했다. 하지만 사살된 코끼리처럼, 극심한 스트레스로 인해 몸을 좌우로 흔드는 이상 정형 행동은 보이지 않았다. S의 입에서 한숨이 새 나와 코끼리의 귓가에 가 닿았다. 안도감인지 안타까움인지 헷갈렸다. 승객들은 코끼리 코가 창문을 통해 들어와 자신의 얼굴을 치지 못하도록 반대쪽으로 일제히 몰려갔다. 그리고 코끼리 귓가에 바짝 얼굴을 붙이고 있는 S와 코끼리를 뭔지 잘 알 수 없는 표정으로 번갈아 가며 쳐다보고 있었다. S는 버스가 한쪽으로 기울기라도 할까 봐 두려워, 양손으로 손잡이를 꽉 잡았다.

"거기가 어딘데?"

"글쎄. 그건…… 나도 잘 모르겠어."

겁먹은 코끼리는 간단한 대답을 끝으로 귀를 한 번 팔랑거려 작별인사를 하고는 천호대로를 마저 건너 어디론가 사라져 버렸다.

면접은 좀 싱거웠다. 학교 다닐 때 줄 서기 좋아했을 것처럼 생긴 면접관은, 거만해서 무심해 보이는 표정으로 질문했다.

"수습 기간은 3개월이고 그동안은 시간당 3000원입니다. 할 일은 코끼리 우리 청소, 코끼리 목욕시키기, 먹이 주기예요. 코끼리 좋아해요?”

말이 수습 사육사지, 거의 아르바이트생 채용하듯 시간당 3000원을 받고 일하겠으면 해라, 라는 식으로 끝이 났다. 아, 끝나기 전에 면접관은 한마디 덧붙였다.

“열심히 하면 특별히 2개월 만에도 정식 사육사가 될 수 있어.”

줄 서기 좋아했을 거 같은 면접관은 지금도 줄 세우길 좋아하는가 보다, 생각하면서 S는 “물론 좋아합니다.”라고 답했다. 면접장을 나오면서 S는 코끼리를 좋아한다는 게 무슨 뜻인지 면접관이 알까 싶어 고개를 갸우뚱했다.

S는 잘 씻은 당근을 코끼리 우리에 넣어 주었다. 여섯 마리 코끼리는 당근 스무 상자를 단숨에 해치운 뒤 곧 똥을 싸기 바빴다. 코끼리가 오므린 코끝으로 당근을 집어 먹어 치우는 모습을 보며 S는 헬기도 운전사 놈도 잊은 채 흐흐흐 웃었다. 녀석들의 먹이량이 한 마리당 300킬로그램에 가까워 먹이를 주고 돌아서면 다시 먹이를 준비해야 하는 일의 연속이다. 배설물 치우는 일도 만만치 않기는 마찬가지다. 지금은 그런대로 점심 먹는 데 지장이 없지만, 처음엔 냄새가 흘러 S의 온몸을 싸고 도는 통에 꼭 재래식 변소에 빠진 것 같은 기분이었다. 시멘트 바닥의 좁은 우리에서 코끼리 여섯 마리가 동시에 뿜어 대는 방귀 냄새도 장난 아니다. 심각한 두통을 야기했지만, 지금은 그냥 녀석들 모두 변비가 아니라는 걸 두통 치료제로 여긴다. 언젠가 면접관과 마주치게 되면 코끼리를 좋아한다는 게 구체적으로 어떤 건지 꼭 말해 주고 싶다, 고 생각하면서 S는 옥수수 건초와 특별 영양식으로 토끼풀처럼 생긴 알팔파를 우리 안

에 잔뜩 넣어 놓았다.

넣고, 빈 당근 상자를 한쪽으로 치우는데 롤러코스터 진행 요원이 S의 어깨를 툭 치고 지나간다. 밥 먹자. 진행 요원의 손에는 모인표 대신 쓰레받기와 빗자루가 들려 있다. 언제부턴가 주중엔 거의 놀이 기구가 멈춰 서 있다. 진행 요원은 표를 받고 안전벨트를 확인한 뒤 "자! 운행 시작합니다."라는 멘트를 날리는 대신, 풀을 뽑고 쓰레기를 주으며, 페인트가 벗어진 곳을 찾아 칠을 한다. S는 작업복 차림 그대로 손만 씻고는 매표소 옆 사무실로 방향을 틀어 걷는다.

드림 월드는 너무 조용하다. 거니는 놀이객보다 직원이 세 배 정도는 많아 보인다. 공원 내의 '레스토랑 초원'은 문이 굳게 닫혀 있는데 간판에 붙은 '레스토랑'의 '스' 자는 'ㅅ'만 남고 'ㅡ' 가 떨어져 나간 채 그대로다. 얼핏 안을 들여다보니 낡은 파라솔과 어디서 떼냈는지 모를 각목들이 널브러져 있다. 창고가 된 레스토랑 옆으로 얼마 전에 주점 '들길'이 문을 열었다. 불투명 비닐로 벽을 삼은 '들길' 출입문엔 색도화지에 더덕구이, 감자전, 도토리묵, 동동주라고 쓰인 메뉴가 나붙어 있다. 공원이 문 닫을 무렵이면 가끔 유치원 단체 손님과 불콰한 얼굴의 중늙은이 한 무리가 함께 출입문 빠져나가는 광경이 목격되곤 한다. '드림 월드'와 '들길'이 만나 마침내 공원의 정체성마저 흔들리기 시작한 것이다. 그러니 코끼리 쇼를 준비하면서 주점도 없앨 예정이란 계획은 누가 봐도 당연하다. 이제 좀 공원이 제대로 돌아가려나.

매표소 옆 사무실 문을 밀치고 발을 들여놓는 S를 따라 바닥을 뒹굴다 시든 낙엽 몇 장이 딸려 들어왔다. 아침에 쓸었는데 또 온

통 낙엽 천진가 보네. 매표소 직원 P 양이 투덜거렸다. P 양은 요즘 표 파는 일보다 낙엽 쓰는 일에 시간을 더 많이 허비한다. 다른 놀이 공원은 여름에 눈코 뜰 새 없지만, 드림 월드 직원은 지금이 제일 바쁘다. 쇠락해 가는 공원과 깊고 쓸쓸해지는 가을. 나쁠 거 없다. 아니, 더 나빠질 게 없는 거 같다. 상관없다. 놀이 공원이 연일 손님들로 미어터진대도 시간당 3000원이 변하진 않을 테니까.

"월급 얼마 받아요?"

S는 공원 바로 앞 종로김밥에서 배달시킨 쫄면 그릇의 가장자리를 나무젓가락으로 긁으면서 P 양에게 물었다. 그러면서 P 양을 향해 조금 다가앉았다. 오해는 마시라. 영영 닫혀 버린 왼쪽 귀 때문에 생긴 버릇이다, 누군가와 대화를 할 때 바싹 다가드는 건. P 양은 표 안 내고 공원 정문을 통과하는 손님을 대하듯, 뜨악하게 S를 쳐다봤다. 코를 감싸 쥐고 찡그린 표정이다. 당연하다. 코끼리 냄새

는 생각만큼 적응하기 쉬운 게 아니니까.

"요즘은 비닐 랩을 이중으로 덮어서 그냥은 벗기기 힘들어요. 사회생활한 지 얼마 안 됐나 보네."

P 양은 시급 3000원짜리 수습 사육사의 말 따위 신경 쓰지 않고 기어이 비빔밥 그릇의 이중 비닐 랩을 벗겨 내서는 젓가락으로 휘휘 젓는다. P 양은 꼭 오른쪽으로 모든 걸 돌린다. 겨우 모인 입장권 통에서 사은품 추첨을 위해 한 장을 뽑아 들 때도 통 속에서 팔을 오른쪽으로 휘젓는다. 가끔 핸드폰 고리에 손가락을 넣고 돌리는 장난을 할 때도 오른쪽이다. 낙엽 더미를 피해 돌아 걸어갈 때도 오른쪽으로 돈다. S의 왼쪽 귀와 마찬가지로 P 양도 한쪽 방향을 잃은 건가. 뜬금없이 S는 자신도 P 양도 이상 정형 행동을 보이는 거라고 생각한다. S는 말 없이 컵에 물을 따라 P 양 쪽으로 밀어 놓았다. 한 모금 마시고 내려놓는 P 양의 물컵 가장자리에 장밋빛 립스틱 자국이 선명하게 찍힌다. 롤러코스터 진행 요원은 일어나 라디오를 켜고는 P 양 옆으로 의자를 끌어당겨 앉는다. 라디오에선 연신 뉴스 속보가 흘러나오고 있다. 어린이 대공원에서 코끼리가 집단으로 탈주한 뒤, 기다렸다는 듯 도시의 크고 작은 놀이 공원과 동물원에서 코끼리들이 탈출하고 있다는 소식이다. 언제부턴가 도시의 동물원 수가 빠르게 불어났다. 그중 대부분의 동물원엔 코끼리만 대여섯 마리씩 있다. 비공식적 소문으로는 정부가 모종의 프로젝트를 진행 중이기 때문이라고 한다. 코끼리의 다양한 이용 방법을 연구하고 있다는 것이다. 코끼리는 현존 동물 중 가장 크고, 세 시간밖에 안 잔다. 원시 언어 수준의 음성신호를 갖고 있을 만

큼 머리가 좋고, 기억력이 뛰어나다. 그리고 시속 50킬로미터로 달릴 수 있다. 게다 어릴 때부터 구속감에 적응시키면 그 범위 이상을 벗어나지 않는다. 머릿속에 한계가 정해진 지도를 갖게 되는 것이다. 그러므로 도시 내에서 사람과 화물의 운송 수단으로 이용하면 환경문제를 해결할 수 있고, 관광 수입도 올릴 수 있을 거라는 것이다. 거기다 사람의 체세포를 코끼리에게 이식해 코끼리의 장기를 난치병 환자의 장기 이식수술에 이용할 수 있는 방법도 연구 중이라고 한다. 알려진 대로 코끼리들의 복잡한 사회구조와 풍부한 감정 또한 사람과 많이 닮아 있으니까……. 소문에 의하면 말이다. 그러다 무리한 연구에 따른 견디기 힘든 학대를 이기지 못한 코끼리들이 연이어 동물원을 탈출하고 있다는 것이다.

코끼리들은 집단으로 움직이는 습성이 있다. 한 마리가 탈출했을 때는 별 문제 아니지만, 무게가 1톤이 넘는 코끼리들이 집단으로 도시를 배회하면 도시의 질서가 무너지는 건 시간문제다. 질서라고 했지만, 사실은 통제가 흐트러지는 꼴일 테니까. 급기야 어젯밤 자정을 기해서 코끼리 탈출 주의보가 발령됐고, 정부 기관엔 '코끼리 집단 탈주 사건 대책 위원회'가 구성됐다. 오늘 오전엔 위원회의 한 간부가 사건 현장으로 시찰을 나갔다가 흥분한 코끼리 코에 치여 바닥에 내동댕이쳐지면서 뇌진탕으로 급사한 사건이 벌어졌다.

P 양이 불현듯 일어나 인터넷을 연결해 동영상을 연다. 여섯 살쯤 돼 보이는 코끼리와 근엄하게 넥타이를 매고 손을 뻗고 있는 중년 사내의 모습이 바로 뜬다. 코끼리의 일격에 죽어 버린 정치인인가 보다. 모두들 그렇다고 고개를 끄덕인다. 밥그릇에 고개를 숙인

채로 숟가락질에 몰두해 있으면서도 다섯 쌍의 눈동자는 옆 책상 위의 모니터를 향해 치켜뜨고 있다.

"우리 공원의 코끼리들은 괜찮은 거지?"

바이킹 진행 요원이 후르륵 김치찌개를 떠먹으면서 S를 향해 묻는다. 눈은 여전히 동영상에 가 박혀 있다.

"당근 다 먹어 치우고 똥 싸고 옥수수 건초 뜯어 먹는 거 보고 왔는데요……."

S는 쫄면에 딸려 나온 오뎅 국물을 그릇째 들고 마시면서 심드렁하게 대답한다. 속으로는 쫄면 값이 한 시간 급료와 똑같군, 이라고 생각한다. 정치인의 뒤쪽으로 수많은 수행원들이 배경처럼 나란히 줄을 서 있다. 그 가운데 코끼리와 정치인만 클로즈업 돼 있다. 누가 찍은 건지 앵글이 기가 막히다. 정치인은 어설프게 코끼리를 향해 손을 쭉 뻗는다. 멍청한 새끼. S는 끌끌 혀를 찬다. 그렇게 손을 뻗으면 코끼리도 고개를 숙이고 코를 내밀어 황송하게 악수라도 청할 줄 알았나? 몸을 계속 좌우로 흔들던 코끼리는 자신을 향해 돌진해 오는 손을 공격 신호로 받아들였을 것이다. 코끼리는 주저 없이 코로 정치인을 후려쳤다. 코끼리 코는 1톤쯤은 쉽게 들어올릴 수 있을 만큼 막강하다. 정통으로 코끼리에게 일격을 당한 정치인은 바로 옆 화단으로 나가떨어지면서 화단 모서리에 머리를 부딪혔다.

이어 P 양은 다른 사진들을 클릭한다. 찌그러진 난간, 부서진 자동차, 깁스한 중년 여인, 피 흘리는 사내, 겁에 질린 아이들 모습이 즐비하다. 높게 솟은 다국적 기업의 광고판 지지대 한쪽이 심하게

구겨져 광고판은 좌로 55도쯤 기우뚱해 있다. 코끼리에게 받힌 쓰레기차에서 오물이 흘러나와 길바닥엔 온통 쓰레기투성이다. 쏟아진 쓰레기들이 복원된 지 얼마 안 된 청계천으로 쏟아지는 장면이 생생하게 포착됐다. 건천이던 청계천에 물을 흐르게 하는 데 1년에 수십억 원이 든다는데 청소하려면 돈깨나 더 들겠다, 고 S는 쫄면 면발을 껌처럼 질겅거리며 생각한다. 라디오에서 앵커의 목소리가 끊이지 않는다. 이 거대한 사상 초유의 소동을 구경하려고 수능을 앞둔 수험생들이 야간 자율 학습 도중 무리 지어 뛰쳐나왔다고 한다. 그들 중 일부는 도시 밖으로 탈출한 코끼리의 뒤를 따라 사라졌다. 그들이 교실에 남기고 간 가방과 수험 서적들을 들고 부모들은 제발 돌아와 주기를 절에서, 교회에서, 또는 집에서 기도하기 시작했다. 수능 백일기도를 하던 부모들은 이 소동이 수능을 얼마 남겨두지 않고 벌어진 것에 분개했다. 그리고 정부 기관에 정식으로 항의했다. 며칠 새 조용하고 질서 있게 보이던 도시가 순식간에 흐트러지기 시작한 것이다.

S는 핸드폰을 꺼내 단축 번호 2번을 눌러 집에 전화를 걸었다. 쫄면 그릇에 젓가락을 급하게 내려놓는 바람에 젓가락 한 짝이 바닥으로 툭, 떨어졌다.

"J는?"

짐작대로 수험생인 동생 J 군은 어젯밤 집에 돌아오지 않았다. 시내의 한 골프장에서 비정규직 캐디 노릇으로 월 85만 원을 받으며 J의 학비를 대던 엄마의 목소리는 담담했다.

"차라리 잘된 거 아니냐? 수능 봐서 대학 가면 뭐 하니? 너 봐라. 뼈 빠지게 고생해서 대학 보내 줬더니 겨우 한다는 짓이 수습 사육사? 기가 막혀서…… ."

오른쪽 귓골을 타고 짜증 섞인 목소리가 흘러들었다. 엄마 말이 맞다. S는 엄마가 가라는 대로 삼류지만 대학에 들어가서 법을 공부했다. 실은 그냥 학교에 왔다 갔다 한 게 전부지만, S를 그 학교에 보내느라 엄마는 S가 고등학교를 다니는 3년 내내 월 10만 원을 더 준다는 말에 공사장 함바 집에서 일을 했다. S가 수능을 보기 한 달 전쯤인가…… 엄마는 30인분의 국이 든 통을 들어 올리다가 어깨뼈가 빠지는 부상을 입었다. 그러니 뼈 빠지게 고생했다는 말은 빈말이 아니다. 따라서 학교를 졸업하고 대기업에 들어가 연봉 2000만 원 정도는 받아서 엄마에게 주는 게, 엄마 생각엔 정당한 대가였다. 입사 시험을 보는 곳마다 S가 당연한 듯 미끄러진 건 엄마에겐 전혀 당연하지 않은 결과였다.

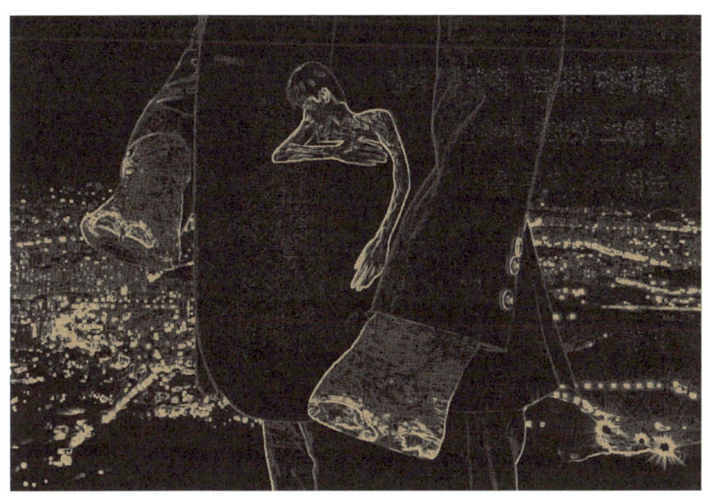

　　L도 그랬을 것이다, 라고 S는 짐작했다. 정당한 보상을 못 받은 기분이었겠지. L은 신입생 오리엔테이션 때 선배들이 따라 준 소주를 주는 대로 다 받아 마신 뒤, S의 바지춤에 오바이트 했다. 다음 날 L이 S에게 밥을 샀다. 그 분식집에서 나와 미안하다는 L의 말에 "그건 됐구요. 정 미안하면 나랑 사귑시다."라고 말하고는 바로 L의 입술에 키스를 퍼부었다. L의 입술에서는 시큼한 사과향이 풍겼다. L은 신입생 중 제일 예쁜 여자였다. S는 대단한 경쟁률을 뚫고 뭔가에 성공한 기분이었다. S는 대학 시절을 L과의 연애로 견뎌 냈다. 그렇게 4년을 잘 지냈는데 S가 입사 시험에 연전연패하자 L은 "내 인생에 제일 큰 실수 두 가지가 뭔 줄 아니? 하나는 일부러 니 바지에 오바이트 했던 거고, 또 하나는 그다음 날 남자들의 키스 욕망을 부른다는 립스틱을 바르고 나갔던 거야."라고 말하고는 얼마 안 돼 헬기를 조종한다는 웬 놈과 결혼했다. S는 전화를 끊고 핸드폰

단축 번호 1번을 눌러 보려다 그만뒀다. 아직 L의 번호가 1번에 저장돼 있는 걸 L은 알까. L의 저장 번호를 지우려다 언젠가 한번 걸어 보자고 마음먹고는 핸드폰을 도로 주머니에 넣는다.

쫄면의 면발이 덜 삶아져 너무 질기다. S는 반쯤 남은 쫄면 그릇을 옆으로 밀쳐놓고 애써 눈은 모니터에, 귀는 라디오에 집중한다. 시내의 상점들은 문을 닫아걸었고, 근로자들은 일손을 놓기 시작했다. 빈 그릇을 사무실 밖에 내놓은 나머지 네 쌍의 눈과 귀도 온통 바깥의 혼란에 휩싸여 있다.

"우리도 뭔가 대책을 세워야 하는 거 아냐?"

롤러코스터 진행 요원이 밀린 두 달치 월급을 걱정하면서 라디오 앞으로 다가들었다. 차량들은 어디서 코끼리와 부딪칠지 몰라 거북이 운행을 한다. 조금 전엔 시내의 한 대형 할인점으로 코끼리 떼가 돌진했고, 코끼리 떼가 지나간 후에는 폭도로 변한 손님들이 물건을 마구 집어내기 시작했다. 근로자들이 떠나간 대형 사업장들의 기계는 멈춰 섰고, 주가는 일제히 폭락했다. 일부 고위층의 거액 예금이 빠르게 외국으로 빠져나갔고, 이어 공항엔 도시를 빠져나가려는 승객들로 발 디딜 틈이 없어졌다. 모니터 동영상은 실시간으로 시내 상황을 보여 준다. 거리는 동물원과 놀이 공원을 빠져나온 코끼리 떼가 점령했다. 간혹 코끼리 등에 올라탄 사람들도 보인다. 하늘엔 정부 마크가 새겨진 헬기들이 낮게 떠다니고 있다. 다다다다. 프로펠러 소리가 마치 전장에서 살상 무기가 퍼붓는 공포와 죽음의 소리 같다. L의 남편이 정부 기관에서 일한다던 얘기를 떠올리며 S는 헬기 위에서 내려다보는 도시는 어떤 모습일까, 상상한다.

“여긴 너무 조용한 거 아냐?”

P 양이 들릴 듯 말 듯한 입속말로 우물거린다. 맞다. 쇠락해 가는 드림 월드는 마치 도시 안에 떠 있는 섬 같다. 다른 네 쌍의 눈들은 자신들도 이제 그만 섬을 떠나야 하는 건지 생각하느라 연신 좌우로 움직이고 있다. 사무실을 나온 S는 빈 그릇을 핥아 대고 있는 고양이를 향해 헛발질을 날린다. 너도 얼른 섬을 떠나. S의 발길질을 피해 몇 발짝 물러나던 고양이는 돌아서는 S의 등을 노려보며 다시 빈 그릇으로 다가든다. 고양이는 섬을 떠나기엔 아직 배가 고픈가 보다. S는 사무실을 지나 낮은 오르막길을 올라간다. 먼지 끼고 물 한 방울 없는 수영장 구석엔 빛바랜 오리 배 여섯 척이 되는 대로 포개져 있다. 아무리 둘러봐도 오리 배를 띄울 만한 곳은 보이지 않는다. 수영장에 띄웠을 것 같진 않은데. 아무려나. 무료로 탈 수 있는 미끄럼틀과 원통 통로가 붙어 있는 아동용 놀이 기구에만 한솔 어린이집 가방을 멘 애들 몇몇이 뒹굴고 있다.

모든 놀이 기구들은 멈춰 서 있다. 손님도 없고 진행 요원도 자리에 없다. 높이 매달린 작은 스피커에서 흘러나오는 빠른 비트의 음악은 오히려 정지감을 더한다. 칠 벗어지고 낡아 빠진 롤러코스터와 바이킹, 디스코 음악에 맞춰 45도쯤으로 회전하는 원반 위에서 기울기를 견뎌야 하는 타가 디스코도 소리 하나 없이 가라앉아 있다. 타가 디스코 원반 위에는 빨간 머리띠를 하고 기타를 든 엘비스가 그려져 있다. 원반 바닥에 들러붙은 엘비스는 2주쯤 전보다 페인트가 더 날아가 눈동자가 더욱 흐려졌다. 얼마 안 있어 엘비스도 이 섬을 완전히 떠나 버리겠지. 간이 매점에 널려 있는 동물 모

양 풍선, 별 달린 머리띠, 사탕이 들어 있는 지팡이 등이 겨우 놀이
공원을 존재 증명하고 있다. 색색깔의 셀로판지 바람개비가 바람에
밀려 탁탁 소리 나게 돌아가고 있다. S는 주인이 자리를 비운 간이
매점으로 들어가 냉장고에서 토마토 주스를 꺼내 마셨다. 뚜껑을
따기 전 유통기한도 확인했다.

빈 주스 병 뚜껑을 도로 닫아 냉장고에 넣어 둘까 하다 그냥 진
열된 머리띠 옆에다 내려놓은 다음, 구석에 세워 놓았던 배변 처리
용 쓰레받기를 들고 동물원 쪽으로 발을 떼 놓는다. 녹슨 철장 안
좁은 연못에서 청둥오리 대여섯 마리가 자맥질하고 있다. 물속엔
플라스틱 통 뚜껑, 부러진 나무젓가락, 빈 콜라캔 등속이 떠 있다.
오염되고 냄새나는 물가엔 퍼런 물이끼가 잔뜩 껴 있다. S는 자물
쇠를 풀고 철장 문을 열어 놓았다. 좀 걷다가 뒤돌아보니 오리들은
여전히 더러운 물속에 둥둥 떠 있다. 자물쇠 바깥세상에서 살아 본
적 없기 때문인가. S는 자물쇠를 벗겨 놓은 게 잘한 짓인지 잠시 헷
갈린다. 오리들이 나오지 않는다면 그물을 든 사람들이 자물쇠 안
으로 들어가 오리 목에 올가미를 씌우겠지. 다시 가서 자물쇠를 채
울까 하다 귀찮아져 그만두기로 한다.

옆으로 고라니 세 마리, 원숭이 두 마리, 꿩 서너 마리가 수용된
우리들. 동물원 끝. 동물원이라고 이름 붙일 수 있다면 말이다. 그
리고 바로 코끼리 쇼장이 나온다. 원래는 대형 야외 공연장이었던
걸 리모델링했다. 리모델링이라니…… 말이 거창하다. 만국기 걸고,
코끼리 냄새를 없애기 위해 대형 선풍기 몇 대 갖다 놓고 스피커 시
설을 들여놓았다. 미얀마에서 코끼리 여섯 마리와 조련사 세 명을

데려오고 남은 예산으로 할 수 있는 건 다 한 거다. 그리고 코끼리 쇼 개막을 일주일 앞두고 탈주 사건이 벌어졌다. 며칠째 직원들 사이에서는 드림 월드 사장이 외국으로 돈 빼돌리고 잠적했다는 소문이 돌고 있다. S는 어제 연습 후 공연장에 널린 코끼리 똥을 치운다. 지름이 거의 5센티미터는 되는 똥 무더기를 치우느라 하늘에서 내리꽂히는 살상 무기의 소리를 듣지 못한다. 똥이 잔뜩 든 쓰레받기를 들고 일어서는데 마지막 일격을 날리고 사라지는 헬기 소리가 오른쪽 귓바퀴를 찌른다. 소리는 늦가을 바람 소리와 섞여 S의 등줄기까지 싸늘하게 훑어 내린다.

다른 건 몰라도 추위 적응 시도는 그만뒀어야 했다. S는 연이은 코끼리 탈주 사건이 그 때문이라고 생각한다. 오후 치 당근 상자를 코끼리 우리 안으로 옮기고 실내 온도를 체크한다. 섭씨 19도. "춥니?" S는 여섯 마리 코끼리 중 막내인 톰에게 말을 건넨다. 톰의 몸에는 여기저기 상처 자국이 선명하다. 훈련 받을 때 쇠꼬챙이로 찔린 흔적이다. 어릴 때부터 훈련에 적응하느라 그런지 톰은 보통 코끼리보다 성장 속도가 느려 세 살인데도 이제 겨우 늑대만 한 사이즈다. 제대로 큰다면 세상에서 가장 큰 동물이겠지만, 코끼리들은 점점 더 왜소해지고 있다. "견딜 만해. 하지만 다른 애들처럼 실외에 방치됐다면 못 참을걸." 톰은 고개를 흔들며 귀를 팔랑거렸다. 테크노 춤이라도 추는 듯 보이지만, 스트레스와 추위를 견디려는 동작이다. 그리고 가끔 앞뒤좌우로 몸을 심하게 흔든다. 역시나 스트레스 때문에 보이는 이상 정형 행동이다. 톰의 발에는 어른 코끼리보다 좀 더 굵은 쇠사슬이 매여 있다. 족쇄의 끝은 바닥에 단단하게 고정돼 있다. 태국에서는 어린 코끼리를 유인해서 우리에 가두어 놓고 발목에 쇠사슬을 채운다. 그 쇠사슬의 한쪽 끝을 벵갈보리수라는 튼튼한 나무에 묶어 놓는다. 처음엔 쇠사슬에서 벗어나려고 난동을 부리기도 하지만, 사슬도 나무도 꼼짝 않는 걸 알고는 탈출을 포기해 버린다. 커갈수록 가는 쇠사슬을 쓰는데도 어느새 길들여진 코끼리는 자신의 한계 안에서만 움직인다.

S는 추위에 노출된 코끼리들이 죽음의 공포를 느꼈을 거라고 짐작한다. 천호대교를 넘던 코끼리와 대화를 나눴을 때 분명 그렇다고 느꼈다. 정부의 비밀 프로젝트 설이 사실이라면 코끼리의 추위 적응 훈련은 필수적이고 가장 중요한 과정이다. 30년 가까이 겪었지만, S에게도 이 도시의 겨울은 늘 고통스러울 만큼 춥다. 월 100만 원이 채 되지 않는 엄마의 수입으로는 아무리 계산기를 두드려 봐도 기름값 걱정 없이 보일러를 돌려 따뜻한 겨울을 날 수 없었다. 태어난 곳을 떠나 겨울을 처음 겪어 보는 코끼리들이 죽음의 공포를 느끼는 건 당연한 일이다.

어릴 때 딱 한 번 갔던 동물원에서 S는 코끼리와 말이 통한다는 사실을 알았다. J 군의 생일이었던가. 고속도로 공사장 인부로 일하다 사고로 죽은 아버지의 제삿날이었던가. 생일이든 제삿날이든 S는 슬펐다. 처음 갔지만 마지막으로 누리는 호사란 걸 알았으니까. 그래서 코끼리에게 말을 했다. "슬퍼……." 그랬더니 J 군의 크래커를 코로 낚아채 씹어 먹던 코끼리가 S에게 대꾸했다. "나도 슬퍼. 여긴 시간이 너무 안 가. 근데 넌 왜?" 코끼리는 제대로 목욕도 하지 못해 더러운 몸이 가려운 듯 연신 철장에 몸을 비벼 댔다. 뭔가 코끼

리와 더 대화를 할까 하다가 고개를 좌우로 심하게 흔들어 대는 코끼리를 보고 그만뒀다. 커다란 덩치의 코끼리는 S의 세 식구만큼이나 무력해 보였다.

S는 코끼리의 말을 알아듣는다는 사실을 엄마한테 말하지 않았다. 가난한 살림에 수학이나 과학 천재도 아니고 코끼리와 말이 통한다면 엄마의 눈자위가 희번덕거렸을 테니. 그리고 그때 코끼리 사육사가 되기로 맘먹은 걸 알았다면, 엄마는 그러니까, 죽은 아버지를 불러 깨워서라도, J의 생일을 다시는 기억 못 하게 되더라도, 어쭙잖은 동물원 견학 따위, 말도 못 꺼내게 했을 거다. 엄마의 85만 원 수입에서는 아직도 매달 대출 받은 S의 대학 학자금이 꼬박꼬박 빠져나간다. 함바 집에서 왼쪽 어깨뼈가 빠진 뒤, 엄마는 습관성 탈골을 선고 받았다. 요즘 엄마는 골프채가 든 무거운 가방을 늘 오른쪽 어깨로만 메 오른쪽 어깨가 점점 내려앉고 있다. S는 이 섬을 떠날 수 없을 거라고 생각한다. 엄마의 빚을 먹고 자랐으니까. 아니. 곧 코끼리 사육사 따위 그만두고 변두리 변호사 사무실 같은 데라도 취직해야 할까. 엄마는 화난 표정으로 그러라고 할 것이다. 엄마는 그걸 S의 당연한 본분이라고 생각하니까. 학교 잘 다니고 사시에 패스해 촌티 나는 검정색 유니폼을 입었다면 엄마는 나머지 한쪽 어깨뼈마저 뽑아 주려 들겠지. S는 문득 양쪽 어깨뼈가 한꺼번에 무너지는 것 같은 기분이 된다. 어깨에 부착한 파스에 어깨뼈가 아슬아슬 붙어 있는 느낌.

담배에 불을 붙이고 S는 사육사 사무실 의자에 털썩, 뼈들을 부려 놓는다. 부려진 뼈들이 산산이 조각나는 느낌이다. 담배 연기가 제의에 피운 향인 듯 삐걱거리는 S의 몸을 위로한다. 담배 연기에 코에 밴 지독한 코끼리 똥 냄새가 중화된다. 코끼리 쇼 준비에 열을 올리다 예산 문제로 다른 사육사들은 모두 잘렸다. 코끼리를 굶길 순 없고, 사육사 중 S가 유일하게 시급 3000원이란 말에 별다른 토를 달지 않았다. 덕분에 S는 원한 적 없는데도 사육사 사무실을 자취방 삼아 2주 가까이 뭉개고 있다. 담배꽁초로 가득 찬 종이컵에 담배를 꾹 눌러 끄는데 매표소 P 양이 슬그머니 들어온다. 손에 종이컵 두 개가 들려 있다. 싸구려 자판기 커피 냄새가 사무실에 진동한다.

"거기 앉아요."

"여기요?"

P 양은 약간 당황한 듯 톤을 높여 말하지만, 목소리엔 당황을 가장한 티가 난다. 그리고 S가 가리키는 대로 침대 모서리에 걸터앉는다. 해고된 사육사는 다 낡은 오디오 시스템만 들고 내빼면서 S에게 인심 쓰듯 한마디 던졌다. 워낙 우물거리는 말소리여서 S는 잘 알아듣지 못했다. 살아남은 한쪽 귀를 더 크게 열어야 했다. "뭐라구요?" "너 쓰라구." S는 해고된 사육사의 눈꼬리를 따라 구석의 라꾸라꾸 침대로 눈을 돌렸다. "네." S는 고마웠다. 자취방엔 오디오 시스템보다 침대가 더 요긴하니까. 어쩌면 지금의 상황을 해고된 사육사가 미리 예측한 건지도 모르지. 아무튼, 드디어 P 양이 S의 침대에 엉덩이를 내려놓은 거다. 그러더니 P 양은 책상 한편에 놓인 TV를 켠다. 이어 그 옆에 놓여 있던 티스푼을 컵 속에 넣고 오른쪽으로 돌린다.

"매표소 옆 사무실엔 너무 사람이 많아서 시끄러워요."

그런 말 안 해도 다 안다, 는 표정으로 S는 고개를 끄덕인다. 해고된 사육사가 TV를 빼돌리지 않은 것도 고마워할 일이다. 역시나. 모든 방송은 온통 코끼리 탈주 사건 얘기다. 긴박한 목소리의 기자는 종로 한복판 빌딩 숲을 배경으로 서 있다.

"연이은 코끼리 탈주 사건으로 며칠 새 온 도시는 마비 상태에 빠졌습니다. 인도는 물론 차도까지 코끼리 떼가 점령한 가운데 버스를 비롯한 지상 교통수단은 운행을 완전히 멈췄고, 간간이 지하철로 향하는 시민들만 눈에 띌 뿐입니다. 인근 건물들의 1층은 온전하게 남아 있는 곳이 거의 없고, 길에는 부서진 건물의 잔해와 코끼리 배설물이 넘쳐 나는 상황입니다. 군을 비롯해 경찰과 소방대원, 동물 구조 협회 회원들도 모두 출동했지만, 집단적으로 감행된 이번 코끼리 탈주 사건에는 효과적인 대응이 불가능한 상황입니다. ……"

이 지점에서 S는 P 양의 옆에 엉덩이를 내려놓았다.

"음…… 이제 잘 보이네."

화면이 잘 안 보인다는 건 거짓말이 아니다. 화면 속에서 취재 기자 뒤로 코끼리 한 마리가 종로타워 1층 회전문으로 돌진하는 화면이 잡힌다. 1층을 들이받으면 33층 '탑 클라우드'가 흔들릴까. 원래 조금씩 흔들린다니 오히려 멈춰 서 버릴까. P 양의 의견을 물어볼까 하다 그만둔다. 겁먹은 P 양의 얼굴은 미간이 잔뜩 좁아져 있다. 흥분한 코끼리 떼는 프레스 센터와 파이낸스 센터를 각각 들이받았다. 난공불락. 땅속 깊숙이 뿌리를 박고 있는 거대한 빌딩은 코끼리 몇 마리의 힘으로는 꿈쩍도 하지 않는다. 코끼리들은 체념한 듯, 빠른 걸음으로 대로를 빠져나간다. 간혹 코끼리 등에 올라탄 사람도 있다. 혁명군의 수장 같은 표정이다. 수장의 뒤를 따라 코끼리 떼와 사람들이 잘 닦인 도로를 따라 도시를 벗어난다. 섬을 탈출한다. S는 탈출한다, 고 중얼거린다. 그리고 탈출한 사람들과 코끼리 떼가 어디로 가야 할지 몰라 헤매는 모습을 상상한다. 취재기자의 목소리는 차츰 높아져 간다.

"'코끼리 집단 탈주 사건 대책위원회', 이하 코탈위는 정부 기관의 한 건물에 모여 대책을 논의하고 있습니다. 마이크를 넘겨 그쪽 상황을 알아보겠습니다. 코탈위, 나와 주세요."

장면 전환. 화면은 바로 한 건물의 로비를 비춘다. 기자 뒤쪽으로 굳게 닫힌 육중한 문이 보인다. 그 문 앞쪽으로 많은 수의 취재진과 시민들이 문을 에워싸고 있다.

"네, 여기는 코탈위 회의가 한창 진행 중인 정부 기관의 비밀 회의장입니다. 심각한 혼란에 빠진 도시 상황이 시시각각 회의장에 전해지고 있는데요. 정치권은 현재, 코끼리 집단 탈주극이 온 도시로 번져 시민들도 대거 동참하고 있다고 파악하고 있는 듯합니다. 이에 대한 대비책은 크게 두 가지로 좁혀지고 있습니다. 유력 인사가 코끼리에게 치여 죽은 여당 쪽은 즉각적인 코끼리 사살을 주장하고 있고, 반대로 야당 쪽은 가능한 방법을 동원, 코끼리들을 동물원으로 돌려보내자고 여당 의원들을 설득하고 있습니다. 하지만, 양측은 이견을 좁히지 못한 채 회의장의 목소리는 점점 높아져 자칫 감정싸움으로 번질 우려마저 생기고 있는 상황입니다. ……"

회의장에서 흘러나오는 소리, 문 앞에서 웅성거리는 소리. 화면은 소리들의 무게를 이기지 못하고 무겁게 가라앉는다. S는 P 양 쪽으로 조금 더 다가앉았다. P 양은 S 따위 아랑곳없는 표정이다. 심각하게 굳어 있다. 커피를 젓던 손짓도 얼어 버린 듯 멈췄다. P 양도 곧 섬을 떠나겠지. S는 직감했다. 취재기자의 목소리는 점점 더 톤이 높아진다.

"…… 이번 사태를 지켜본 생명과학 박사 최재훈 교수(52)는 두 가지 방법 모두 위험부담을 안고 있다고 판단하고 있습니다. 첫 번째. 탈출한 코끼리들을 사살할 경우, 무자비한 사살 장면이 자칫 시민들의 반발심을 불러일으켜 온 도시로 폭동이 번질 수도 있다고 경고하고 나섰습니다. 두 번째. 생포해서 동물원으로 돌려보내는 방법인데요. 이 방법은 현실적으로 인력과 장비가 부족할 뿐 아니라, 시간이 지연되면서 도시의 혼란과 파괴가 더욱 가중될 것이라는 관측입니다. 따라서 어느 쪽도 위험부담을 안고 있기는 마찬가지인데요. 거기다 정치권 일각에서는 이번 사태를 해결하는 쪽이 내년에 있을 총선에서 승리할 거라는 소문이 돌고 있는 실정입니다. 이 때문에 정치권은 양측 모두 사활을 건 승부로 인식하고 있는 듯합니다. 한시가 급박한 상황에서 정말 답답한 마음인데요. 군과 경찰, 도시 내의 모든 소방대원들이 비상대기 중이고, 동물 보호 협회를 비롯한 시민단체들도 촉각을 세우고 사태의 추이를 지켜보고 있습니다. 군은 만약에 대비해 실탄이 장전된 총을 군인들에게 지급했으며, 비밀 작전에는 대포와 탱크 동원 명령이 포함되어 있다고 합니다. 현재 도시 상황 알아보죠.……"

다다다다. 살상 무기 소리로 무장한 헬기가 상공에 떠 있다. 정부 마크가 선명하게 찍혀 있는 헬기는 공중에서 코끼리 떼와 사람들을 내려다보고 있다. 헬기를 보자 부아가 치민다. 헬기 조종사 놈들은 다 L 양의 남편 같다. 놈은 정부 기관 소속으로 헬기로 공중을 떠다니면서 도시계획을 짜는데 필요한 정보를 수집한다고 했다. 지금, 놈이 수집한 정보가 속속 코탈위 회의장으로 전해지고 있겠지. 섬에 갇힌 S와 공중 부양해 그 섬을 내려다보고 있는 놈. 코끼리 코가 쑥 길어져 공중에 낮게 떠 있는 헬기를 한 대 후려갈긴다…… 는 상상을 한다. 그러니까 기분이 좀 낫다. 아니, 나아지려는 순간 S는 들고 있던 컵을 하마터면 P 양의 무릎에 떨어뜨릴 뻔했다. 화면에 잡힌 사람들 중 한 사람이 분명 엄마의 얼굴을 하고 있다. S는 좀 더 P 양 쪽으로 다가갔다. 절대 P 양에게 수작을 걸려는 게 아니라고 속으로 P 양을 향해 중얼거렸다. S는 다만 TV 화면 가까이 다가간 것뿐이다. 1톤이 넘는 코끼리 등짝에 올라타고 있는 엄마의 모습이, 그것도 TV 화면에 정면으로 비춰지니 눈이 화면에 빨려 들어가는 건 당연한 일 아닌가. '비정규직 근로자 총연합회'라고 쓰인 조끼를 입은 엄마는 비교적 화면발이 잘 받는다, 고 생각하면서 커피를 P 양의 무릎에 쏟지 않아 다행이라고 작게 숨을 내쉰다. 그랬다면 P 양은 어머나, 소리를 지르면서 화들짝 S의 간이침대에서 몸을 일으켰을 테니까.

"엄마예요, 저 여자……."

S는 손가락을 뻗어 화면 속 엄마를 짚어 P 양에게 말해 줬다.

"그렇군요. 그러고 보니 좀 닮았네요."

P 양은 위로한다고 느낄 수도 있을 만큼 나직하게 대꾸했다. 엄

마는 아까 보인 혁명군 수장 같은 놈의 뒤를 따라 대로를 활보하고 있다. 어깨뼈가 또 빠져 버린 듯 한쪽 팔이 공중에서 덜렁거린다. 코끼리 등에 올라타 도시 한복판을 가로지르는 기분은 어떨까. 한쪽 팔로 균형을 유지하고 있는 엄마의 뒷모습은 위태롭게 흔들리고 있다. 금방이라도 코끼리 등에서 떨어져 바닥에 곤두박질칠 것처럼 불안해 보인다. 엄마는 어디로 가는 걸까. 엄마가 갈 수 있는 곳이 있으면 좋을 텐데…… 동시에 S는 다음 달에 돌아올 대출 상환금이 얼마나 되는지 가늠해 본다. 코끼리를 타고 도시를 떠나는 엄마가 S에게 유일하게 남긴 거니까.

화면 안은 이제 코탈위에서 보낸 진압 요원들과 공무원들, 취재진으로 가득 찼다. 코탈위는 아직도 해결책을 내놓지 못한 모양이다…… 라고 생각하는데 P 양이 벌떡 일어난다. S는 뒤돌아서 사육사 사무실을 나가는 P 양의 손을 잠깐 잡았다 놓는다. P 양의 손은 따뜻하고, 조금 떨리고 있다. 잘 가요. S는 P 양이 떠나고 닫힌 문을 향해 손을 흔든다. 이렇게 해서 S는 혼자가 됐다. 마치 무인도에 혼자 남은 기분이다. 나쁘지 않다. 실은 더 나빠질 게 없는 건지도 모를 일이다.

회의장은 여전히 난리 법석이다. 취재기자는 연신 아직도 대책이 안 나온 상태라는 말만 반복하고 있다. 기자 주변으로 아까보다 훨씬 더 많은 사람들이 모여 있다. 그중엔 알 만한 유명 인사도 여럿 보였는데 그들은 "정부는 도시에서 살 권리를 보장하라."며 대책을 촉구하고 있다. 드디어 회의장의 육중한 문이 천천히, 열린다. 이어 시국 선언과 그에 따른 대책 발표문…… 을 일일이 다 열거할 필요는 없고, 요약하자면 이렇다.

"온 도시의 코끼리들이 난동을 부려 더 이상 치안 유지조차 힘들다. 정부는 사살과 다시 동물원에 가두는 두 가지 방법을 놓고 거듭 논의했지만, 현실적으로 두 가지 모두 실효성이 없다고 판단했다. 이에 정부는 도시민의 안전을 위해 도시를 둘러쌀 수 있는 보호 펜스를 설치하기로 결정했다. 이미 많은 코끼리들이 빠져나간 상태고 코끼리들이 돌아와 도시를 공격할 것에 대비하기 위해서다. 보호 펜스는 코끼리들의 집단적인 공격을 막아 낼 수 있을 만한, 튼튼하고 강한 강철로 지금 즉시 설치될 것이다. 이후 치안 유지는 경찰과 군부대, 소방대를 비롯한……'

뭐. 어쩌고저쩌고. 결국 도시 전체를 커다란 우리로 만들겠다는 말이군. S는 알겠다는 듯 고개를 끄덕이며 자리에서 일어난다. 사육사 사무실을 그냥 나올까 하다가 P 양이 남기고 간 커피를 한 모금 마신다. 역시, 커피는 식어 버렸다. 어차피 마실 거였으면 커피가 따뜻할 때 P 양과 함께 마셨으면 좋았을걸, 하는 생각이 들어 조금 안타깝다. 사무실을 나오니 먼지바람이 훅 끼친다. 바람을 헤치고 나선 S의 귓바퀴에 헬기 소리가 걸려든다. 헬기는 아까보다 훨씬 더 높이 떠서 사라지고 있는 중이다. 다다다. 프로펠러 도는 소리가 드림 월드의 모래 바닥에 박히다가 점점 약해진다. 코탈위 회의 결과를 전해 들은 헬기들은 이제 보호 펜스를 칠 위치를 정하기 위해 도시 외곽으로 몰려갈 것이다.

S는 작업복 차림 그대로 곧장 코끼리 우리로 향한다. 다섯 마리 코끼리들은 이미 우리를 부수고 있는 중이다. 무너지지 않을 것처

럼 보이던 쇠창살은 코끼리 발에 밟혀 우그러지고 있다. 코끼리들은 S를 보고 반갑게 말을 건넨다. 아직까지 몸을 좌우로 흔드는 동작은 여전하다. S는 왼쪽 귀를 코끼리 옆구리에 대고 살짝 등을 쓰다듬는다.

"톰은 조금 전에 떠났어. P 양을 등에 태우고 말이야."

"그렇군."

다섯 마리 코끼리가 느린 걸음으로 우리를 빠져나온다. 그중 한 녀석이 앞다리를 구부려 S가 올라탈 수 있도록 도와준다. S가 코끼리 다섯 마리와 함께 드림 월드의 정문을 빠져나오는데 매표소 옆 사무실 앞에 놓인 음식 그릇이 눈에 띈다. 고양이는 아직도 음식 그릇을 핥아 대고 있다. 고양이를 데려갈까, 하다가 S는 그냥 드림 월드 섬을 빠져나가 도시의 대로로 접어든다. 이제 곧 도시는 쇠창살로 무장한 우리로 변해 가겠지……. 아니, S는 쇠창살로 가로막힌 우리가 원래부터 거기 있었던 건지도 모른다고 생각한다. 떠올려 보니 S는 한 번도 바닥에 낮게 발붙인 도시를 떠나 바깥세상에서 살아 본 적 없다. 섬을 떠난 S는 어느 쪽으로 가야 할지 몰라 도시의 대로 한복판에서 발을 멈칫 한다. 멈춰 서서 춤추듯 흔들리는 코끼리 몸짓에 S도 따라 몸을 흔든다.

잃어버린 몸을 찾아서

*

어떤 소리가 달팽이관을 지나 몸속으로 흘러들었다. 들렸다고 하기보다는 소리가 들어왔다고 하는 게 더 맞는 말이다. 감각이 예민해진 탓이다. 귓바퀴가 저절로 쫑긋 섰다. 고막이 크게 열리면서 소리의 힘이 증폭됐다. 밝은 감색의 올이 굵은, 주렴처럼 느껴지는 무엇이 눈앞을 가리고 있다. 누군가 서성이는 발걸음 소리가 마치 먼 데서인 듯 희미하게 들렸다. 소리와 함께 내 몸이 출렁, 흔들렸다. 보이지 않는 소리를 느끼고 있자면 결국 모든 소리에 불안감을 느끼게 된다. 걷는 발소리를 따라 사지가 마치 실에 매달린 헝겊 인형처럼 춤을 췄다. 덜컥 겁이 났다.

나는 다리에 잔뜩 힘을 주고, 마치 벼랑을 기어오르듯이 양팔을 위로 쭉 뻗어 올렸다. 그것도 모자라 있는 대로 까치발을 하고 껑충 뛰는 동작을 반복했다. 그러기를 몇 번인가 속으로 세다가 턱, 난간 따위의 무엇에 손이 걸렸다. 모든 감각이 눈으로 집중됐다. 시각을 되찾고 나니 냄새와 소리들이 단박에 어딘가로 멀어졌다. 차고 날카로운 바람이 최대한으로 열린 동공으로 바로 밀려들었다. 반사적으로 눈꺼풀이 닫히기도 전에 수많은 모래 알갱이들이 눈동자에 와 얹혔다.

올려다보니 J의 가슴팍이 먼저 눈에 들어왔다. 이게 무슨……. 내려다보니 가만히 서 있지 못하고 계속 서성이고 있는 J의 카멜색 구두코가 시야에 잡혔다. 이런. J의 주머니 속…… 내가 바로 J의 감색 아마 재킷 주머니 속에 들어와 있는 것이다. 나를 주머니에 넣어 놓고 싶다는 J의 말을 듣고 나서, 그리고 내가 잠깐 차라리 J의 주머니 속에 들어 있으면 어떨까, 생각하고 난 뒤, 나는 정말 한없이 작아져 주머니 속에 들어 있는 것이다. 믿기 어렵지만 내 밑에 켜켜이 쌓인 허공을 보고 있자니, 또 거인의 목소리처럼 우렁우렁 울리는 J의 말을 듣고 있자니, 안 믿을 수도 없었다.

마치 성경의 '있으라…… 하니 있었다.'라는 구절처럼 주머니 속에 있으라…… 하니 있게 된 것이다. 눈으로 본 적 없으니 믿기도 어렵고, 경험해 본 적 또한 없으므로 그럴 수도 있겠구나, 라고 짐작하기조차 어려운 일이었다. 아동용 3D 애니메이션이나 SF 영화, 혹은 알레고리나 상징을 들먹이는 소설에서는 간혹 본 적이 있는 것 같기도 하다. 하지만 그건 모두 현실이 아니기 때문에 가능한 것이다. 어떻게 그런 일이 현실에서 벌어질 수 있겠는가. 황당하기로 따지자면 2007년 해외 토픽 베스트 중 각기 다른 아버지를 가진 쌍둥이를 낳은 여자 이야기나, 자신의 친딸과 결혼해 임신시킨 인도의 한 남자 이야기만큼이나 황당하지만, 또 그런 유의 이야기들은 오랫동안 관습적으로 학습되어 굳어져 버린 윤리 개념을 조금만 확대시켜 보면 뭐, 생물학적으로는 불가능한 일이 아니겠으나…… 그러나 이건 그런 차원이 아니다.

아무튼.

어쩌다 이렇게 됐지. J와 백일 기념 여행을 가려고 마음먹었을 때만 해도 일이 이렇게 될 거라고는 생각지도 못했다.

＊

시청 광장으로 가자는 말에 택시 기사는 표나게 이맛살을 찌뿌렸다. J가 광장에서 만나자고 했을 때 사실 나도 그리 맞춤한 곳이라 여기진 않았지만, 괜히 만나는 곳을 두고 왈가왈부할 일은 아니라 여긴 데다, 마침 그가 현관으로 들어서고 있었기 때문에 더 이상 길게 통화할 수도 없는 일이어서 "그러지, 뭐."라고 짧게 대답하고는 서둘러 핸드폰 플립을 닫았다.

그는 들어오자마자 파자마 바람으로 소파에 길게 누워 TV를 켰다. 종일 허리띠로 가둬졌던 복부 지방이 단번에 탈출해 제멋대로 흔들렸다. 주말 내내 본가에 가 있느라 놓쳤던 「무한도전」을 틀었다. '돈가방을 갖고 튀어라' 편이 방송되고 있었다. 본가에서는 아이들 교육에 방해된다는 이유로 그가 아예 TV를 없앴다고 했다. 잘 갖춰진 홈시어터 시스템에서 흘러나오는 음향이 좁은 오피스텔을 호령했다. 69인치 대형 PDP TV 화면 속에서 공공칠가방을 든 유재석이 서울역 매표소 앞에서 모자를 눌러쓰고 선글라스를 낀 여자에게 다가가 "사랑합니다."라고 말하자, 여자는 "이거나 갖고 꺼져."라며 바닥에 구긴 종이를 집어 던졌다. 종이에는 '007'이라 쓰여 있었고, 그 자리에 주저앉아 가방의 비밀번호를 맞춰 열어 보니 가방에는 돈 대신 만 원짜리 그림이 새겨진 남자 팬티가 가득 들어 있었다. 그 모양을 보고 몰려든 사람들이 와하 웃어 젖혔다.

그는 낄낄거리면서 내가 가져다준 자두를 씹어 댔다. 새큼한 향이 퍼져 내 입 안에 신침이 고여 들었다. "저게 왜 재미있지?" 생각하면서 거실 통유리창을 열자, 태풍 갈매기가 휩쓸고 지나간 뒤 남긴 바람이 한꺼번에 달려들었다. 네 명 사망, 한 명 실종의 피해를 내고 토네이도 같은 회오리바람까지 동반했던 갈매기가 남겨 둔 바람은 머리칼을 쓸어 넘기면서 묘하게 나를 흥분시켰다. 내 귓바퀴에 불어 넣던 J의 날숨이라도 닿은 듯 마음이 있는 대로 뒤로 밀려났다.

―내일 라틴 댄스 동호회에서 여행간다고 얘기했었죠?

―응? 응.

―모레 올 거예요.

―응. 근데 어디로 가는데?

―물어보지도 않았어요. 그냥 가재서 따라가는 건데, 뭐. 바다 아니면 강, 아니면 산이겠죠.

─응.

우하하. 돈가방을 들고 뛰느라 온통 땀에 젖은 유재석과 박명수가 담벼락에 기대앉아서는 다른 멤버들의 행방을 쫓고 있다. 소파 팔걸이에 그의 발이 걸쳐 있었다. 희끄무레하고 핏기 없고 퉁퉁하고 뭉툭했다. 꼭 돼지 족발이 통째로 널려 있는 것 같았다. 풋. 웃음이 났다. 푸흣. 푸하하. 그가 폭소를 토해 내는 나를 거 봐, 재밌지? 하는 표정으로 힐끔 보더니 1초도 안 돼 다시 「무한도전」의 열혈 시청자로 돌아갔다. 우하하…… 하하…… 킬킬킬…… 크크크……. 씹던 자두 조각이 튀어나오는지도 모르면서 웃던 그가 뭉툭하고 못생긴 발가락을 꼼지락거렸다. 짧고 두꺼운 발톱이 누렇게 들떠 있다. 각질이 두껍게 올라앉은 발뒤꿈치가 마주치자 껄끄러운 소리가 났다. 갑자기 화가 났다. 괜히 그랬다. 저렇게 못생긴 발과 셀 수 없는 날들을 한 이불 덮고 지냈다고 생각하니까 금세 소름이 돋았다. 소파 밑으로 덜렁거리고 있는 그의 손에서 리모컨을 낚아채서는 오프 버튼을 눌러 꺼 버렸다.

─뭐하는 거야? 나 보고 있는 거 안 보여?

─사람이 말을 하면 좀 쳐다봐야죠.

─뭐? 보면서 다 얘기하잖아. 뭔데? 할 얘기 있어?

─나 내일 여행 간다구요!

─말했잖아. 그래. 잘 갔다 와.

─그게 아니구…….

─그럼, 뭐, 또? 아, 참. 보험회사에 전화했어? 노후 보장 보험 들라고 했었잖아.

그가 말꼬리를 내리면서 슬그머니 내 손에서 리모컨을 빼앗았다. 유재석과 박명수, 노홍철과 정준하가 일렬로 서로를 쫓아 뜀박질하고 있다. 뛰다, 넘어지다, 소리치다, 다시, 뛰었다. 풋. 웃음이 났다. 재밌는 거구나.

—보험 들었냐구?

—그게 언젠데요. 세 달도 넘었어요. 들었다고 말했잖아요. 보험사에 전화해서 설계사가 집에 왔었다구.

*

길은 그야말로 한여름 엿가락 늘어지듯 늘어선 차들로 꽉 차 있다. 가위로 똑, 하니 잘라 낼 수도 없는 지경이니 택시 기사의 짜증을 묵묵히 귀로 듣고 있을 수밖에 없다. 태풍이 휩쓸고 간 하늘엔 마지막 구름들이 휘몰아치며 서로가 서로를 벗겨 내고 있다. 뭐랄까, 구름은 어딘지 이루어지지 못한 꿈들이 뭉쳐 있는 듯 보였다. 구름은, 결국 실패한 꿈처럼 빠르게 흩어졌다. 며칠 동안이나 비에 갇혀 멈춰 있던 하늘이 시원하게 열리고 있다. 어느새 바탕이 드러난 하늘은 내게 벌써 도시를 떠나 시원(始原)을 찾아가는 여정에 있다는 착각이 일도록 파랬다. 짐작도 못 하게 먼 지중해 바다 빛이 저럴까.

—여기서 내리셔야겠습니다. 더 못 가요.

택시 기사의 목소리가 시공을 뛰어넘어 지중해 바다를 떠돌던 나를 도로 택시에 주저앉혔다. 서늘하게 뿜어 나오는 에어컨 바람에 귀밑 솜털이 일어났다.

정오 무렵의 광화문은 노점 연합회, 독도 사수대, 광우병 대책 위원회 등등의 단체 깃발을 앞세운 수많은 사람들로 북새통이다. 지중해 바다 빛 하늘에서 쏟아져 내린 햇살이 지상의 마지막 습기를 말리고 있다. 다른 곳에서 만나자고 할걸 그랬나. 독도 사수대의 깃발 끄트머리쯤에 걸려 따라 걸으면서 힐을 신고 나온 걸 후회했다. 예술인 총연합회 깃발을 높이 쳐든 사내와 어깨를 부딪는 바람에 메고 있던 피크닉백이 떨어졌다. 왜 J는 행선지를 알려 주지 않았을까. 미지의 장소에 대한 호기심보다는 슬몃 불안이 피어오른다. J에게는 그것도 백일 기념 이벤트 과정 중 하나인 모양이다.

두 달이 넘게 이어진 촛불 집회 때문에 경찰은 아예 전경 버스로 시청 광장을 둘러막고 있다. 광장에서 만나기로 했지만, 광장으로 들어갈 수 없으므로 촛불 대신 피크닉백을 가슴에 끌어안은 나는 시청 광장 언저리에서 J를 기다렸다.

꼭 100일 전이었다. 따로 가정을 갖고 있는 그를 만나 살림을 난 지 꼭 8년이 되는 날이기도 했다. 그의 호적에 오르지 못한 나에 대한 배려라고 그는 몇 번을 강조하면서 노후 보장 보험을 들라고 했었다. 요즘 보험 하나 없는 사람이 어딨냐며, 도대체 현실감이라곤 없다며, "아무리 나보다 일곱 살이나 어려도 그렇지, 너도 이제 서른이 훌쩍 넘은 나이란 걸 알아야지."라면서 그는 보호자, 혹은 어설픈 가장 흉내를 냈었다. 나는 설계사가 찾아와서 내 늙은 모습을 샅샅이 까발려 놓을 게 싫었다. 설계사는 내가 쭈그렁 할머니가 돼

선 화장실에서 미끄러져 꼬리뼈에 금이 가기도 하고, 계단을 내려
가다 무릎뼈가 나가기도 할 것이며, 온갖 병들을 달고 종합병원을
전전하다 죽게 될 거라고 엄포를 놓을 테니까. 그리 생각하면 당장
고꾸라져 죽고 싶었다. 지나치게 길어진 인간의 수명은 기대와 달리
불안과 공포, 자기 자신에 대한 혐오만 낳는다.

그랬지만, 보험사에 전화했다. 그가 본가로 돌아간 토요일 오전
에 전화했고, J가 받았다. 그리고 J를 내 오피스텔에서 처음 만났다.

＊

―미안. 내가 좀 늦었어요.

흰 폴로 티셔츠에 밝은 감색 아마 재킷을 받쳐 입은 J는 등 뒤에
서 쑥 다가와 내가 멘 가방부터 받아 들었다. 깃발과 촛불을 들고
서 있는 수백 명도 넘는 사람들 사이에서 보스턴백만큼이나 커다란
피크닉백을 메고 서 있게 하는 건 좀 그렇지 않느냐고 말하려다 말
고 J의 목덜미를 타고 흰 폴로 티셔츠 안으로 흘러드는 땀줄기를 보
고는 대신 이렇게 대답해 줬다.

―J는 흰 티셔츠가 정말 잘 어울려.

진심이다. J는 근사했다.

―나오는 김에 같이 촛불 집회에도 잠깐 참석하면 좋겠다 싶어
서 여기서 보쟀는데 한낮인 데다 광장엔 아예 들어가지도 못하게
됐네요.

J는 관자놀이에 막 솟아난 땀방울을 훔치며 미안한 표정을 지었다. 정말 촛불이라도 들고 나올걸……. 어깨가 좀 움츠러들면서 미안한 마음으로 사람들을 둘러봤다. 그렇지만 오늘은 J와의 백일 기념이니까.

─우리…… 오늘 어디 가?

─아주 특별한 여행을 해 보고 싶어요. 서울 여행.

─서울 여행?

무슨 말인지 언뜻 이해가 되지 않아 멀뚱한 표정으로 경륜 선수 출신다운 탄탄한 J의 어깨를 올려다봤다. 시퍼런 하늘빛이 J의 감색 재킷에 번져 눈앞이 온통 파란 나라다.

─30년 넘게 서울에 살면서 서울 여행 한번 해 본 적 없죠?

서울 여행이라니. 감이 잘 안 온다. 서울은 어디를 어떻게 여행해야 하는 거지? 경복궁 앞에서 손바닥만 한 삼각 깃발 뒤에 줄줄이 늘어선 일본 단체 관광객이 떠오른다. 설마…….

─미래의 서울을 보러 가는 거예요.

─미래의 서울이라니? 암튼 차는 왜 가져오지 말란 거였는데?

J는 내 어깨를 감싸 안고는 남대문 쪽으로 걷기 시작했다. 설마…….

─뭐든 제대로 보려면 걸어야죠. 그리고 밤엔 축배를 들어야죠. 백일 기념일인데.

기념이란 걸 잊고 산 지 오래여서, 아니 그를 만나 살림을 시작하면서 다른 부부들이 그럴 것처럼 기념일 챙기는 게 어느새 의무가 돼 버려서, 기념이라면 먼저 골치가 아팠다. 그런데 J와의 백일 기넘이라니까 묘하게 흥분되고 기대된다. 그건 그렇고, 그럼 어디 교외나 바다로 갈 줄 알고 챙겨 온 도시락이며 과일, 내 비키니 수영복은 어쩌나. 일부러 어제 백화점에 가서 어려 보이는 디자인으로 신경 써 고른 건데. J의 어깨에 걸쳐져 있는 피크닉백이 좀 겸연쩍어진다. J가 촌스럽다 그러려나? 백 안에 뭐가 들었는지 말하지 말까?

　—뭘 그리 생각해요? 왜요? 불안해요?

　내 흥분된 표정이 J에겐 불안으로 읽혔나 보다. 하긴, 걱정이다. 내내 걸어 다니고 밤엔 술 마시고 잠은 어디서 자려나……. 그다음엔 어쩔거냐는 내 물음에 J는 한쪽 눈을 찡긋하면서 그다음은 그다음에 생각하면 되지, 뭐…… 이런다. 나는 미리 계획되지 않은 것들이 불안하다. 밥 먹고 난 다음에 분위기 좋은 카페에 가서 차를 마실 건지, 어디 교외로 드라이브를 갈 건지를 미리 생각해야 하고, 교외로 나갔다면 그다음엔 다시 집으로 돌아올 건지, 아니면 모처에서 숙박을 할 건지 미리 계획하고 있어야 마음이 놓인다. 뭔가 다음 계획을 짜 놓지 않으면 불안해서 내내 그다음엔 뭘 해야 할는지 걱정하느라 생각이 많아진다. 그래서 오히려 지금을 즐기지 못한다. J는 나와 다르게 그런 불확실함을 자유라고 생각하는 것 같다. J의 표정에선 일탈에서 오는 짜릿함과 흥분이 동시에 느껴진다.

　호텔은 예약해 논 건가? 머릿속에서 서울의 호텔 방값과 백일 기념 여행은 자신이 책임지겠다고 했던 J의 말이 뒤섞인다. 혹시 술에 만취한 J를 끌고 근처 모텔 방에 처박혀야 하는 건 아닌지. 눅눅하고 곰팡내 나고 머릿기름 냄새가 밴 베개에다 오래돼 덜덜거리는 벽걸이 에어컨은…… 싫다. 여섯 살이나 어린 능력 없는 연하남을 만난다는 건 간신히 뚫고 지나온 과거의 싸구려 터널 속으로 다시 걸어 들어가는 일인지도 모른다는 생각이 든다.

J를 만나기 시작하면서 어쩌자는 작정 같은 건 없었다. 내 오피스텔에서 처음 J를 맞아들였을 때 J는 그저 건장하고 싱싱하고 채 풋내가 덜 가신 남자였을 뿐이었다. 깔끔하게 세탁했지만 고급스럽진 않은 J의 양복은 평범한 보험 설계사의 차림이었다. 그때도 정오 무렵이었다. 봄날의 햇살은 눈부셨고, 블라인드는 모조리 열어젖혀 있었다. 노후 보장 보험과 각종 의료 보장 보험, 재테크에 이르기까지 재무 전반을 상담해 주던 J가 무심코 웃옷을 벗었고, 다림질 되지 않은 흰 와이셔츠 밑으로 속옷을 받쳐 입지 않은 J의 탄탄한 근육 선이 고스란히 살아났다. 나는 갑자기 생각난 듯 차를 내 오겠다며 소파에서 일어섰다. 온몸의 세포가 활발하게 움직이기 시작했다. 채 피지도 못하고 시들어 버린, 말하자면 도리 없는 젊은 날의 심장으로 단번에 되돌아가고 있었다.

J는 내가 돈 좀 있는 30대 싱글녀인 줄로만 알고 있다. 법률혼을 한 적 없고 보험도 내 것만 들었으니 J로서는 당연한 일이다. J는 딸 쌍둥이 아빠다. 여러 해 전 클럽에서 만난 여자와 하룻밤을 보냈고, 갓 고등학교를 졸업한 여자가 임신했다며 찾아왔을 때 책임지는 가장 상식적인 방법은 결혼이라고 생각했다. 철부지 아내는 겉돌았고, 경륜 선수로 한창 잘나가던 J는 무릎 부상으로 선수 생활을 그만둔 뒤 보험을 시작했다고 했다. J에게 나는 뭘까. 탈출구? 아니면 미래 보장 보험?

—대체 여긴 왜 온 거야?

미래의 서울을 보기 위한 여정은 쉽지 않았다. 태풍이 소멸한 뒤 대기를 차지하고 나선 고기압은 폭염을 쏟아 냈고, 남아 있던 습기는 공기의 밀도를 높여 숨도 쉬기 힘들었다. 힐을 신은 발은 흐르는 땀 때문에 자꾸만 미끄러졌다. 무릎을 다쳤다지만, 타고난 뼈대가 워낙 튼튼해선지 J는 여전히 호흡이 차분하다.

—힘들어요? 그럴까 봐 도원(桃園)역까진 택시 타고 왔는데. 우리 고작 1킬로미터도 안 걸었어요.

—벌써 1킬로미터나 걸었다고? 그 엄청난 거리를…….

J는 아직 모르는가 보다. 시간 감각만 개인차가 있는 게 아니다. 공간감 또한 사람마다 다른 법이다. 잠시 J와 나는 '고작'과 '엄청난' 사이를 메우지 못하고 어색해졌다.

—다 왔어요. 여긴 꼭 걸어가면서 높이를 실감해야 제 맛이라. 어때요? 죽이죠?

진심 어린 감탄이 배 있는 J의 시선이 바빌론의 탑만 할까 싶게 하늘을 향해 불쑥 솟아올라 있는 철골 구조물 꼭대기에 가 박혀 있다. J의 미래 서울. 내가 백에서 물티슈를 꺼내 힐 사이로 발바닥의 땀을 닦아 내는 동안, 감탄사 섞인 J의 말은 계속됐다. 두바이 버즈 알 알죠? 삼성이 지은 거. 그 높이만 한 건물을 짓고 있는 거잖아요. 알고 있죠? 몇 년 후면 명실상부 한국의 랜드마크가 될 거예요. 그리고 우리 보험사는 이미 이 건물로 이주할 계약을 했고요.

내가 바로 이 서울의 미래에서 일하게 되는 거라구요. 멋지지 않아요? 미래의 서울에서 미래를 위해 일하는 최고 보험 설계사가 될 거예요. 나는 그놈의 미래 때문에 지금 죽을 지경이다. 흐른 땀은 속옷까지 적셨고, 힐의 스트랩에 쓸린 발가락은 빨갛게 부어올랐다.

도원동은 서울에 마지막으로 남은 미개발 지역이었다. 생태계가 살아 있고 인적이 없는 곳이라 개발 허가를 받을 때 환경 단체의 거센 반발을 무마하기 위해 개발 업체는 로비 자금으로 막대한 돈을 썼다는 후문이 떠돌았다. 우거진 관목 숲과 오래된 물길은 건축 부지를 조성하고 공사로를 트느라 마구 헤집어졌다. 여기저기 쌓인 돌들과 잘리거나 꺾여 죽은 나무들이 널려 있어 마치 쓰레기 매립장 같은 곳이 돼 버린 도원동 한가운데 엄청나게 크고 높은 철골 구조물이 올라가고 있다. 그 전체 높이는 완공 때까지 철저하게 비밀에 부쳐진다고 하지만, 소문으로는 세계에서 가장 높은 빌딩으로 기네스북에 등재될 거라고 한다.

─자, 이제 미래의 서울을 여행해야죠?

철골 구조물의 높이를 따라 한없이 올라가던 내 시선이 다시 J에게 돌아왔다. 땀에 젖은 머리칼이 뺨에 들러붙었다. J가 내 머리칼을 쓸어 주고 손부채를 연신 부쳐 준다.

─오늘은 특별 공개일이에요. 누구든 저 구조물에 올라가 볼 수 있다구요. 미래가 우리의 백일을 축하하는 기분이에요.

하긴. J와 나에겐 기억이 없으니 모든 건 미래에 달려 있지. 문득 그런 생각이 들었다. 나는 그와의 기억 때문에 그를 떠나지 못하는 건지도 모른다는. 386세대 끝물인 그는 운동권 골수분자 출신이다.

민주 정부가 들어서고 학교를 졸업하면서 현실에 눈뜬 그는 미래에 대한 확실한 비전을 갖고 컴퓨터 해킹 방지 프로그램 사업을 시작했다. 그 세대의 많은 사람들이 그렇듯, 그는 목적 지향적이며, 알 수 없는 피해 의식에 둘러싸여 있고, 과정을 별로 중요하게 생각하지 않는다. 한번 목표물이 생기면 기어이 손에 넣는다. 그리고 책임감이 강하다. 그의 회사에서 일하던 나는 그에게서 도망치기 위해 내가 할 수 있는 모든 것을 했다. 그러다 임신했고, 유산에 이어 불임 판정을 받은 후 도망치기를 그만뒀다. 불임의 젊은 여자가 택할 수 있는 선택의 폭은 그리 넓지 않았다.

그와 살림을 시작하고 나서 섹스와 사랑의 기회는 줄었고, 선후는 분명치 않지만 성욕도 잃었다. 그는 꾸민 옷차림을 가식이라 생각하고, 내가 화려하게 입는 걸 싫어한다. 내 오피스텔에서 그는 늘 속옷 바람에다, 달리 그림 속에 나오는 시계처럼 축 늘어져 있다. 그와 나는 과거의 기억 속에 멈춰 있고, 기억 속에서 보여 줬던 그의 맹목과 열정이 나를 옭아매고 있다.

탈출구가 필요한 건 J뿐만이 아닐지도 모른다. 그와 살림을 나면서 탈출 욕망이 사라졌다 생각했지만 그러기에 나는 아직 젊은가 보다. 그렇게 생각하니까 기분이 좋아졌다. 어쨌거나. J는 내게 시작에 대한 설렘과 흥분을 느끼게 했다. 새로운 사람을 대하는 새로운 나의 모습이 나를 흥분시켰다. J가 말해 준 내 미래에 대한 싸구려 보상 심리가 들어 있는지도 모를 일이고. 나는 잠시 기억과 미래 사이에서 흔들렸다. J에게 든 보장 보험 속 미래의 나는 죽음에 대한 두려움밖에 남은 게 없는 주름투성이 노파였다. 그러나 나는 아직 젊고 J의 건강한 몸은 가질 수 없는 미래에 대한 욕망이었다. 한 달 쯤 전, 그가 본가에 가고 없는 주말에 J가 내 오피스텔로 찾아왔다.

*

—내가 뭘 준비해 왔는지 봐요.

한 손에 커다란 비닐 봉투를 두 개나 들고 들어온 J는 나머지 한 손으로 막 샤워를 마치고 나온 내 허리를 가볍게 감싸 안고는 젖은 머리칼에 입 맞췄다. 나는 J의 입맞춤보다 한 손에 무거운 봉투를 두 개나 들고도 동시에 다른 일들을 아무렇지도 않게 해 낼 수 있는 육체에 감동했다. J는 셔츠 소매를 걷어붙이고는 곧장 오피스텔 근처 대형 할인 마트 마크가 찍힌 비닐 봉투를 식탁 위에 부려 놓았다. J가 봉투에서 꺼내 놓는 물건들보다 나는 봉투 속과 식탁 위를 오가는 J의 팔뚝에 눈을 박아 놓고 있었다. 스물일곱의 건강한 남자가 보여 줄 수 있는 힘과 감동을 그 팔뚝에 다 그러모아 놓은 것처럼 팔뚝 위로 불거져 올라온 힘줄이 힘차게 살아서 팔딱이고 있었다.

—배고파?

내 목소리는 막 봉투에서 돼지고기와 만두피를 꺼내고 있는 J의 오른쪽 소매 끝에 가 닿았다. 고기는 식탁의 조명을 받아 더욱 붉게 윤기가 흘렀다.

—당신은? 딴 게 고파요?

J의 입술은 육식에 대한 기대로 가득 찬 짐승처럼 붉었다. 나는 J의 목소리에 단박에 매혹됐다. 거기에는 은밀한 전복과 파괴, 그리고 복종이 들어 있었다. 반쯤 열려 있는 블라인드 밖, 23층 오피스텔 창밖으로 보이는 도심의 불빛이 J의 눈빛을 더욱 화려하게 비춰 주었다. 나는 채 마르지 않은 맨발로 전등 스위치를 끈 다음, 반쯤 닫혀 있던 블라인드를 모조리 걷어 올렸다. 창을 사이에 두고 어둠 속에서 건너다본 밤의 도시는 뿌옜던 낮보다 더 환했다. 창밖으로는 한강이 길게 흐르고 있었다.

나와 강 사이에는 서로 높이가 다른 도로 세 개가 겹쳐 이어져 있었다. 창을 조금 열어 보니 도로를 달리는 차들의 소음과 모래 먼지 섞인 바람이 한꺼번에 창 안으로 몰아닥쳤다. 깜짝 놀란 나는 얼른 창을 닫고 걸림쇠까지 단단하게 걸었다. 그러자 액자 속 그림처럼 창밖의 전망이 오로지 내 것이 되었다. 유리창으로 가로막힌 강과 도시를 바라보는 게 좋다. 유리창 안에서 나는 도시의 어떤 소음과 공해에도 노출되지 않으면서 그걸 즐길 수 있으니까.

—거기서 뭐해요? 이리 와요, 어서.

당면과 야채를 손질하다 말고 J는 내 뒤로 다가와 벗은 내 몸을 안았다. 등허리를 타고 J의 살갗이 따뜻하게 밀착됐다. J가 나를 뒤에서 안은 자세 그대로 침대에 나란히 모로 누웠다. 그리고 J는 바로 뒤에서부터 직진해 들어왔다. 단번에 나를 소유하듯이, 혹은 소유의 표식을 심어 넣듯이 달려들었다. 나는 온몸을 떨었다. 그리고 동시에 호흡이 빨라졌다. J가 내 뒤에 있으므로 나는, 내 품 안은 텅 비어 있다. 내 양팔은 허공을 잡아 쥐려 애쓰는 사람처럼 끊임없이 흔들렸다. 구겨진 이불깃을 붙들었다가 이내 팔을 뒤로 돌려 J의 목을 그러안았다. 숨 가빴다. 채 말이 되어 나오지 않는 무엇이 가슴 속에서, 목구멍에서, 그리고 J에게 열어 준 저 아래 깊은 곳에서 뜨겁게 들끓었다.

어두운 유리창에 실루엣이 그려졌다. 유리창에 둥실, 뜬 실루엣은 허공을 내처 달렸다. 23층, 도시가 내려다보이는 공중에 뜬 채 날아오를 것처럼 힘차게 움직였다. J가 갑자기 거칠게 내 팔을 뒤로 꺾어 등허리가 곧추 펴졌다. 세상이 나를 관통하고 있는 것처럼 내 안에서 아픔과 기쁨이 분간 없이 뒤섞였다.

＊

아직 완성되지 않은 미래의 랜드마크는 생각했던 것보다 훨씬 더 위험했다. 힐이 바닥에 닿을 때마다 다리가 흔들렸다. 밑에서는 튼튼해 보였던 철골 구조물은 높이 오를수록 바람을 타 흔들렸다. J가 내 손을 꽉 붙들고 있다.

―무서워요?

안전모를 쓴 머리가 무거워 고개를 끄덕이기도 어렵다. 나는 눈으로 그렇다고 대답했다.

―표정 좀 봐. 어린애 같아. 귀여워요.

내가 느끼는 불안과 J가 즐기는 스릴의 간격이 저만큼일까. 70층 높이에서 내려다보는 지상은 까마득하다. 둘러보니 미래 여행에 나선 사람들이 꽤 많다. 점으로 보이는 노란 안전모의 물결이 바닥에서부터 끊임없이 올라오고 있다. J가 내 발에서 힐을 벗겨 손에 든다.

— 맨발이 나을 거예요. 그렇게 무서워요?

— 응. 어지러워. 토할 거 같아.

— 당신 지금 너무 예뻐요. 무서워 떠니까 더. 당신을 아주 작게 만들어서 주머니에 넣으면 좋겠어요. 그럼 당신은 안 무서울 테고, 언제든 내가 보고 싶을 때 꺼내 볼 수도 있잖아요?

J가 양팔로 내 허리를 바싹 당겨 안았다. 간지러움이 등뼈를 타고 올라왔다. 어쩌겠나. 가만히 J의 어깨에 머리를 기대고 미소를 지을 수밖에. 작아진 나를 주머니에 넣는다……. 내가 휴대하기 간편하고 소유하기 쉬운 형식으로 바뀐다……. 주머니 속에 넣어 가지고 다니다가 언제나 필요하면 꺼내 사용하는 일종의 도구가 된다……. 어디선가 그런 말이 여자에 대한 폭력의 표현일 뿐이고, 아주 작은 존재가 된 여자를 남자가 원하는 때마다 취하겠다는 은밀한 정복욕에 다름 아니라는 말을 들은 기억이 난다. 그래도…… 처음 들어 보니 기분이 좋다. 이상하다. 묘하게 온몸이 간질거린다. 내가 J의 주머니 속에 들어간다, 아주…… 작아져서……. 어떤 기분일까……. 궁금해진다.

87층까지 올라오자 갑자기 넓은 공터가 나오고 많은 사람들이 모여 있다. 구조물을 둘러싼 안전망 가까이에 스넥바를 겸한 간이 커피숍이 있고, 다른 한쪽에는 망원경을 갖춘 전망대가 마련돼 있다. 안전망 설치가 돼 있기는 해도 바람까지 차단한 건 아니다. 87층 높이에서 맞는 바람이라니. J와 나는 서로 손을 꼭 붙잡았다. 바람소리에 저항하느라 목소리가 점점 더 커졌다. 내게로 불어닥치는 바람을 J의 단단한 어깨가 막아서고 있다.

—뭐 좀 먹을래요?

—뭐라구? 잘 안 들려.

내게 더 가까이 다가들면서 큰소리로 다시 묻는 J의 말에 나는 대답할 수 없었다. J의 어깨 너머로 그와 눈이 마주쳤기 때문이다. 나는 눈을 질끈 감았다 떴고, 이게 무슨 상황인가 당황했으며, 그가 왜 여기 있는지 의아했고, 그의 옆에 나란히 서 있는 중년 여자와 그를 닮아 얼굴이 동그란 두 사내아이들을 보고 저들도 서울의 미래가 궁금했나 싶은 생각이 들었고, 그럼 나는 어떤 태도를 취해야 하는 건지 알 수 없었으며, J에게는 뭐라고 설명을 해야 하는 건지 생각이 잘 안 났고, 그렇다면 모른 척하는 게 옳은 건가 생각하다가, 주말이 지나 그가 다시 내게로 왔을 때는 또 뭐라고 설명하나 싶어 난감해졌고, 문득 아직 J와 서로 손을 맞잡고 있다는 사실을 떠올렸다. 나도 모르게 손을 뿌리치고 일단 그의 시선을 피했다. 아주 짧은 시간이 흘렀을 뿐이었지만, 마치 그와의 긴긴 과거가 한꺼번에 되풀이되고 한 바퀴를 더 돌아 완결된 현재를 지나, 미래가 없는 벼랑 끝에 선 기분이 됐다.

왜 그래요? 라고 물으면서 J가 고개를 돌려 그의 가족을 바라봤다. J는 무얼 짐작했을까. 다시 고개를 돌려 내게로 돌아온 J의 시선은 한없이 무거워졌다. 바람이 사방에서 불어닥쳤다. 그는 거센 바람으로부터, 혹은 다른 무엇으로부터 가족을 지켜야 하는 가장의 몸놀림으로 가족들을 채근해 다시 87층을 되짚어 내려가기 시작했다.

뜬금없이 정말 J의 주머니 속에 들어갔으면…… 하는 생각이 간절해졌다. 순간적으로 그랬다.

*

처음엔 무슨 자루나 담요 같은 데 싸여 갇힌 줄로만 생각했다. 어떤 종류의 섬유질 냄새가 코를 찔렀다. 거기엔 오래돼 뭉쳐 굳은 먼지 냄새도 섞여 있었다. 나는 우선 깊숙하게 숨을 들이마시고, 또 길게 내뱉었다. 내 주위를 둘러싸고 있는 먼지가 한꺼번에 콧속으로 들어와 심한 재채기가 났다. 내가 우주에 떠다니는 먼지 알갱이가 된 듯한 기분이었다. 정수리 쪽에 뿌연 빛이 느껴지는가 했지만, 마치 눈에 백탁이 긴 물고기처럼, 망막에 맺히는 상이 없었다. 공간이 좁아 몸을 제대로 뒤척이기도 힘들 지경이었다. 행동할 수 없으니 감각이 예민해졌다. 그랬지만 실제로 느껴지는 건 많지 않았다. 먼지가 뭉쳐 구르는 소리가 귀에 잡혔다. 공간이 제한되니까 시간도 따라서 흐르거나 혹은 멈추거나 하지 않았다. 도무지 알 수 없는 일이 아닌가, 라고 생각하면서 나는 애써 몸을 뒤척였다.

아홉 달 동안 들어 있었을 자궁 속이 이럴까. 아니면 폐로 호흡하지 못해 숨만 꺽꺽 들이쉬게 만드는 물속이 이럴까. 비좁고 답답한 걸로 따지자면 마치 자루 속에라도 들어 있는 듯한 기분이지만, 무언가 나를 온전하게 감싸고 있다는 점에선 어쩐지 안도감이 느껴진다. 마치 가볍고 따뜻한 거위털 침구를 깔고 덮은 듯 스르륵 잠이라도 잘 수 있을 것 같다.

나를 주머니에 넣고 싶다는 말을 듣고, 또 차라리 그렇게 되면 좋겠다고 생각했을 뿐인데…… 나는 지금 J의 밝은 감색 아마 재킷의 주머니 안에 들어와 있는 것이다. J는 지금 87층의 한복판에 서서 연신 사방을 두리번거리고 있다. 내가 주머니 속에 있으리라곤 꿈에도 생각하지 못한 채 갑자기 눈앞에서 사라져 버린 나를 찾고 있다. 어쩌면 난데없이 나타난 그와 흔적 없이 사라진 나를 번갈아 생각하면서 심한 낭패감을 느끼고 있는지도 모른다. J는 간이 커피숍으로 가서 아이스 아메리카노를 한 잔 주문하고 테이블에 앉았다. 그러고는 무심코 재킷을 벗어 옆 의자 등받이에 아무렇게나 걸쳐 놓았다. 나는 J가 재킷을 땅에 떨어트리지 않은 걸 감사했다. 밝은 감색 아마의 성근 올 사이로 J가 보였다. J는 주머니에서 휴대폰을 꺼내 들었다.

―응. 나야. 왜?

집에서 걸려온 전화다. 그건 J의 목소리로 알 수 있다. 낮고 힘 빠지고 긴장감 없는 음성이다.

―아니. 음…… 그게, 지방 출장이 갑자기 취소됐어. 오랜만에 영화라도 보러 갈까? 「놈놈놈」 재밌다던데.

J는 내가 사라진 지 30분도 채 안 돼 나와의 백일 기념 여행 대신 아내와의 외출을 택했다. J는 포기도, 선택도 빠르구나…… 생각하는데 아이스 아메리카노를 손에 든 J가 재킷을 의자에 그대로 걸쳐 둔 채 전망대 쪽으로 향한다. 있는 대로 소리를 높여 J를 불렀지만

J뿐 아니라 87층에 있는 수많은 사람들 중 누구 하나 나를 향해 시선을 돌리지 않는다. 사람들의 웅성거리는 말소리가 사방에서 불어오는 바람에 섞여 내 머릿속을 온통 헤집어 놓아 어지럽고 속이 울렁거린다. 몸이 작아지면서 다른 모든 것들 또한 터무니없이 작아진 모양이다. 창살처럼 눈앞을 가린 아마의 성근 올 사이로 동전을 넣고 망원경을 이리저리 돌려 가며 서울의 풍광을 내려다보고 있는 J의 뒷모습이 보인다. 창살을 사이에 두고 J의 등은 두 동강 나 있다. 미완의 구조물 위에 서서 저 너머 어딘가에 있을 자신의 미래를 펼쳐 보고 있기라도 한 건가. 한참이나 꼼짝 않고 망원경에 눈을 들이대고 있다. 나란 존재는 이미 잊은 건지. J의 말대로 주머니에 들어와 있으니 J가 나를 원해야 주머니에서 나갈 수 있는 건가. 나는 여기 있지만, 누구도 내가 여기 있다는 걸 모르니, 나는 여기에 없는 것과 다를 바가 없다. 그리 생각하니 겁이 나고 동시에 안도하는 긴 숨이 내뱉어진다.

이윽고 돌아선 J가 나를 향해 걸어온다. 정확히는 의자에 걸쳐 둔 재킷을 향해서다. 그런데…… J는 그냥 지나친다. 뭔가 당장은 빠져나올 것 같지 않은 깊은 생각에 빠져 있는 발걸음……. 느리고, 방향 없고, 불규칙한. 목청 높여 부르는 내 목소리는 J의 귓바퀴에 가 닿지 못하고 밝은 감색 창살을 빠져나가 87층 공중에서 흩어진다. 그러다 뚝 멈춘 걸음. J의 뒷모습이 긴장되고 어깨가 굳어진다. 캡처 화면처럼 정지된 장면에 바람만 이리저리 불어 대고 있다. 수많은 사람들이 한꺼번에 뱉어 낸 말소리가 긴장감을 돋우는 음향효과처럼 화면을 둘러싸고 흘러다닌다. 무슨 일이지. 내 몸을 되찾아야 프레임을 열고 화면 속으로 걸어 들어가 다시, 시간을 흐르게 하고 J에게 모든 걸 해명할 수 있을 텐데.

─이 사람은 어디 갔습니까?

J의 등을 타고 넘어와 내 고막으로 흘러든 목소리는, 그다. 틀림없다. 건조하고, 굵고, 울림이 큰 목소리다. J가 놀란 듯, 한 걸음 비켜선다. 가족들과 함께 내려갔던 그가 되돌아왔다. 이번엔 혼자다.

─내가 묻고 싶은 말입니다. 같이 간 거 아닙니까?

지지 않으려는 어린애 목소리처럼 J는 데시벨을 높여 말한다. 포기와 선택이 빨라 되돌아가고 있는 J와 한번 손에 넣은 건 절대 포기하는 법이 없는 그. 둘은 87층 공중에서, 바로 내 앞에서, 나를 찾고 있다. 그리고 둘은 뭔가 몇 마디를 더 나눴다. 그사이에 한 쌍의 연인과 어린애가 딸린 가족이 지나가는 바람에 들리지 않는다. 그러고는 둘 다, 뒤돌아서 지상을 향해 내려간다. J는 벗어 논 재킷을 그냥 두고 간다. 나는 여기 있고, 여기 없고. 둘 다 가 버리고, 나는 여기 혼자 남고. 그들은 이제 어디로 가는 걸까. 각자의 가족에게 돌아가거나, 혹은 나를 찾아가거나. 아무려나. 이제 내 운명은 J가 남기고 간 밝은 감색 재킷에 달려 있다. 누가 날 좀 꺼내 줘요…….

*

누군가 재킷을 집어 든다. 내 작은 몸이 공중에서, 주머니 속에서 발걸음에 따라 흔들린다. 어디로 가는 거지. 푸른 창살 같은 굵은 올 너머로 사람들이 보인다. 웃고, 얘기하고, 손에 손을 잡고, 높디높은 곳에 올라 더 높아질 건물에 대해서, 완공되고 나면 달라질 서울의 풍경에 대해서 감탄하고 있다. 나는 주머니에 갇혀 천천히 안전망 쪽으로 향하고 있다. 재킷을 손에 들고 있던 누군가는 안전망의 마름모꼴 홈에 재킷을 걸쳐 놓는다. 나는 주머니를 사이에 두고 허공과 마주하고 있다. 누군가가 피워 물었는지 담배 연기가 하늘로 올라간다. J가 내게 남긴 푸른 창살 너머로, 미래의 서울에서 서울을 내려다본다. 황폐해진 도원동과 그 너머 한 치의 틈도 없이 빽빽하게 들어찬 도시가 거기 있다. 주머니에서 빠져나와 한 발만 내딛으면 바로, 공중이다.

한참이나 공중을 향해 피어오르던 담배 연기가 어느 순간 사라졌다. 내 운명을 손에 쥔 누군가가 안전망의 홈에 걸쳐 놓았던 재킷을 꺼내 들었다. 그 결에 나는 재빨리 작디작은 손을 뻗어 안전망을 꽉 움켜쥐었다. 어, 뭐야. 어디 걸렸나. 당황한 기색의 낯선 목소리가 낮게 중얼거린다. 나는 온몸의 힘을 손에 집중했다. 재킷을 들고 이리저리 살피는 기색이던 누군가가 이내 재킷의 이곳저곳을 살피기 시작했다. 검은 뒤통수가 보이고, 커다란 손이 잇따라 내 눈앞을 스쳤다. 야, 가자. 멀리서 또 다른 누군가의 외침. 어, 알았어. 막 내가 들어 있는 주머니 쪽으로 뻗어 오던 손이 눈앞에서 멈췄다. 에이 씨. 누군가가 낮게 뇌까리고는 뒤돌아갔다.

나는 이제 주인 없는 재킷의 주머니 속에 들어 있다. 안전망의 홈을 붙들고 완성되지 않은 미래의 공중에서 저 너머 어딘가를 바

라본다. 양손을 놓으면 나는 어디로 가게 될까. 시퍼런 하늘과 아득
한 저 아래를 번갈아 바라보면서 내 몸을 되찾을 방법을 생각한다.
너무 멀리 있지 않아야 할 일이다.

쇼맨

　강남역 사거리, 길이길이 흐르던 인파는 이곳에서 한데 뭉쳤다, 또 흩어진다. 벌써부터 불 밝힌 네온들 사이로 빗줄기가 바닥에 꽂힌다. 혹은 퉁겨 오른다. 겨울이 끝나간다. 비는 육즙처럼 P의 몸을 타고 흐르다 지저분하게 바닥으로 가라앉는다. 반질한 P의 검은 양복 자락에서 포시시 김이 인다. 짧은 진 스커트를 엉덩이에 겨우 걸친 계집애가 툭, P의 어깨에 부딪고 지나간다. 가늘고 길게 드러난 다리가 강남대로를 위태롭게 밟고 있다. 마을버스에 서둘러 올라탄 P의 바짓단에서 구정물 방울이 하나 톡, 떨어진다. 헐! P는 씨발 대신 짧게 한 음절을 내뱉는다. 차창의 경계로 계집애가 눈에 들어온다. 계집애는 잘 말아진 웨이브가 상할까, 성급한 손길로 우산을 펼쳐 든다. 세련된 스트라이프 무늬 우산 끝에 구찌 마크가 선명하다.

"아직도 어두운 밤인가 봐. 하늘엔 반짝이는 별들이 내 모습을……."

제길. 낮부터 일이 꼬이더니 입에서 작업용 노래가 흘러나온다. 밤마다 귓구멍에 들어박히니 입에서 절로 중얼거려진다. 관성은 늘 안 좋은 상황에서 튀어나오기 일쑤다.

마을버스는 그르릉, 강남대로를 달려 나간다. 와이퍼가 힘겹게 빗줄기를 헤치며 달려 나간다. 겨울은 끝났다. 끝났지만, 더디게 떨어지는 빗줄기처럼 봄은 아직 어딘가에서 머뭇거리고 있는 모양이다. 열린 창틈으로 들어오는 밤기운에 날이 서 있다. P는 한 손으로 페라가모 숄더백을 추스른다. 나머지 한 손은 버스 손잡이를 으스러져라 붙들고 있다. 겨울이 끝나고 봄이 오면 한동안 일이 줄어든다. 봄놀이. 꽃놀이. 다른 놀이에 바빠 사람들은 밤놀이를 잠시 잊는다. 이번 정차 역은 도산공원, 도산공원 앞입니다. 다음 정차 역은……. 버스 손잡이를 놓고 정차 벨을 누르다 P는 앞으로 고꾸라질 뻔했다. 마을버스 요금 500원은 서비스 정신 교환가치로는 턱없이 모자란다. 새로 계약한 렉서스 승용차가 3일 후에 나온다니 며칠만 참자, 생각했지만 안 참아진다. 체면을 구겨 놔도 분수가 있지. 이봐요. 아저씨! 살살 좀 몰아요. 그러다 다리 부러지면 당신이 나 먹여 살릴 거야? P의 목소리는 씹어뱉듯 거칠다. 밤마다 들이부은 술에, 하루 두 갑의 흡연은 어린이 합창단 출신의 목소리를 탁성으로 변질시켰다. 그 때문에 P는 가수가 되려던 원대한 포부를 완전히 구겨 접어 버렸다. 어릴 적엔…… 너 커서 뭐가 되고 싶니? 동네 누나들이 고추를 만지며 P에게 물었을 때 대통령요, 대답했었다. 누나들이 물려 준 사탕을 빠느라 P의 대통령은 목구멍 속으로 기어 들어갔다. 대…… 뭐? 대중탕? 여탕? 누나들은 끼르륵, 꺼멓게 썩은 이빨을 드러내며 까마귀 소리를 냈다. 누나들은 사탕이 다 녹을 때까지 돌아가며 P의 고추를 조물락거렸다. 대통령이 대가리로 들리지 않아 다행이었다. 그랬으면 누나들은 돌대가리? 라며 머리통을 쥐어박았을 테니까.

짙게 스며든 밤의 어둠 따위, 강남 한복판에서는 윤곽조차 희미하다. 시간의 흐름은 불야성의 도시에선 제멋대로 교란된다.

잠시 정차했던 마을버스가 숨을 몰아쉬듯 거칠게 액셀을 밟아 꽁무니를 뺀다. 사방에 가득 찬 습기 때문에 P도 숨을 몰아쉰다. 렉서스 나오면 저놈의 마을버스 뒷 범퍼를 받아 버릴까. 공중에 대고 중얼거리는데 휴대폰이 바지춤에서 진동한다.

"여보세요."

"야, 이 새끼! 너 빨리 안 튀어 와? 너 밀어 넣으려고 폭탄주만 벌써 여덟 잔째다."

마담 형은 혀가 꼬인 목소리로 대뜸 소리를 지른다. 간에 좋다는 결명자차를 하루 서른 잔 이상 마신다더니 그것도 별 소용없는 일인가 보다. 아! 알고 보니 결명자가 정력 감퇴제라 해서 끊었다던가. 술이 약하거나 혹은 정력이 달리거나. 화류계 남자한텐 뭐가 더 치명적일까?

"에이씨! 지금 올라가. 그러엄, 죽여주게 한판 놀아 줄 테니까 그건 걱정 말고. 혹시 쇼 다 보고 팁 안 주는 진상들은 아니겠지?"

이번 주 들어 겨우 두 팀째다. 같은 돈을 받아도 요즘은 손님들을 확실하게 녹여 놔야 한다. 서른셋. 이 바닥에선 환갑을 지나 무덤 파야 할 나이다. 게다 손님들은 점점 노래와 춤이 되는 선수들만 찾는다. 처음 이 바닥에 투신했을 땐 노래도 먹히고 진짜 잘나갔는데. 어린이 합창단 출신인 P는 건물 옆 천막을 들추면서 입 안으로 말을 씹어 삼킨다. 문방이라 부르는 천막 안에는 발렛 파킹해 주는 빼박이들이 서넛 모여 있다.

"할 만하냐?"

라디에이터를 둘러싸고 앉은 빼박이들이 눈만 들어 P를 힐끗 쳐다본다. 그중 한 놈이 고개도 들지 않고 목청만 띄운다.

"알면서, 형은. 어디 괜찮은데 있으면 웨이터로 넣어 주라. 문지기 노릇도 지겹다."

"너, 쇼맨 할래?"

"에이 씨발. 가오 상하게 쇼맨은, 무슨."

체면 구기고 얼굴에 철판 깔아야 살아남는 쇼맨. 나는야 쇼맨.

P가 스무 살이던 무렵. 갑작스레 개방과 소비가 미덕으로 급부상 했을 때, 가라오케와 호스트바 같은 유흥 문화가 파도와 바람도 사라져 버린 듯한, 잠잠한 바다를 건너왔다. 개방과 소비의 미덕은 도덕과 관습의 우위에 우뚝 섰다. 넘쳐서 흘러 다니는 돈. 돌고, 돌고, 돌고, 다시…… 돌고. 그 급물살에 새로운 밤놀이 문화가 도시와 도시를 넘어 빠르게 퍼져 나갔고, P같이 선수라 부르는 남자 접대부가 생겨났다. 한참 잘나가던 시절이었다. 2000시시가 넘는 중형차를 굴리고, 엄마한테 통닭집을 내줬다. 글로벌 시대에 발맞춰 영

어 학원을 냈다가 망하고 만성 우울증에 걸린 아버지 치료비를 꾸준히 댔다. 삼류 대학 졸업하고 나서도 일할 생각은 안 하고 돈만 갖다쓰던 형을 늘씬하게 패 줬다. 패고 패다가 결국 외국에 어학연수 보내 줬다. 진짜 잘나갔다. 그러다 중형차 계기판이 7만 킬로미터를 막 넘었을 즈음, 테이블 위에 쭈그리고 앉아 팬티 까 내리고 빨아, 한마디와 수표 한 장을 면상에 내던진 손님을 받은 후 P는 쇼맨으로 변신했다. 접대부 노릇은 못 하겠고…… 생각하고 고민하다 P가 선구적으로 이 바닥에 선보인 직업이었다. 바보 개그. 장애자 개그. 에로틱한 홀딱 쇼. 나는야 쇼맨. 첨엔 쇼맨도 괜찮았다. 그러더니 시간이 흐르면서 P와 비슷한, 또는 다른 쇼맨들이 넘쳐 나기 시작했다. 그리고 얼마 후 중형차는 자동차 매매상을 거쳐 엄마의 통닭집 인테리어 변경에 일조했다.

겨울은 끝났지만 P의 가슴을 훑고 나오는 긴 날숨에 허연 김이 같이 뿜어 나온다. 소매가 닳기 시작한 검정 양복 끝에 빗방울이 대롱, 매달린다. 툭. P는 거스러미를 쳐내듯 양복 단을 쓸어 낸다. 와이렉스라 부르는 무선마이크를 귀에 꽂은 노랑머리 흑인 둘이 건물 현관 앞에 버티고 서 있다. 그들의 양복은 실크 느낌이 나는 광택이 반지르르하다. 라인이 쭉 빠진 듯하면서도 마무리가 깔끔한 게, 압구정동에 있는 명품 스타일 맞춤 양복 전문점 오델로 거다. 딱 보면 안다. 내일쯤 오델로에 들러 새로 양복 두어 벌 맞춰야겠다, 생각하면서 매장 매니저 놈 전화번호를 떠올린다. 잘만 구슬리면 20프로 정도는 디시해 주겠지. P는 양복 깃을 여미며 엘리베이터에 오르고 건물 꼭대기, 15층 버튼을 누른다. 천천히, 공중 부양한다. 전망 엘리베이터 밖 도시 풍경이 점점 넓어지고 작아진다. 흑백의 도시가 바닥을 모르게 깊이 가라앉는다. 나는야 쇼맨. 타오르듯 붉고 찬란한 밤 도시를 흑백으로 보는, 나는야 흑백 인간. 짙거나 혹은 옅은 어둠만 남은 도시. 언젠가부터 P의 시야에선 색깔이 사라지기 시작했다. 안과 의사는 고개를 갸웃했지만, 끝내 이유를 말해 주지 못했다. 대신 안구건조증이 심하다며 인공 눈물을 세 박스나 처방해 줬다.

"언젠간 어렴풋이 기억이 나겠지만…… 어둠의 추억일랑 이제는 잊어야지……."

주문처럼 쇼에 주로 쓰는 노래가 입가로 새 나온다. 아무래도 일진이 더러운 날이다. 꼭 그랬다. 폭탄주를 스무 잔 연달아 들이붓고 손님의 치맛자락에 토해 버려 날아오는 술잔에 헤딩 했던 날도, 나체로 테이블 위에서 손님과 나인식스 자세를 취하는 벌칙을 수행했던 날도 P의 입에서 종일 이 노래가 흘렀었다. 재수 없어. P는 가래침을 끌어올려 탁 뱉는다. 점점 멀어지고 낮아지던 도시 풍경이 어느 순간 캡처 된 듯 정지한다. 띵! 소리가 뒷골을 때리며 스륵, 문이 열린다. 가래침이 묻은 턱을 문지르며 P는 고개를 빳빳이 든다. 하마터면 걸릴 뻔했네. 여기 지배인 성질 죽이는데. 바닥에 널브러진 가래 덩이를 발로 밟으며 히죽 웃는다.

"야, 이 새끼. 빨리 빨리 못 튀어 와? 늙으면 다리도 주저앉냐? 요즘 쇼 잘 안 먹히는 거 네가 더 잘 알잖아?"

마담 형이 보자마자 뒤통수를 후려갈긴다. 고맙다. P는 히죽거리던 입을 더 크게 벌려 웃는다. 형 얼굴이 벌겋다. 2차 나가는 짓 쫑

내고 결명자 다시 먹으라고 할까.

"미안, 미안. 나 같은 보따리장수야 형 땜에 먹고사는 거 잘 알지."

"새끼……. 얼른 준비해. 내가 바짝 달궈 놨으니까 제대로 하면 서너 장은 될 거다."

돌아서는 형의 등 뒤로 '탑 클럽'이란 명패가 드높이 붙어 있다. 그 안쪽은 온통 대리석 궁전이다. 탑(Top). 또는 탑(塔). 높은 천장에 가지런히 매달린 조명들이 오색 가지 빛을 내뿜는다. 화려하고, 은밀하다. 워낙 높아 손닿을 수 없을 거 같은 불빛들은 며칠 전보다 더 흐릿하게 보인다. 습관처럼 P는 인공 눈물을 꺼내 눈에 넣는다. 인공 눈물로 얼룩진 시야는 더 뿌옇다. 탑(Top)에 올라와 탑(塔)에 갇힌 신세. 술병과 안주 접시를 어깨높이에 들고 걷는 웨이터들의 발소리가 대리석 바닥을 차고 경쾌하게 솟아오른다. 복도에 열 맞춰, 발소리 리듬에 맞춰, 쟁반을 어깨에 인 웨이터들이 춤을 춘다. 다각. 따각. 흐린 조명을 받고 차츰 색이 바래 가면서 춤을 춘다. 그러다 결국 흑백의 댄서가 된다. 혹은 눈부터 색채가 없어지기 시작한 P가 흑백 인간이 되거나. 등허리가 굽어 가고 눈가가 짓물러도 저주처럼 발이 멈추지 않아 발목을 댕강, 잘라 낼 때까지 춤을 춘다…… 는 상상을 한다. 탑에 들어설 때면 늘 그렇다. P도 발목이 잘릴 때까지 춤을 멈추지 못할 거란 예감……. 복도 끝 화장실로 이르는 길에 긴 빛줄기가 바닥에 흐른다. 눈부신 형광빛 통로가 빛의 강처럼 누워 있는 길을 밟는다. 복도 양옆으로 한 아름이 넘는 대리석 기둥이 줄지어 서 있다. 중세 유럽 궁전의 대전에 이르는 길 같다. 기죽는다. 괜히 주먹 쥔 손으로 기둥을 한 대 친다. 기둥은 P의 머릿속에서만 기우뚱, 넘어간다. 계란으로 바위 치기 놀이.

화장실 맨 구석 칸을 차지하고 들어간 P는 변기 뚜껑 위에 페라가모 숄더백을 부려 놓는다. 가방 안에서 빨간색 전신용 쫄쫄이 옷과 대머리 가발을 꺼내 옷걸이에 건 다음, 탈의 시작. 셔츠 단추 두 개가 떨어져 나간 걸 알아챈 건, 양복 웃옷과 바지를 벗고 막 셔츠에 손을 댔을 때였다. 자세히 보니 흰 실크 셔츠 깃에 장밋빛 립스틱도 묻어 있다. 원래는 붉은 빛일까. 점점 흐려지는 P의 눈은 이제 색깔을 제대로 알아볼 수 없다. 화장실 창문 너머로 흑백의 도시가 흐르고 있다. P는 서둘러 인공 눈물을 넣고 눈을 꾹 감았다 뜬다. 눈가로 눈물이 길게 흘러내린다.

재수 없는 년. 일부러 입술을 비벼 대면서 단추를 쥐어뜯은 게 분명하다. 아침 내 이불 속에서 뒤척이다, 다시 일어나 싸이질 좀 하다가, 라디오 「정오의 희망곡」을 들으며 겨우 잠이 들었는데, 엄마가 또 호출했었다. 엄마는 한 달이면 두세 번은 2층 미용실 년이, 옆 건물 커피숍 주인 년이 자길 무시한다며 울고 불고 난리다. 빨리 오라고 소리 지르는 통에 할 수 없이 택시를 잡아타고 달려갔다. 내가 엄마의 아들인지, 엄마의 아빤지⋯⋯.

통닭집 유리 안쪽으로 생닭들이 겹쳐 쌓여 있는 게 먼저 눈에 들어온다. 모가지가 잘리고 배가 열린 닭들은 날개가 축 늘어져 있다. 그리고 가랑이를 잔뜩 벌린 자세로 납작하게 누워 있다. 닭을 꼭 저렇게 쌓아 놔야 하나. 가랑이 오므리고 옆으로 한 마리씩 뉘어 놓으면 될걸. 몇 번을 말했지만 엄마는 신경도 안 쓴다. 가게 문은 있는 대로 열린 채 엄마는 안에 없다. 가게 안에 들어서자 찌든 닭튀김 냄새에 뭔지 모를 퀴퀴한 냄새가 훅 끼쳤다. 어디 구석에서 시궁쥐 시체라도 썩는 듯한 냄새다. 닭을 토막 내고 난 찌꺼기를 어떻게 처리하는지 엄마에게 꼭 따져 봐야겠다. 아니나 다를까, 며칠 된 것인 듯 도마 구석엔 조각난 닭의 살점이 뭉쳐 짓물러 가고 있다. 개수대엔 씻지 않은 맥주잔과 닭기름 묻은 접시들이 가득하다. 가게부터 좀 신경 쓰면서 난리를 치든지. P는 가게 문을 걸어 잠그고 같은 건물 2층 미용실로 올라갔다. 미용실에는 짙은 파마약 냄새 대신 달콤한 꽃향내가 물씬했다. 성능 좋은 방향제라도 쓰는 모양이라고 생각하면서 크고 거친 목소리를 따라가 엄마를 찾아냈다.

"야, 너 마침 잘 왔다. 이년이 글쎄 손바닥만 한 닭집 한다고 날 무시하잖아. 얘가 내 아들이다, 이년아. 착실하게 돈 벌어서 나한테 닭집 차려 준 새끼란 말이야. 네년이 돈 좀 처들여 같잖은 미용실 하나 한다고 감히 나를 무시해?"

미용실 여직원들과 손님들의 시선이 한 방에 P에게 꽂힌다. 쪽팔린다. 그중 한 계집애는 지난달엔 못 보던 애다. 새로 들어온 보조 계집애겠지. 짙은 스모키 눈화장에 굵게 컬을 만든 헤어스타일, 웨스턴 부츠 위에 핫팬츠를 받쳐 입었다. 핫팬츠는 탱탱한 엉덩이 곡선을 그대로 드러내고 있다. 발랑 까진 계집애다. 가슴팍에 붙은 명찰에 '수니'라고 쓰여 있다. 수니…… 순이…… 순희? 맘에 든다. 실크 수트 차림을 한 미용실 원장이 엄마를 노려보며 소리 지른다.

제길. 엄마보다 목소리가 더 크다.

"이 아줌마가 어디서 행패야. 아니, 그럼 제대로 안 익혀서 피가 뻘건 닭을 먹으란 말이야. 다시 튀겨 달래는데, 그게 뭐 잘못됐어? 아줌마도 눈 있을 거 아냐? 잘못을 했으면 좀 고분고분할 줄 알아야지."

원장이 들고 있던 종이봉투 안에서 튀긴 닭 한 조각을 꺼내 눈앞에 들이댄다. 종이봉투는 기름이 배 나와 아랫부분이 번들거린다. 식은 닭기름 냄새가 훅 끼쳐 P는 토할 거 같은 기분이 된다. 이쯤에서 바톤 터치. P는 대뜸 원장의 멱살을 휘어잡는다. 엄마보다 불과 서너 살쯤 덜 먹었을까. 미간을 찌그러뜨려 인상을 쓰니까 눈가 주름이 장난 아니다.

"이 여자가 어따 대고 아줌마래? 닭이 안 익었음 다시 튀겨 주면 될 거 아냐! 아님 처먹지 말든가. 엄마, 닭 값은 받았어?"

스모키 계집애가 화장 때문에 두 배는 커 보이는 눈을 더 크게 뜨고 멍청하게 입을 벌린다. 귀엽다. 원장이 파르르, 숨을 몰아쉬면서 P의 셔츠 깃을 잡아당긴다. 미용실 안에는 베토벤 피아노 소나타 14번 「월광」 1악장이 조용히 흐르고 있다. 균형 잡힌 피아노 리듬이 세련된 미용실 분위기를 더욱 럭셔리하게 만들고 있다.

"아니, 이제 모자가 쌍으로 덤비네. 니네 모자 공갈단이야? 첨부터 작정하고 달려드는 거지? 여기서 소란 피우면 돈푼이나 받겠지, 하는 싸구려 작전이지?"

이 시점에 제대로 열 받았다. 원장의 목소리가 높은 천장에 부딪쳤다가 사방으로 튄다. 원장도 어디서 꽤나 굴러먹던 년 같다. 돈으로 잔뜩 처바른다고 그게 가려지나. 멱살을 잡았던 손을 놓고 원장의 양어깨를 찍어 눌렀다. 멱살에서 어깨로 손을 옮기는 사이, 슬쩍 스모키 계집애의 팔꿈치를 건드렸다. 오호. 계집애는 뒷걸음질 치는 대신 P를 정면으로 쏘아본다. 수니. 혹은 순희. 꼬셔 볼까.

"뭐? 모자 공갈단? 당신이야말로 어디서 굴러먹었어, 엉? 미용실 뽀대 상할까 봐 멀쩡한 닭 가지고 트집 잡아서 닭집 문 닫게 하려는 거 아냐, 지금? 왜? 내 말이 틀려? 돈 좀 있다고 이래도 되는 거야?"

P는 숨넘어가기 직전의 원장 면전에 대고 원장보다 더 큰 목소리로 윽박질렀다. 원장의 손아귀에서 종이봉투가 미끄러져 바닥에 내동댕이쳐졌다. 두 개의 다리, 두 개의 날개, 잘게 잘린 몸통……. 토막 나 해체된 닭 한 마리가 누런 기름을 줄줄 흘리며 원장의 발에 밟혔다. 이쯤에서 더 나가면 오늘 미용실 영업은 쫑내야 할 거라는 사실은 원장이 더 잘 알겠지, 생각하면서 기세를 늦추지 않았다.

"어디가 어떻다는 거야, 대체? 당신이 한번 먹어 봐. 피가 나는지 어떤지."

P는 닭 조각 하나를 집어 들어 원장의 면전에 대고 흔든다. 그러고는 고개를 외로 꼰 원장 대신 P가 한입 베어 문다. 살점이 떨어져 나간 닭튀김을 다시 원장에게 내민다. 놀라 뒷걸음질 치는 원장. 엄마는 계속 숨을 몰아쉬고는 있지만 금 간 자존심이 대충 봉합된 표정이다. 적절한 때에 등장했으면 적기에 퇴장할 줄도 알아야 하는 법. 수백, 수천 개의 룸을 드나들며 터득한 처세술 중 하나다.

"원장 아줌마! 닭 값 안 받을 테니까 쓸데없이 열 올리지 말고 미용실 영업이나 잘해요, 네?"

그리고 엄마를 데리고 미용실을 나오면서 스모키 계집애한테 눈을 찡긋, 신호를 날렸다. 그년, 좋아한다. 나오는데 빗방울이 떨어지기 시작했다. 삼월이 되고, 비가 오고. 이젠 봄이다, 생각하면서 걷는데 입에서 노랫가락이 새 나온다.

"아직도 어두운 밤인가 봐. 지금은 지나 버린 바람이 쓸쓸하게 나를 감싸 주네……."

제길. 재수가 없으려니까.

"형, 아직도 쇼쟁이 해?"

빨간 쫄쫄이 옷에 대머리 가발을 뒤집어쓰고 복도로 나오는데 한 선수 녀석이 P의 가랑이 사이, 툭 불거져 나온 부분에 눈을 박고 알은체를 한다. 공사 쳐서 — 돈 있는 손님과 눈 맞는 일을 말한다. — 선수 노릇 그만두고 벤츠 굴리면서 사업한다고 설치던 놈이다. 암튼, 공사 쳐서 잘된 놈 못 봤다니까.

"넌 또 이 바닥에서 구르냐?"

"그렇지, 뭐."

녀석이나 P나 화류계에선 은퇴해야 할 나이. 저놈이나 끌어들여 로바다야키 바라도 해 볼까. 아니면 마담으로 나서야 하는데……. 대머리 가발이 잘 고정됐는지 확인하면서 복도를 걷는데, 마담 형이 술 취해 건들거리면서 P를 기다리고 있다. 매끈한 피부로 한때 이 바닥에서 이름 날렸던 형이다. 지금은 살이 내려 광대뼈가 불거지고, 피부색이 죽어 얼굴이 새까맣다. 눈은 퀭하고 핏발이 서 있다. 미라 같다. 대학 나와서 잠깐 유학 비용 마련하려고 선수 노릇 시작했다고 했던가. 첨엔 가게에 출근할 때도 옆구리에 토플 책을 끼고 다녔다. 그러더니 이젠 마담 생활 좀 하다가 가라오케 차린단다. 지지리 고생해서 유학 갔다 와 봐야 꼴난 월급쟁이 노릇일 게 뻔하니까. BMW 몰면서 명품 아니면 몸에 걸치지도 않는 형이다. 이 바닥에서 돈맛 본 놈이 몇 푼 안 되는 월급 갖고 살 수 있겠나.

"준비됐지? 간다."

미라가 누런 이빨을 드러내며 말을 한다. 그러다 반쯤 감긴 눈으로 흐흐 웃는다. 관에서 막 나온 것 같다. 혹은 이제 곧 관 속으로 들어갈 예정이거나.

P는 '다이아몬드 홀'이라 새겨진 문 앞에 선다. 반짝이는 금박으로 박힌 '다이아몬드 홀'은 무슨 사장실이나 되는 것처럼 권위적이고 위압적인 느낌이다. 마담 형이 문을 열어젖힌다. 자! 이제 쇼 타임. 나는야 쇼맨.

"강남 최고의 쇼맨, 누나들께 인사 올립니다."

쇼맨은 마이클 잭슨의 뒷걸음질 춤을 추면서 룸에 들어간다. 그러니까, 누나들은 쇼맨의 뒷모습을 먼저 만나게 된다. 까르르. 우후. 킥킥킥. 누나들의 제각각인 추임새가 한꺼번에 터져 나온다. 대머리에 엉덩이 라인이 적나라하게 드러난 빨간 쫄쫄이 옷의 등엔 '팁 줘.'라는 커다란 글씨가 새겨 있다. 발엔 목 부분에 누런 인조 털이 달린 고무 털신을 신고 있다. 저 엉덩이 좀 봐. 야, 신발이 더 죽인다, 애. 누나들의 목소리는 한껏 달아올라 있다. 출발 좋다. 서너 장쯤 나오려나. 이어 쇼맨은 반주기로 가 익숙하게 번호를 눌러 노래를 튼다. '아직도 어두운 밤인가 봐. 하늘엔 반짝이는 별들이…….' 디스코 메들리 버전이다.

'쇼맨'이라는 큰 글씨가 박힌 앞가슴을 내밀며 천천히 돌아선다. 테이블보다 먼저 룸 전면의 둥근 통유리가 눈에 들어온다. 통유리 너머로 강남 전체가 한눈에 들어온다. 탑(Top). 혹은 탑(塔). 손님들은 탑(Top)에 올라와 주인처럼 느긋한 자세로 도시를 내려다본다. P는 탑(塔)에 갇혀 온갖 쇼를 보여 주고 주인의 허락을 얻어 낡은 몸을 끌고 탑에서 내려갈 수 있다……. 룸에 들어올 때마다 P는 꼭 이런 상상을 한다. 룸에 들어간 다음 날이면 P는 중형차를 몰고 드라이브를 즐기곤 했다. 차 팔기 전의 일이지만. 그러면 기분이 좋아졌다. 탑(Top)에 오른 기분이 되곤 했다.

"자! 본격적으로 쇼 타임 갑니다. 먼저 온 국민이 좋아하는 추억의 젓가락 쇼! 쇼! 쇼!"

그리고 비닐 봉투에서 나무젓가락 두 개를 꺼내 양다리 사이에 한 개씩 갖다 댔다. 이제 힘을 잔뜩 쥐 인상을 쓰면서 부러트리면 되는데. 그때.

"어! 뭐야? 저 쇼맨, 아까 미용실에서 봤던 그 사람 아냐? 그죠? 원장님."

가랑이에 젓가락 꽂고 그제야 테이블에 시선 돌리는 쇼맨. 젠장할. 스모키 계집애가 원장 년 옆에 붙어 앉아 술잔 들다 말고 손가락을 쳐든다. 계집애와 눈이 딱 마주쳤다. 젓가락을 빼야 하나…… 생각하는데 문득 아랫도리가 떠올라 몸을 약간 옆으로 비켜선다. 원장이 기세등등하게 쇼맨을 노려본다. 시간이 정지했을까. 아님,

너무 많은 시간이 한꺼번에 흘렀을까. 자리에서 벌떡 일어난 원장 년, 쇼맨 앞으로 다가들더니 다짜고짜 뺨을 때린다. 이년이 어디서……라는 말이 쇼맨의 목구멍을 타고 오르다 입 안에서 막힌다. 자세히 보니 원장의 셔츠 단추가 하나 떨어지고 없다. 원장은 낮에 P에게 멱살 잡힌 분풀이를 마음껏 하겠다는 표정이다. 누군 성질 없는 줄 아나. P는 눈을 부라리며 한쪽 손을 쳐든다. 무겁고 느리게 원장의 뺨을 향해 날아오르던 손이 공중에서 딱 멈춘다. 여기는 탑 클럽. 나는 돈 받고 쇼를 보여 주는 쇼맨. 원장 년이 지갑에서 수표 세 장을 꺼내더니 쇼맨 앞에 던져 놓는다.

"어디, 잘 놀아 봐. 니가 젤 잘 하는 걸로 화끈하게 해 봐. 너 오늘 맘에 들게 하면 내 지갑 다 털어 줄 테니까."

재수 없는 년. 여자들 대여섯 명이 와르르, 웃는다. 그중 한 여자가 원장 귀에 대고 속살거린다. "원장님, 우리 오늘 쟤 확실하게 밟아 버릴까? 낮에 기분 나빴던 거 다 풀지 뭐." 다 집어치우고 나가 버릴까. 잠시 발을 주춤한다. 마담 형이 문밖에서 기다리고 있다. 30프로 정도는 형한테 떼 줘야 한다. 폭탄주 마시고 미라로 변신한 형. 친한 형이지만 돈 관계는 확실히 해 줘야 한다.

어쩔까. 원장 년 한 대 치고 이 바닥에서 뜰까. 뜨면……? 머릿속에 고등학교 중퇴 학력이 전부인 P가 공사판 먼지를 뒤집어쓰고 있는 장면이 떠오른다. 종일 죽어라 일하고 일당 5만 원 받아 드는 P……. 동시에 며칠 전에 계약한 자동차가 떠오른다. 은은한 검정색 광택이 도드라져 더할 수 없이 아름다웠다. 매끈하게 쭉 뽑아 입고 렉서스에 올라 부드럽게 액셀을 밟는 P. 생각만으로도 폼 난

다. 공사판과 렉서스의 간격은 얼마나 될까. P는 애써 원장의 얼굴
에 너무나 아름다웠던 그 자동차를 겹쳐 놓는다. 까짓, 한번 확실
하게 해 주고 팁이나 왕창 긁어 내지 뭐. 오늘 밤, 단 하룻밤에 자동
차 할부금을 뽑는 거야. 좋아. 가는 거야.

스모키 계집애는 쇼맨에게 박아 놓은 눈을 거두지 않는다. 오랜
만에 필 받은 계집애였는데. 수니, 혹은 순희. 그래. 넌 촌스러운 순
희, 나는야 쇼맨. 촌스러운 년은 거저 줘도 싫어. 쇼맨은 젓가락을
잠시 내려놓고 테이블 위에 놓인 수표를 집어 들어 바지춤 속, 가랑
이 사이에 꽂아 넣는다. 원장의 고급 실크 수트가 할로겐 조명을 받
아 빛을 내뿜는다. 원장이 수표 서너 장을 더 꺼내 테이블 위, 술잔
밑에 깔아 놓는다. 그 술잔 밑에 P도 같이 납작하게 깔린다.

"그럼…… 강남 최고의 쇼맨. 이제 진짜 갑니다."

킥킥. 여자들이 가늘게 뜬 눈으로 일제히 쇼맨을 지켜보고 있
다. "언젠간 어렴풋이 기억이 나겠지만, 어둠의 추억일랑 이제는 잊
어야지……." 빠른 리듬의 노래가 흐르고, '잊어야지' 부분에 맞춰
다리 사이에 젓가락을 갖다 대는데 둥근 통유리가 눈앞으로 다가
든다. 여기서 뛰면 유리 너머 바깥으로 튕겨 나갈 수 있을까. 장국
영은 열린 창문으로 뛰어내렸을까? 아니면 닫힌 유리창을 온몸으
로 부수며 추락했을까? 저 통유리 한 장에 300만 원이라던데. 둥근
유리창이 손짓한다. 거기서 추락해 주기를, 그래서 깔끔하고 조용
하게 머리가 박살 나 주기를 바라듯 화려한 룸의 조명보다 더 환하
게, 흑백으로 빛난다. 저도 모르게 발이 통유리를 향해 한 발 앞으
로 나간다. 15층, 탑(塔)에서 떨어지면 어떤 모양새로 널브러지게 될

까……. 문득 미용실 바닥에 토막 나 버려졌던 닭튀김이 생각난다. 다리 두 개, 팔 두 개, 조각 나 피 흘리며 바닥에 깔린 몸통. 가랑이 사이에서 흐르는 피가 멈추지 않을 것만 같다. 피는, 점점 흑백으로 변하면서 굳어 가겠지.

“누님들 좋아하는 야식, 만두 쇼 들어갑니다. 즐감!”

폭탄주 한 바퀴 돌고. 가랑이에 힘을 주자 둥그런 만두 두 개가 도드라져 맞붙어 있는 모양이 된다. 인상을 쓰면서 끙! 젓가락이 부러지면서 만두가 출렁! 누님들이 손바닥 으스러져라 손뼉 치며 좋아한다. 높은 웃음소리가 귓바퀴를 거칠게 자극한다. 마치 조롱인 듯 온몸을 옥죄어 들면서 날카롭게 가슴을 찌른다. 10년 넘게 들었지만, 저 웃음소리는 언제나 고통스럽다.

“이제 2부 쇼. 콘돔 등장합니다. 일명 공룡 알 쇼!.”

원장은 소파에 잔뜩 몸을 묻은 채 술잔만 들었다 놨다 하면서 내내 쇼맨을 노려보고 있다. 온몸의 말초까지 신경이 곤두서 갑작스레 추위가 덮친 것처럼 소름이 인다. 시선은 이어, 쇼맨의 온몸을 휘두른 뒤 정수리께에 가 멈춘다. 원장의 하이힐 뒤축이 정수리를 찍어 누르기라도 한 것처럼 기분 더럽다. 힐에 밟힌 머리통은 자연히 앞으로 구부러져 꼭 굽신거리는 모양새가 된다. 반항하듯 고개를 쳐든 쇼맨, 콘돔을 꺼내 포장을 찢는데 갑자기 원장이 검지손가락을 들어 정확히 쇼맨을 가리킨다.

“넌 뭐가 되고 싶냐?”

분위기 싸하다. 여자들이 단번에 웃음을 꿀꺽 삼킨다. 어떻게 분위기 띄워야 하나. 전장에서 정찰병 노릇을 해야 할 두 눈은, 흑백이다. 난감하다.

"대통령요."

쇼맨의 목소리는 낮게 가라앉는다.

"대…… 뭐?"

"대통령요."

풋하하. 원장 년 고개 뒤로 꺾고 목젖 드러내며 웃는다. 잠겼던 수도꼭지가 풀리듯 여자들이 따라서 좋아라 웃는다. 쇼맨, 콘돔 껍질을 마저 까야 할지 어떨지 몰라 주춤 서 있다. 호흡도 불규칙해진다. 대중탕이라고 할걸 그랬나.

"쟤 정말 대통령 될 거 같은데? 존나 무섭다, 야. 너! 맘에 들어."

그러더니 원장 년, 손수 술잔 밑에 깔린 수표를 집어 들어 쇼맨의 바지 속에 넣어 주신다. 세상엔 두 가지 종류의 사람이 있다. 우뚝 일어나 돈 주는 사람. 그 돈을 가랑이 벌려 받는 사람.

"감사합니다. 자, 그럼 본격적으로 시작합니다."

디스코 버전 노래는 한 바퀴 돌고, 리플레이 된다. "우리 이제 지난 얘기, 불꽃처럼 날리고……." 맥주병 뚜껑 따고 입구에 콘돔을 씌운 다음, 병 바닥 부분을 만두 위치에 갖다 댄다. 손으로 빠르게 맥주병을 만진다. 아래 위로, 패팅 동작으로. 그리고 토해 내는 신음 소리.

"이제, 사정합니다."

그러자 맥주 거품이 콘돔 안으로 쏟아져 콘돔은 커다란 풍선처럼 부푼다. 콘돔 입구를 묶은 다음, 테이블 위에 올려놓는다.

"공룡 알 쇼! 다리 사이에 품어 주시면 금방 부화합니다."

누님들, 넘어간다. 공룡 알을 테이블 위로 이리저리 굴려 보는 누님들. 공룡 알은 물컹거리며 몸을 뒤챈다. 그러다 테이블 구석에 힘없이 널브러진다. 쇼맨은 안에서 뭔가가 빠져나가 버린 듯, 힘이 쭉 빠지는 기분이다. 원장이 눈을 찡긋하자 순희가 빈 잔을 쇼맨에게 건넨다. 원장이 되기 훨씬 전, 원장 년도 순희의 시절이 있었을까, 궁금해진다. 순희처럼 오랫동안의 보조 생활을 거쳐 매니저가 되고, 여러 시절들이 지나고 나서 원장이 된 걸까. 수년간의 선수 노릇을 거쳐 쇼맨이 됐다. 지금처럼 쇼맨으로 많은 시절들을 보내다 보면 나도 언젠가 원장처럼 느긋한 표정으로 탑(Top)에 오를 수 있을까. 말 없이 술잔을 건네받은 쇼맨. 능숙하게 빈 맥주잔에 맥주를 반쯤 따르고 양주잔에 발렌타인을 반쯤 따른 뒤, 맥주잔에 붓고는 집게로 얼음을 집어 들어 적당히 뒤섞는다. 폭탄주 5부 법칙이다. 제조된 폭탄주를 들고 테이블 위로 기어가 통유리 앞, 상석에 앉으신 원장 년에게 곱게 드린다. 그리고 원장 년의 머리에 술을 들이붓는 상상을 한다. 누런 술은 얼굴과 몸에 범벅이 돼 원장을 곤죽으로 만들어 놓는다. 원장도 탑(塔)에서 떨어지는 기분이길 빈다.

테이블에서 내려오는데 털신이 한 짝 벗겨진다. 얼른 주워 신으려고 손에 들었다. 순희 옆에 앉아 있던 여자, 순발력 짱이다. 바로 말을 내뱉는다.

"그대로 해 봐. 한 짝만 신으니까 더 웃기네."

하라면 다 한다. 돈 주면 다 한다. 아예 바지 한쪽도 걷어 올린다. 히죽 웃음도 웃는다. 나는야 쇼맨. 아예 이참에 시계랑 구두도

새걸로 바꿀까. 새 시계 차고 새 구두 신고 낼 낮에 미용실에 가야겠다. 아니. 며칠 참았다가 렉서스 나오면 갈까. 아버지가 학원을 말아먹고 우울증에 걸려 고양이처럼 소리도 없이 밤새도록 집 안을 돌아다녔을 무렵. 엄마는 비쩍 마른 몸에 눈은 초점이 맞지 않아 늘 허공을 보고 있는 것 같은 아버지 대신 고등학교를 중퇴하고 뒹굴던 P에게 욕을 퍼부었다. 바야흐로 펼쳐진 글로벌 시대가 문제였다. 영어 학원만 차리면 떼돈 벌 줄 알았다가 쫄딱 망해 집 안에 빨간 딱지 나붙고, 딱지 접기도 할 수 없는 그놈의 딱지 때문에 열받아 그냥 남들 다 하는 싸움 한번 붙었고, 정말 살살 주먹으로 가슴을 한 대 쳤을 뿐인데 맞은 놈, 죽어 버렸다. 고2 때였다. 남들 다 하는 고등학교 졸업도 못 하고 뒹굴어? 니가 밥벌레지, 인간이야? 이만큼 키워 놨으면 밥 먹고 하는 게 있어야지. 내가 못 살아, 못 살아. 나가 죽어. 엄마 말 잘 듣는 착한 둘째 아들, 인터넷으로 자살 사이트 뒤지고 있을 때 형은 삼류대 야간 대학생 주제에 대학생이랍시고 『무역개론』 같은 책 한 권 끼고 방으로 들어가 버리곤 했다. 그때부터 언젠가 형을 패 줘야겠다고 마음먹었다.

그러다 아는 형 소개로 가게에 취직해 전문용어로 마이킹이라고 하는 선불 받아다 엄마 줬더니 엄마, 감격의 눈물을 줄줄 흘렸다. 가끔 스트립쇼까지 하면서 손에 수표 몇 장 받아 들고 룸에서 나와서는 밤새도록 씨발을 연발하며 술 퍼마시던 때였다. 룸 안의 조명은 대낮의 햇살보다 더 아프게 눈을 찔렀다. 빛에 눈을 찔린 P는 몸을 최대한 작게 움츠리고 구석으로 숨어들어야 했다. 빛에 가려 모든 게 흑백으로 보였다. 술에 절어 룸에서 나올 때면 P는 강한 햇살에 노출된 모래알처럼 조각조각 부서져 내렸다. 편의점 아르바이트도 해 보고, 오토바이 퀵 서비스 노릇도 했지만, 돈 몇 푼에 뒤통수 맞고 무릎 꺾이기는 똑같았다. 고등학교 중퇴 학력으로 남들처럼 이력서 들고 대형 빌딩 숲을 헤맬 수도 없었다. P는 결국 고급 외제차와 잘 빠진 스타일의 차림, 명품으로 치장한 자신의 모습을 택하기로 마음먹었다. 아픈 눈은 영원히 질끈 감아 버리면 되니까.

룸 안의 조도는 잔뜩 낮아지고 통유리는 일종의 통로처럼 점점 더 환해져 간다. 열 걸음, 혹은 스무 걸음 정도면 창 너머 세상이 펼쳐지겠지. 검거나, 혹은 덜 검거나. 흑백으로……. 바깥에 아직 비가 오는지 간간이 빗방울이 통유리에 맺힌다. 비었거나 차 있는 술잔들. 여기저기 흩어진 휴지 조각은 쏟아진 술로 푹 젖어 있다. 순희가 비어 가는 양주 병을 거꾸로 들고 술을 따르다 팔꿈치로 술잔을 쳐 떨어트린다. 유리 파편들이 바닥에 널브러진 사이로 누런 술이 가는 골을 이뤄 흘러 번진다.

"이번엔 센 거 하나 갑니다. 피날레, 알까기 쇼!"

쇼맨, 목소리 높여 시선 끌어모으고 앞가슴 지퍼를 열어 웃통을 벗는다. 방울토마토 두 개를 집어 든 쇼맨, 하나는 입 안에 넣고 하나는 손에 감아쥔다. 테이블 중앙으로 훌쩍 올라간다. 문 쪽을 향하고 쪼그리고 앉아, 그러니까 누님들은 뒷모습만 볼 수 있도록 자세를 취하고 엉덩이를 깐다.

"좀 전에 먹은 토마토, 이제 나옵니다. 알까기 쇼!"

손안에 들어 있던 방울토마토 한 알이 어느새 엉덩이 사이에서 톡, 떨어진다. 꺄. 누님들, 원색적인 비명을 질러 댄다. 그리고 터져 나오는 박수와 웃음. 떨어진 토마토를 접시에 담아 테이블 중앙에 밀어 놓는다.

"따끈따끈한 안주예요. 누가 드실까?"

서로들 고개 절레절레 흔드는데 원장이 수고했어, 내 술 한잔 받아, 하면서 폭탄주 한잔 하사하신다. 원샷 하고 나니까 이제 안주 먹어, 그런다. 누님들 깔깔깔, 먹어, 먹어, 하며 추임새 제대로 넣는다. 미지근한 방울토마토. 그래도 토마토 맛이다.

원장이 갑자기 웨이터를 부르더니 안주가 모자라네. 새로 하나 갖고 와, 라면서 뭔가 귓속말을 한다. 잠시 후, 웨이터가 안주 접시를 들고 들어와 테이블 중앙에 부려 놓고 나간다. 토막 나 튀긴 치킨이다. 원장이 보란 듯 닭 조각을 하나 들어 입에 넣는다. 닭은 바삭, 소리를 내며 뜯겨 나간다. 기름 한 방울 배 나오지 않는다.

"이게 잘 튀긴 닭이야. 닭집 아들이니까 금방 알 수 있겠지?"

원장은 느물거리는 비웃음을 입가에 매달고 눈을 찡긋한다. P는 자신이 원장의 이에 씹히는 기분이다. 살점이 뜯겨 나간다. 룸 안의 조명이 눈을 찌른다. 몸이 점점 작아지더니 구석에 처박히는 것만 같다. 조명은 점점 환해져 눈을 제대로 뜰 수가 없다.

나갔던 웨이터가 들어오더니 어깨 위에 얹혀 있던 쟁반을 내려 놓는다. 감았다 힘겹게 뜬 눈에 배를 드러내 놓고 누워 있는 생닭이 들어온다. 닭은 모가지가 잘리고 배가 열린 채 다리를 벌리고 있다. 흔적만 남은 날개는 양쪽으로 축 늘어져 있다. P는 흡, 숨을 몰아쉬었다. 한 대 맞은 것처럼 명치끝이 저린다.

"먹어 봐. 낮에 핏물이 벌건 닭을 나한테 먹이려 했으니까, 이번엔 니 차례야."

한낮의 햇살보다 강해진 조명 빛이 발가벗고 희멀겋게 소름 돋은 닭 위에 떨어진다. 눈앞이 흐려지는가 싶더니 어느새 P가 닭 대신 쟁반 위에 가 눕는다. 팔은 날지 못하는 날개가 돼 힘없이 오그라붙고, 다리는 닭다리처럼 점점 구부러진다. 원장과 순희와 여자들이 발가벗고 누운, P의 벌어진 가랑이 사이를 들여다보고 있다. 가랑이 사이는 텅 비어 어둠만 들어차 있다. 날카로운 빛살에 찔린 듯 눈이 아프다. 정말…… 아픈 눈을 영원히 질끈 감고 살아갈 수 있을까.

"즐거우셨습니까? 강남 최고의 쇼맨, 불러 주시면 언제든지 달려옵니다. 그럼 다음 기회에 또……."

간신히 마무리 멘트 날리면서 주섬주섬 옷 챙겨 입으려는데 우리의 대모 원장 년이 또 딴죽 건다. 바지 추스르고 왼쪽 팔 끼는 중이었다.

"그냥 가면 아쉽잖아. 내 지갑 다 털어 준다 그랬는데."

웨이터가 다시 불려 들어오고, 테이블이 치워졌다. 여자들은 눈을 크게 뜨고 연신 히히 웃는다. 원장이 지갑을 열고 지폐 한 다발을 꺼내 순희에게 건넨다.

"깔아."

"네?"

순희가 무슨 말인지 몰라 입을 멍하게 벌리고 놀란 눈으로 원장을 쳐다본다.

"테이블 위에 깔라고."

계집애, 말 없이 시키는 대로 돈을 테이블 바닥에 쭉 뿌려 놓는다. 여자들은 완전히 술이 깬 얼굴들이다.

"손대지 말고 몸에 붙여. 붙은 만큼 네가 갖는 거야. 옷은 다 벗어야겠지?"

왼쪽 팔 끼고 오른쪽 팔을 옷에 집어 넣다 말고 딱 멈춘다. 바닥에 흐른 술이 쇼맨의 발밑까지 번져 벗은 한쪽 발을 적시고 있다. 전면 통유리에 흐리게 쇼맨의 얼굴이 비친다. 얼굴은 몇 개의 부분으로 해체돼 눈과 코, 입이 각각 따로 논다. 당연히, 표정은 알 수 없다. 말도 없다. 긴 시간 동안 쇼맨은 숨을 참는다. 실은 아주 짧은 순간이었을까. 시간 따위, 돈이 흐르는 불야성의 이곳에선 거꾸로도 갈 수 있다. 또는 시간도 지배될 수 있다.

탑(塔)에서 무사히 내려가려면 주인이 원하는 대로 해야 한다는 걸 잘 안다. 탑(Top)에 올라앉은 주인의 허락을 받아야 도시의 꼭대기, 이곳에서 바닥으로 안착할 수 있다. 쇼맨은 입었던 쫄쫄이 옷을 천천히, 다시 벗는다. 바지를 벗고 팬티까지 내린다. 신고 있던 한쪽 털신도 마저 벗는다. 이제 유리창엔 쇼맨의 알몸이 어릿하게 스며든다. 눈이 침침하고 아프다. 인공 눈물을 넣을 수 있으면 좋을 텐데. 테이블 위로 기어 올라간다. 그리고 느린 동작으로 뒹군다. 지폐들은 벗은 알몸에 붙었다, 떨어진다. 다시 붙고, 떨어졌다, 다시 돌고. 천천히 돌고, 뒹굴어 쇼맨은 원장의 눈앞까지 굴러간다. 그리고 몸을 세운다. 굽어 있던 등허리를 세워 원장 앞, 바닥에 발을 딛는다. 우뚝 선다. 축 늘어진 쇼맨의 성기가, 두 개의 만두가 원장의 얼굴을 가린다. 통유리에 쇼맨의 알몸이, 원장의 머리통이 한꺼번에 비친다. 까만 머리통 때문에 가랑이 사이는 마치 텅 빈 듯 시꺼멓다. 그 사이로 빗줄기가 가늘게 흘러내린다.

지진의 시대

장의 귀는 더 이상 나지 않는 소리를 여전히 듣고 있는 것만 같다. 따각. 따각. 따각. 열린 창문으로 종일 쏟아지듯 밀려들던 그 기계음은 한참 전에 멈춰 섰다. 그러고 나서 충무로 인쇄소 골목, 아무것도 자라지 않으면서도 끝 모르게 뻗어 간 이 좁은 골목은 완전히 캄캄해졌다. 그랬는데도 골목 구석구석 들어차 있는 인쇄 기계가 찌꺼기처럼 내뱉는 소리는 가라앉지 않고 귀 안에서 계속 돌고, 돌고 있다. 규칙성 때문이다. 장은 그렇게 생각했다. 정확히 3.5초 만에 한 번씩 윤전판이 돌아가며 내는 말발굽 소리. 따각. 따각. 달려. 달려. 해가 뜨고 지는 것을 늘 모니터에 눈을 박은 채 뒤통수로만 느끼다 보니 시력은 점점 퇴화하고 이상스레 귀의 감각이 개처럼

예민해졌다. 장은 그렇다고 생각했다. 제기랄.

　—모든 게 가짜 같아. 그렇지 않아, 장?

　—무슨 소리야? 갑자기…….

　—그 작고 무게감 없는 공 하나에 온 나라 사람들 눈이 다 박혀 있다는 사실 말이야. 뭔지 모르게 조작된 카니발 냄새가 난단 말이지. 덕분에 이 골목이 조용해서 좋긴 하지만.

　—그러거나 말거나. 해외 토픽난에 재밌는 기사가 실린 걸 봤어. 읽어 줄까?

　—그런데 늘 들리던 소음이 없으니까 귀가 마비된 거 같긴 하네. 심심해. 무슨 기산데?

　—월드컵을 준비하고 있는 독일 월드컵 준비 위원회 말고도 독일에는 바쁜 단체가 또 하나 있다. 전국 매춘 산업 연합회가 바로 그것이다. 독일에선 매춘이 합법적이기 때문에 월드컵 특수를 맞아 전 세계인이 독일로 집결할 것에 대비해 매춘가 안팎을 재정비하고 나선 것이다…….

　—그게 뭐가 어쨌다는 건데?

　—빈! 너는 그게 문제야. 대체, 그래서, 뭐가 어떻다는 거냐, 는 식은 좀 곤란하지.

　—장도 마찬가지 아냐? 뭐든 핵심을 비켜 가려고 들잖아. 그건

그렇고, 요즘 뭘 하고 있는 거야? 잠도 거의 안 자는 거 같던데.

　―응. 한 달째 잠을 안 자고 있지. 중요한 프로그램을 개발 중이거든. 곧 끝나. 완성되면 너부터 사용할 수 있도록 해 줄게. 어쨌든, 매춘 얘기 나와서 말인데…….

　―남자가 여자에게 주는 선물이나 돈은 실은 모두 화대의 의미를 갖고 있지. 그 정도는 알아.

　―맨 처음 창녀는 누구였는지 알아? 그리스 신전을 지키고 신을 받들던 사제들이었어. 현실 세계에서 여성은 신의 구현으로 받아들여졌고, 사제와 섹스를 하는 건 신과 소통하는 길이라 생각했지. 그러고는 신께 재물을 바쳐. 실은 화대를 지불하는 거지.

　―그렇다면 넌 내게 뭘 줄 거지?

주(周)의 블로그 ─지중해, 그 상상의 바다를 날다

거친 파도가 세상을 집어삼킬 듯 제멋대로 춤추는 아테네의 피레우스 항구. 북아프리카에서 출발한 바람에선 낯선 냄새가 난다. 낯설음과 설렘이 교차하는 새벽, 밖에는 비가 내리고 있다. 아마도 카잔차키스 자신일 소설 속의 '나'는 크레타로 가는 배를 기다리고 있다. 바람은, 부서져 흩어진 파도의 잔해들이 항구에 면한 작은 카페 안으로까지 침범토록 부추긴다. '나'는 느긋하게 파이프 담배에 불을 붙이고, 단테의 문고판을 꺼낸다. 그때 정수리에 강렬한 시선이 와 꽂히는 걸 느낀다. 올려다보니 키가 크고 몸피가 가는 60대 노인 하나가 불같은 섬뜩한 시선으로 나를 내려다보고 있다.

─여행하시오?

말없이 끄덕이는 나에게 그는 다시 묻는다.

─어디로? 신의 섭리만 믿고 가시오?

─크레타로 가는 길입니다. 왜 묻습니까?

─날 데려가시겠소?

……

피레우스 항구의 광장에 서 있자니 불현듯 소설『그리스인 조르바』의 첫 장면이 떠올랐습니다. 조르바가 새벽을 가르며 거닐었을

피레우스 항구……. 주변을 둘러보니 해운 회사의 티켓 판매소들이 보이고 역사 벽에 커다란 시계가 붙어 있는 게 눈에 들어옵니다. 저녁 8시에 떠나는 크레타의 레팀논 행 티켓을 손에 들고 서서 나는 조르바를 떠올립니다. 정열과 자유, 사랑의 상징인 조르바의 많은 후손들이 내 옆을 무수히 스치고 지나갑니다. 작은 카페로 들어간 나는 진하고 다디단 그리스식 커피 프라페를 주문합니다. 프라페는 한 모금을 삼키고 나면 물을 여러 번 마시고 난 뒤에야 다시 또 한 모금 입에 담을 수 있을 만큼 진해서 오래도록 그 향과 맛을 즐길 수 있는 마법 같은 커피입니다. 나는 바야흐로 지중해의 복판에 와 있는 것입니다.

　책상 위에 놓인 스탠드 불빛은 불안한 예각으로 간신히, 사무실을 여러 갈래로 구획 지어 놓고 있다. 불빛 가장자리는 브라운관 모니터가 내쏘는 빛과 섞여 모호하게 흐려지고 있다. 팸플릿 작업은 마무리 단계다. 팸플릿이 끝나면 입장권과 현수막 디자인을 오늘 밤 안으로 끝내야 한다. 지방 소도시 놀이 공원의 나비 축제가 며칠 후면 개막이기 때문에 그 전까지 디자인을 끝내고 필름을 출력해 인쇄해서 놀이 공원 측에 넘기려면 숨이 가쁠 지경이다. 원래 소규모 광고 기획사 일이란 게 이런 식이다. 일거리가 없을 때는 반백수 노릇을 하다가도 일이 몰릴 때는 며칠이고 밤샘 작업이다. 장은 팸플릿 맨 위쪽에 '나비 랜드 개장'이란 텍스트를 적어 넣고 위치를 잡는다. 팸플릿의 전체적인 색감은 옐로가 강하지만, 화사한 느낌을 주기 위해 마젠타를 좀 더 섞어 넣는다. 팸플릿엔 수십 마리 나비가 날고 있다. 입체감을 주기 위해 장은 나비의 가장자리 부분을 털어 내 경계선을 자연스럽게 만든다.

　늘 하는 일이다. 어려울 건 없다. 일을 하면서도 장은 늘 불안하다. 소규모 디자인 사무실이란 게 언제 문 닫을지 알 수 없는 노릇이다. 도시 근로자 최저 생계비를 간신히 상회하는 월급도 장을 피로하게 만든다. 장은 지루함과 피곤함을 털어 내려고 어깨에 잔뜩 힘을 줬다 떨어뜨린다. 마우스를 클릭하는 불규칙한 소리가 공중에 둥둥 떠다닌다. 분명 뭔가가 흔들리고 있는 듯 장의 고막은 미세하게 소리들의 흔들림을 감지한다. 빈이 내뱉는 목소리는 장에 대한

비난과 조롱으로 톤이 좀 높아져 있다. 빈이 하이힐을 바닥에 딱딱 부딪히는 소리에서 불안한 기운이 느껴진다. 심장 박동 소리, 목구멍으로 침 넘기는 소리, 지나치게 자주 눈 깜박이는 소리, 먼 데서부터 불어오는 듯한 낯설고 은밀한 바람 소리와 바닥에서부터 올라오는 뭔지 모를 진동 소리……. 매킨토시 모니터엔 수십 마리의 나비들이 날아오르지 못하고 박제된 듯 박혀 있다. 그런데, 흔들리는 것만 같다.

　―무슨 소리 안 들려? 지진이라도 오려나…….
　―소리? 무슨? 뜬금없이. 넌 항상 그런 식이지.

─뭐가?

─넌 내가 애를 뱄다고 말했을 때도 갑자기 어딘가에서 사향 냄새가 난다고 화장실로 토하러 갔잖아.

─아직도 진통이 안 느껴져?

─난 너와 조 대리 둘 다에게 내 임신에 대한 책임을 물을 수도 있어.

─아무려나. 난 떠날 거야. 지중해로. 곧.

─월드컵 언제 끝나는 거야? 내일 조 대리 오기만 해 봐, 어디. 만삭인 여자랑 너처럼 책임감이라곤 박물관에나 처박아야 되는 물건인 줄 아는 인간만 두고 가 버리다니.

─거의 다 됐어. 자, 봐. 내 모니터엔 수도 없이 나비들만 떠다니고 있잖아. 곧 끝난다구. 그런데, 정말 아무 소리 안 나?

─어디서 무슨 소리가 난다는 거야? 정작 내 뱃속에선 아무 소리도 안 나서 신경질 나 죽겠는데. 벌써 2년째야.

─땅속 아주 깊은 곳에서부터 무슨 소리가 올라오고 있어. 분명해. 잘 들어 봐.

─네 뱃속에 숨 쉬고 듣고 느낄 수 있는 또 다른 생명체가 2년씩이나 들어앉아 있다고 생각해 봐. 끔찍하다구.

─이 골목이 이렇게 조용하긴 정말 오랜만이지. 마치 폭풍 전야처럼 말이야.

─그놈의 월드컵 때문이지. 사람들이 다 한곳으로 몰려가고 남은 건 너랑 나 둘뿐이니까. 근데 진짜 무슨 소리가 들린다는 거야?

─안 들리면 바닥에 귀를 대 봐. 몸을 낮춰 보라구. 몸이 낮아지

면 대신 다른 게 열리기도 하거든.

　—너 그런 자세로 엎드려 있으니까 꼭 개 같아. 귀가 쫑긋한 게
뭔가 불안해하는 개처럼 보이는데.

　—미세한 균열이 생기고 있어. 우리가 딛고 있는 바닥은 생각처
럼 그리 단단한 게 아니란 말이야.

　—짖어 봐. 멍멍.

생의 반대편으로 떠나는 여행

　피레우스 항구 광장 한가운데 커다란 개 두 마리가 누워 있는

게 보입니다. 네 다리를 구부리고 겁먹은 눈을 두리번거리며 지나가는 사람들을 관찰하는 게 아니라 한쪽 방향으로 네 다리를 모두 뻗고, 그야말로 편히 쉬고 있습니다. 누구 하나 개들을 건드리지 않고 비켜 가는군요. 개들은 마치 파도가 항구에 와 부딪히는 미세한 진동을 느끼고 있는 듯 바닥에 귀를 붙이고 눈을 가늘게 뜨고 있습니다. 승선 시간을 알아보려 광장 벽에 붙은 시계를 올려다보니 12시 정각. 그럴 리가. 자세히 보니 시계는 죽어 있군요. 여기 사람들은 널브러진 개에게도 죽어 버린 시계에도 너그러운 듯합니다. 온몸을 휘감는 항구의 바람엔 달기도 하고 시기도 한 냄새가 잔뜩 실려 있습니다.

─혹시 오후 6시에 출항하는 배를 타십니까?

소리를 따라 고개를 돌려 보니 러닝셔츠 차림의 한 사내가 내 배낭과 손에 쥔 승선권을 쳐다보고 있습니다.

─아닙니다. 8시 배입니다.

대답하면서 나는 고개를 가로저었습니다. 사내가 반문하는 표정으로 입을 우물거렸습니다. 아차! 나는 다시 고개를 깊숙이 끄덕이며 아니라고 대답했습니다.

─그렇군요. 크레타로 가는 거라면 좋은 숙소를 소개해 드리려 했습니다.

사내는 나에게서 멀어져 또 다른 여행객을 향해 걸음을 뗐습니다. 어찌된 거냐구요. 이곳에서 오케이 사인은 고개를 가로젓는 것입니다. 거절의 표시가 끄덕이는 것이죠. 내가 살던 곳을 떠나 반대편으로 오니 관습과 약속도 그 의미와 표시가 교란됩니다. 마음에

드는 일입니다.

—내가 죽었다구?

—그렇다니까.

오늘 낮, 조 대리와 빈은 식당으로 들어와 자리에 앉자마자 장의 사망 소식을 큰 소리로 떠들어 댔었다. 정오가 조금 넘은 시각. 테이블 대여섯 개가 고작인 비좁고 더러운 생선 구이 백반 집에서 자신의 사망 소식을 듣는 기분은 묘했다. 뭐랄까. 배에다 칼집을 새겨 넣고 석쇠 위에 올라가 누워 통째로 구워지다 새까맣게 타 버리는 기분이랄까. 조 대리와 빈이 숟가락을 챙긴다, 물컵을 꺼내 온다, 분주히 움직이는데 숯불의 알싸한 냄새 입자가 같이 공중에 떠다녔다. 생선 비린내가 가득한 생선 구이 집에서 유일하게 골라 맡을 수 있는 향내다. 비린내를 걸러 내고 신새벽의 느낌을 주는 숯불 향을 향해 연신 코를 벌름거렸다. 삼치 구이를 한 점 떼 내 입에 넣으면서 장은 자신의 코가 꼭 개 코 같다고 생각했다.

빈은 2년째 2인분의 식사를 하느라 다른 사람의 사망 소식 따위는 관심 없다는 듯 밥 먹는 데 열중했다. 빈의 배가 불러 오면서 사람들이 아비에 대해 묻자 빈은 이랬다. "장, 아니면 조. 그도 아니면 다른 사람이겠지. 아무려나……." 빈의 태도는 아비 따위가 중요했던 시대는 이미 물 건너간 지 오래되지 않았느냐고 반문하고 있었다. 가히 현명한 처사라 아니할 수 없다. 다시 어미의 시대가 와야 세상이 구원되리라는 생각엔 120퍼센트, 아니 1000퍼센트쯤 찬성한다. 하지만 뱃속의 애가 왜 안 나오는지에 대해서는 빈도 여간 궁금하지 않은 것 같다. 출산휴가를 신청했다 취소하기를 대여섯 번 하더니 그도 지쳤는지 구름처럼 부푼 배를 쭉 내밀고 그냥 다닌다. 장이 밥을 3분의 1이나 비웠을까. 빈의 밥그릇은 벌써 바닥이 드러나고 있다. 그와 함께 모서리가 깨져 나간 플라스틱 접시 위의 삼치도 허연 뼈다귀를 드러내고 있다.

식당 구석에선 뭔가 썩는 냄새가 끊임없이 지저분한 공기를 타고 올라온다. 생선 비린내와는 본질적으로 다르다. 마치 오래 묵은 시체 썩는 냄새처럼 내장을 다 뒤집어 놓는다. 생선이 썩건 시체가 썩건 간에 죽음의 냄새지만, 사람들은 아랑곳없이 생선 살을 바르며 축구 얘기에 여념이 없다. 조 대리도 대 프랑스 전인데 어떻게 안 봐줄 수 있겠느냐며 오늘은 만사 제치고 축구를 보러 갈 거란다. 덕분에 오늘 일은 아무래도 장과 빈이 마무리 지어야 할 거 같다. 자신의 죽음에 대한 소식을 들은 날, 밤새도록 피곤과 스트레스를 느끼며 일을 하는 것도 그다지 나쁠 건 없다. 장은 요새 계속 사무실에서 밤을 새는 형편인 데다 빈이라면 장을 방해하는 일 없이 알아서 자신의 일을 할 테니까. 밤중에 갑자기 뱃속의 애가 튀어나오지 않는다면 말이다.

—그런데 대체 무슨 소리야? 내가 죽었다니…….

—아래층 필름 출력실에서 나비 사진들을 드럼 스캔 받고 있는데 거기 직원이 갑자기 소릴 지르는 거야. 어! 하고 말이야.

조 대리는 입 안 가득 고등어 구이를 우겨 넣고 말을 이었다. 말하는 잇새로 고등어 살점이 튀어나와 콩나물 접시 위에 가 얹혔다. 빈이 아랑곳없이 젓가락으로 콩나물 무침을 집어 들었다. 아무튼 빈의 태도는 무슨 일에 대해서도 아무려나, 다.

—사내 인트라넷 소식란에, 무슨 큰 회사라고 인트라넷 깔아 논 사장도 웃기지. 감시용이 틀림없어. 암튼, 거기에 떴대.

—뭐라고 떴는데?

장은 자신의 발이 공중으로 점점 떠오르는 듯한 느낌이다. 아니면 땅이 흔들리고 있거나.

—너 오전에 놀이 공원 갔었지, 클라이언트 만나러. 그래서 사무실에 없었잖아.

복작거리는 인쇄소 골목 사람들이 주로 들르는 3000원짜리 생선 구이 백반 집에는 거개가 아는 얼굴들이다. 옆 테이블에 앉은 대성 기획 여직원이 눈으로 장에게 알은체를 한다. 커다랗게 쌍꺼풀 진 눈에 콧대 중간이 높이 솟은 매부리코가 그녀를 어딘가 현실감 없는 인상으로 만들고 있다. 비주얼이 조금만 괜찮았더라도 작업을 걸어 봤을 텐데. 장은 톡 쏘아붙이는 것 같으면서도 귓바퀴에 감기는 그녀의 목소리를 떠올리며 쩝쩝 입맛을 다신다. 빈은 아무래도 관심 없다는 무표정한 얼굴로 된장 국물을 떠먹는다.

—응. 팸플릿이랑 입장권 뭐 등등 시안 들고 갔었지. 컨펌 받으러. 그런데?

정수기로 물을 받으러 가는 빈의 뒷모습은 충만하게 부풀어 오른 앞모습과 달리 어설프게 가녀리다. 장은 돌아서는 빈의 얼굴을 보며 왠지 빈에게선 분열의 냄새가 난다고 생각한다. 빈에게서는 어떤 믿음과 확신이 느껴지지 않는다.

—출근길에 사고를 당했다는 거야. 을지로에서 충무로로 접어드는 큰길에서 사람들 틈에 섞여 오다가 미처 플라타너스 가로수를 보지 못했고, 뛰어오던 장이 가로수를 정면으로 들이받고 넘어졌다…….

—재밌군. 그래서?

장은 자신의 사망 경위에 흥미가 생겼다. 젓가락질을 멈추고 물컵을 들어 단숨에 들이켰다.

—장이 뭔가에 흥미를 보이는 건 처음인데? 늘 심드렁한 표정에 뭘 물어도 대꾸도 잘 안 하던 놈이 말이야.

조 대리가 빈을 돌아보며 킥킥거린다. 저놈은 뭐가 그리 모든 게 다 재밌는 걸까. 빈의 무표정한 얼굴과 조 대리의 의기양양한 태도를 번갈아 보며 장은 조 대리를 재촉했다. 식당 주인 아줌마가 막 구운 생선 구이 접시를 옆 테이블에 올려놓는다. 접시 위에 올려진 생선 구이에서 지글거리는 소리가 채 사그라들지 않고 귀와 코를 동시에 자극한다. 식사를 마친 빈이 자리에서 일어나며 테이블 위에 3000원을 꺼내 놓는다.

—먼저 들어갈 테니까 먹고 와.

—넌 재미없어? 장이 죽었다는데?

조 대리가 빈의 팔을 잡아끄는 시늉을 한다.

—너 같으면 만삭에도 계속 일을 해야 먹고사는 형편인데 그런 얘기가 재밌겠어? 너 오늘 축구 보러 일찍 퇴근할 거라며? 나비 축제 개막이 며칠이나 남았다구. 언제 애가 나올지 모르는데 그 전에 끝내려면 오늘 밤새야 돼.

식당 문을 나서는 빈을 향해 조 대리는 금방 갈게, 라고 한마디 하고는 곧 다시 장의 시선을 잡아챈다.

—그래서, 넘어졌는데 그게 인도 쪽이 아니라 차도 쪽이었어. 그리고 바지를 툭툭 털며 막 일어나려는데……. 궁금하지? 그담에 어떻게 됐을 거 같아?

—어떻게 되긴. 죽었다면서?

대꾸하는 장의 목소리에 짜증과 묘한 흥분이 동시에 묻어난다.

—아직 아냐. 막 바닥에서 몸을 일으키려는데 커다란 트럭이 장을 발견하고는 옆으로 살짝 비켜 지나갔지. 그런데 문제는 그다음이야. 트럭 뒤에 뒤따라오던 날렵한 스포츠카가, 아마 BMW였다지. 트럭에 가려져 미처 장을 발견 못 한 거야. 그대로 막 몸을 일으키

고 있는 장을 치받았지. 차에 친 장이 1미터쯤 공중을 날아 바닥에 툭 떨어졌어.

— 그래서 내가 죽었다? 어설픈데? 그 정도로는 대부분 중상쯤에 그치는데 말이야.

장은 코웃음을 치며 생선 살에서 뼈를 발라냈다. 그러다 어디선지 이상한 낌새가 느껴진다고 생각했다. 귀와 코가 동시에 예민해졌다. 그것은, 어떤…… 낯설고도 깊은 울림 같은 거였다. 마치 땅속 깊은 곳에서부터 진원한 것 같은.

— 들어 봐. 거기서 끝난 게 아니야. 떨어졌는데 마침 거길 지나가던 오토바이가, 인쇄용지를 뒤에 가득 실은 오토바이였다지 아마. 그 오토바이가 바닥에 널브러진 장을 한 번 더 깔아뭉갰다는 거야. 마지막 문장이 끝내줬어. '우리의 장은 다행히도 그 자리에 즉사했다…….' 시나리오 죽이지?

내가 죽었다……. 장은 속으로 중얼거려 본다. 예민해진 귀에 또다시 진동이 감지된다. 바닥 깊은 곳에서부터 천천히, 진동은 장의 발뒤꿈치를 타고 올라와 고막에 연결된 신경을 자극한다. 조 대리는 묻지도 않은 말들을 계속 주절댔다.

— 너 직원 중 어떤 놈한테 찍힌 거 있냐? 무기명으로 그 글을 올린 놈이 아주 신나게 떠들어 놓았던데. 하긴 니가 어떤 놈한테라고 호감 산 적은 없지.

그렇게 장은 오늘 아침에 죽었고, 모든 회사 직원들이 그 사실을 알았다. 장이 지방 놀이 공원에서 막 바로 돌아와 사무실로 올라가기 전, 식당에 먼저 들어왔으니 아마 회사 직원들은 아직도 장이 죽었는지 모를 일이라고 수근대겠지. 재밌는 일이다. 장은 대꾸 없이 입 안에 숟가락으로 밥을 떠 넣고는 무말랭이 무침을 우적 씹었다. 젓가락을 내려놓는데 테이블에 덮인 비닐 식탁보가 눈에 들어왔다. 식탁보엔 작거나 큰 나비들이 가득 들어차 있었다. 대체 어떤 놈일까, 잠깐 생각하다가 곧 생각을 그만뒀다. 어떤 놈이면 뭐가 어때서? 상관없다. 물 한 컵을 다 들이켜 입을 가신 장은, 조 대리를 그대로 내버려 두고 자리에서 일어났다.

일어나는데, 기묘한 느낌에 등골이 쭉 당기는 것 같았다. 마치 깊고 은밀한 진동에 발걸음이 흔들리는 듯한 느낌. 머릿속이 어지럽고 눈앞이 흐려지는가 싶더니 식탁보가 양감을 갖고 살아나기 시작했다. 마치 박제된 나비가 다시 살아나듯 식탁보에 붙박여 있던 나비들이 장의 눈앞으로 날아오르기 시작했다. 여러 마리 나비가 날아오르자 옆 테이블보에서도 나비들이 따라 일어나기 시작했다. 나비들은 순식간에 수십, 수백 마리로 늘어났다. 호랑나비. 제비나비. 모시나비. 배추흰나비. 기생나비. 사향제비나비. 예민해진 장의 코는 어디선가 희미하게 사향 냄새를 맡았다. 난데없이 나타난 나비 떼는 장을 중심으로 맴돌기 시작했다. 발밑에서 느껴지는 진동과 눈앞에 가득 찬 나비 떼 때문에 장은 제대로 걸음을 떼 놓을 수 없었다. 눈앞의 모든 것이 흔들리기 시작했다. 공중에 가득 차 날아다니는 나비 떼 때문에 눈을 제대로 뜰 수조차 없었다. 자신이 나비인지 나비가 자신인지 알 수 없는 노릇이었다. 나비들은, 장의 눈과 귀를 비롯해 목구멍, 콧구멍으로 들어왔다가 몸 안을 한바퀴 휘휘 돈 다음 다시 빠져나가기를 반복했다. 세상으로 통하는 몸의 모

든 구멍들이 막혔다, 다시 열렸다. 양팔을 잔뜩 벌려 휘휘 공중을 저으며 겨우 발을 앞으로 내미는데 짙은 사향 냄새가 장의 머릿속까지 헤집어 놓았다.

—나비 이미지가 자꾸 깨지는데?

—갑자기 무슨 소리야? 빈! 너 작업 마무리 단계에서 초 치는

소리 하지 마라.

— 입장권에 쓸 이미지를 따려는데 경계선이 자꾸만 깨져.

— 그럼 경계선을 좀 털어서 자연스럽게 그라데이션 시켜 보든지. 쉽게 좀 가자. 안 그래도 오늘 내내 공중에서 나비들이 날아다녀서 어지러워 죽을 지경이라고.

— 너 오늘 낮에 죽었단 애기 듣고 충격 먹은 거 아냐? 고대 그리스에서는 나비를 의미하는 단어 프시케(psyche)가 혼을 의미한다던데. 네 혼이 날아다니고 있는지도 모르지. 킥킥. 미얀마에서 나비를 나타내는 단어 흐레파(hlepa)는 말 그대로 죽은 자의 혼을 뜻해. 그래서 미얀마인들은 식민 통치 시절에 영국인들이 잠자리채로 죽은 자의 혼을 잡는 걸 보고는 다들 기절했대.

— 그럼 지금 난 나비일까, 나일까? 재밌는데. 그건 그렇고 내가 개발 중인 프로그램을 한번 써 볼래? 이제 임상시험 단계거든.

— 그게 뭔데?

— 망각 프로그램. 잊기를 원하는 것들만 골라서 잊게 해 주는 프로그램이지. 이거 출시되면 아마 대박 날걸. 필요한 사람이 한둘이겠어? 아니, 필요 없는 사람이 없을걸. 홈쇼핑 한 군데만 뚫으면 밤늦게 이 좁아터진 사무실에 앉아서 입장권 따위나 만들고 있지 않아도 되지.

— 그럼 뭐 할 건데?

— 떠나야지. 지중해로 가는 거야. 넌 뱃속의 애 아빠가 누군지 모른다는 사실을 잊으면 되잖아. 그럼 애 아빠가 누굴까를 고민하지 않게 될 테니까.

—넌 뭘 잊을 건데? 뺨에 파여 있는 흉터를 잊으면 되겠네. 아예 그런 흉터가 있다는 사실을 잊는 거야. 아님, 네가 죽었다는 사실을 잊던가. 죽음이든 망각이든 문 혹은 벽이 된다는 사실은 똑같잖아. 그건 그렇고, 모니터에 나비들이 수십 마리가 있는데 움직이질 않으니까 꼭 박제된 것 같다. 그렇다고 동영상으로 제작할 수도 없으니.

—아직도 내 눈앞에는 수십, 수백 마리 나비들이 날아다니는걸. 그런데, 발밑에서 무슨 진동 같은 거 안 느껴져?

—무슨 쓸데없는 소리야? 죽었단 얘길 듣더니 머리가 어떻게 된 거 아냐? 진동은 내 뱃속에서 시작돼야 하는데 아무 움직임도 없어서 신경질 나 죽겠는데. 대체 이 애는 언제 나오려고 계속 뱃속에 웅크리고 있는 건지. 근데, 장! 너 그래서 블로그에 그 따위 여행기 올리는 거야? 그리스엔 가 본 적도 없는 주제에 말야. 이름도 촌스

러워. 하긴, 장이나 주나 그게 그거지.

나비 계곡 —갈 수 없는 염원의 오작교

크레타 섬을 떠나 로도스 섬으로 향하기 위해 카잔차키스 공항으로 갔습니다. 지중해의 화려한 태양 빛은 어딜 가나 줄곧 선물처럼 따라다녔습니다. 에게 항공의 로도스 행 비행기를 기다리면서 나는 그리스인들을 자세하게 관찰했습니다. 그리스인들은 대체로 검은 머리칼에 짙은 갈색 눈동자를 갖고 있습니다. 태양의 혜택을 많이 받은 남국인 특유의 풍모에다 철학자들의 후예라 그런지 눈빛이 깊습니다. 게다 남자들의 가슴 털은 정말 대단하죠. 남방셔츠 단추를 하나라도 풀라치면 털들은 마치 쿠션의 솜이 터져나오듯 툭 불거집니다. 지나가는 할머니들의 코 아래쪽에 제법 거뭇한 수염이 나 있는 게 보였습니다. 문득『그리스인 조르바』의 한 구절이 떠오르더군요. '…… 우리 할머니는 콧수염이 날 때까지 오래 사셨지요.……'

그리스 여인들의 몸매는 정말 환상적입니다. 짙고 긴 머리칼에 온몸으로 햇빛을 받아 탄탄하고 매끈한 피부, 게다가 풍만한 가슴은 조르바도 감탄하지 않을 수 없는 일이지요. '……지중해를 건너 아프리카에서 불어오는 훈훈한 시로코는 오렌지 과즙을 풍성하게

하고 크레타 계집들의 가슴을 부풀게 하지요.……'

　　장미꽃 피는 섬이란 뜻을 가진 로도스 섬에 내려 구 시가지로 들어가 한 카페에 들어갔습니다. 만돌린처럼 생긴 그리스 민속 악기인 부주키를 연주하던 훤칠한 키의 그리스 남자가 칼리 메라(안녕하세요)라고 인사를 건네더군요. 그리스산 미토스(신화) 맥주를 주문하고 곧 그와 절친한 친구처럼 대화를 주고받았지요. 내 뺨에 깊이 파인 흉터에 대해 묻더군요. 얘기를 들려줬죠. 10대 후반, 좁은 골목길을 지나는데 한 여학생을 괴롭히는 깡패들을 만나 17대1로 싸우다 얻은 영광의 상처라고요. 믿더군요. 물론 실감나게 얘기했죠. 거짓말이라고 생각되지 않았습니다. 여행이 주는 또 하나의 선물이죠. 꿈꾸던 내 모습이 돼 보는 거 말입니다. 난 로도스 섬의 작은 카페에 앉아 있는 용감한 사람입니다. 맥주병이 비자, 나는 그리스식 증류주인 우조를 주문했습니다. 우조는 맑은 액체지만 물을 섞으면 뿌옇게 흐려지는 신비한 술이죠. 우조를 홀짝거리는데 동양인 관광객 여자가 카페로 들어서더군요. 나와 대화를 나누고 있던 그리스인이 그녀에게 말을 건넸습니다. "이 인형 같은 요정은 대체 어디서 날아온 거지요?"라며. 그녀는 정말 요정 같은 표정으로 미소를 짓더군요. 지중해…… 꿈꾸던 자신의 모습을 발견할 수 있는 곳입니다.

　　로도스 섬으로 간 까닭은 바로 나비 계곡을 찾아가기 위해서였습니다. 수천 마리의 나비 떼가 날아다닌다는 페탈루데스 계곡. 그러나 나비 계곡을 찾아가는 일은 그다지 쉽지 않았습니다. 알려 준 대로 로도스 시에서 버스를 타고 45분쯤 달린 뒤 내렸지만 이정표

하나 없이 눈앞에 펼쳐진 깊은 숲 앞에서 나는 어디로 발을 옮겨야 할지 몰라 헤매고 있었습니다. 카페에서 시간을 지체하느라 지중해의 태양은 이미 저문 지 오래였고, 주위엔 인적조차 없었습니다. 계곡이 멀지 않았음을 알리듯 숲 속 깊은 곳에서 나비들이 나를 향해 한두 마리씩 날아오기 시작했습니다. 나비들이 날아온 방향을 건너다봤지만 계곡에 이르는 길은 쉽게 열리지 않았습니다. 어떻게 할까? 나는 수천 마리 나비가 날아다닌다는, 보이지 않는 계곡을 향해 발을 내딛지도 그렇다고 걸음을 돌려 돌아서지도 못하고 우두커니 서 있었습니다. 문득 내가 이곳으로 떠나오기 전, 원래 있던 곳에서 나비들이 수십 수백 마리로 떼를 지어 내 주위를 늘 맴돌고 있었던 사실이 떠오르더군요. 종류를 다 알 수 없는 수많은 나비들은 나를 감싸고 돌다가 내 몸속으로 들어오기도 하고 또, 내가 나비 안으로 들어가기도 했었습니다. 그러다가는 내 몸이 나비 고치

속으로 들어가 버리더군요. 참 이상한 일이었습니다. 어쩌면 나는 그 나비 떼를 피해 떠나온 건지도 모르겠습니다. 그런데 대체 왜 나는 이곳에서 나비 계곡을 보고 싶어 한 걸까요…….

아직 어렸던 시절의 한여름, 불타듯 내리쬐는 태양을 배경으로 날고 있는 나비는 아름다웠다. 그 시절, 나는 그 나비를 잡기 위해 뛰어다니고 나비를 잡은 뒤엔 또 다른 나비를 잡기 위해 이리저리 헤매면서 하루를 보내곤 했다. 지루하게 긴 날이었다. 그리고 유난히 나비가 많이 날았다. 좁은 마당과 뒤꼍, 장독대 사이를 방향 없이 내달리곤 했다. 잡힌 나비가 손안에서 파르르, 날개를 떨었다. 검고 윤기 나는 날개가 떨리면서 냄새를 뿜었다. 무슨 냄새지? 지독하게 뜨거운 태양 볕 때문에 머리가 돌 지경이었다. 마치 환각성 물질처럼 나비가 뿜어내는 냄새는 온몸을 달뜨게 만들었다. 콧속으로 스며들어 온몸을 마비시킨 그 향은 나를 종일 붙들고 놔주지 않았다. 손끝에서 하르르, 떨고 있는 나비를 도망가지 못하도록 붙잡고 곤충 도감을 뒤져 찾아낸 이름은 사향제비나비였다. 그리고 오랜 시간이 흐른 뒤에야 그 냄새가 사향임을 알았다…….

장은 인쇄를 위한 필름 출력 전 마지막 단계로 팸플릿을 교정 보다 말고 엉뚱하게 나비 생각에 빠져들었다. 저도 모르게 손이 뺨 위에 깊게 파인 흉터에 가 없렸다. 상처는 며칠이고 사향제비나비를 뒤쫓던 열 살 무렵, 나비에 눈을 박고 내달리다가 장독대에 걸려 넘어지면서 깨진 항아리 조각에 베인 것이다. 별 거 아니었다. 누구나 그 무렵이면 생길 수 있는 상처였다. 그렇게 생각했는데, 뺨에 깊은 흔적을 남겼다. 장은 밤엔 채집한 나비를 들여다보고 낮엔 온 동네를 헤집으며 사향제비나비를 쫓았다. 냄새 때문이었다. 생각해 보니 둘만 남은 사무실에서 빈과 다급한 섹스를 하던 날 밤, 빈에게서 어렴풋이 사향 냄새를 맡은 것도 같다. 얼마 지나지 않아 빈의 배가 나오기 시작한 걸 알고 장은 어지럼증을 느꼈었다. 어디서 사향 냄새가 나는 거 같지 않아? 빈의 봉긋한 배를 보면서 그렇게 말했던 것도 같다. 다행히 빈은 그날 밤 일을 들먹이지 않았다. 어찌 생각하면 고마운 일이다. 망각 프로그램을 출시해서 돈이 들어오면 곧 떠날 거니까. 마케팅을 잘해서 홈쇼핑 한 군데 뚫을 수만 있으면 분명 대박인 상품이다. 그런 생각을 할 때 장은 고치에서 막 빠져나와 젖은 날개를 말리고 하늘로 날아오르는 나비를 떠올렸다. 근사한 일이다. 장은 소규모 기획사 직원 월급으로 30만 원짜리 방의 월세를 지불하고 나면 늘 혼자 살기도 빠듯한 생활에 싫증을 느낀 지 오래다. 이 땅에서 장을 붙드는 건 아무것도 없다. 하루의 반을 일하고 자고 나면 또 일하고……. 기대할 수 있는 것 또한 아무것도 없다. 지중해라면 뭔가 새로운 나를 찾을 수 있을지도 모른다는 기대로 장은 나비들이 난무하는 팸플릿 대신 망각 프로그램을 불러낸다. 나비 떼는 여전히 장의 주위를 맴돌고 있다. 아무래도 낮에 들었던 죽음 얘기가 맘에 걸린다. 제길. 예민해진 장의 귀에 작은

진동이 걸려든다. 뭔가 이상하다. 흔들린다. 장은, 죽음처럼 가라앉은 충무로 인쇄소 골목, 끝이 없을 것처럼 길게 뻗어간 좁다란 길에 균열이 생기고 있다고 생각한다. 자신의 삶이 이어지고 있는 길 위에 말이다.

— 빈! 진짜 무슨 소리 안 들려?

빈은 대꾸도 없이 수없는 나비들이 난무하는 모니터에 눈을 박고 있다. 어두운 사무실에 가득 들어찬 나비 떼는 기묘한 느낌을 준다. 흔들림이 점점 더 강해진다. 진동은 이제 귓바퀴 안에서 멈추지 않고 발에서도 느껴진다.

— 왜 그래? 빈!

마우스를 쥐고 있던 빈의 손이 배를 움켜쥐었다. 빈의 손에서 떨어진 마우스가 공중에서 덜렁거린다. 빈의 허리가 꺾이면서 빈은 점점 더 바닥으로 가라앉는다.

— 애가 나오려나 봐. 배가 찢어지는 거 같아.

다급하게 자리에서 몸을 일으킨 장은 무릎을 꺾어 빈과 같은 자세로 몸을 구부린다. 장의 팔꿈치가 키보드를 툭 치고 지나가면서 모니터에 떠 있던 망각 프로그램의 실행 버튼이 눌린다.

— 어떡하지? 그럼, 병원으로 가야잖아?

빈의 이마에 금세 땀이 배어난다. 장은 계속해서 자신을 둘러싸고 도는 나비 떼 때문에 제대로 정신을 차릴 수가 없다. 흔들린다. 빈을 부축해 일어나려는데 발이 꼬인다. 흔들리는 건 나뿐만이 아닌 것 같다, 고 장은 생각한다. 진동이다. 땅속 깊은 곳에서부터 올라오는.

─빈, 몸을 일으킬 수 있겠어?

묻고 있지만 정작 몸을 일으키기 힘든 건 장도 마찬가지다. 어느새 바닥의 진동은 몸의 균형을 잃을 만큼 강력해졌다.

─어? 이거 피잖아?

빈의 가랑이에서 피가 새 나오기 시작한다. 망각 프로그램이 맹렬하게 돌기 시작하면서 장과 빈 모두 프로그램에 노출된다. 나비들이 피 묻은 장의 손으로 몰려든다. 이제 새 생명이 나오려는 건가, 장은 생각하면서 자신의 죽음과 함께 날아든 나비들이 붉은 피에 엉겨드는 모양을 가만히 내려다본다. 지중해의 나비 계곡에 가면 수천 마리 나비 떼가 한꺼번에 날아든다는데……. 장은 뜬금없이 지중해를 떠올린다. 떠올리면서 시선은 모니터로 쏠린다. 언제 작동이 시작된 거지? 장은 고개를 갸웃하면서 자신이 지중해에 갔던 건지 아니면, 지중해에 갔던 자신이 이곳에 온 건지 헷갈리기 시작한다. 동시에 블로그 지중해 여행기 안에서의 주가 자신인지, 지금 바닥의 균열을 느끼며 불안해하고 있는 장이 자신인지 점점 알 수 없어진다.

빈은 가랑이를 내려다보며 신음을 내뱉고 있다. 빈은 왜 피를 흘리며 신음하고 있는 거지? 장은 자신과 빈에게로 달려드는 나비 떼를 올려다보며 나비는 또 왜 저리 방향 없이 날고 있는지 궁금해진다. 그렇구나. 프로그램 오류로 망각하는 대신 엉키고 있는 거구나. 장은 어렴풋하게 깨달으면서 빈과 자신, 나비와 흐르는 붉은 피에 번갈아 시선을 준다. 바닥의 흔들림은 점점 심해져 책상과 의자, 컴퓨터와 인쇄용지들이 한꺼번에 흔들리면서 제자리를 잃는다. 일어나야 하는데……. 빨리 병원에 가야 하는데. 빈은 곧 태어날 생명 때문에 고통스러워하고 있다. 나비들이 소리 없이 모든 걸 내려다보고 있다. 나비들은 장의 몸속으로 들어갔다가, 장이 나비가 되었다가 하면서 끊임없이 교란된다.

빈의 가랑이가 점점 벌어지기 시작한다. 고통으로 일그러진 빈의 눈에서 핏물이 한 줄기 또르르 굴러 떨어진다. 장은 나비의 촉수처럼, 혀를 길게 빼내어 빈의 뺨에 흘러내린 핏물을 핥아 삼킨다. 빈이 고통을 참지 못해 악, 하는 비명을 지르는 순간 가랑이 사이에서 붉은 피에 둘러싸인 덩어리 하나가 툭 튀어나온다. 덩어리가 부르르 떨리더니 그 안에서 날개가 뻗어 나온다. 천천히, 검은 날개를 펼친다. 나비는, 장의 얼굴을 하고 있다. 피 묻은 장은 이제 날개를 휘저으며 바닥을 차고 오르려고 애를 쓴다. 그 뒤를 따라 수많은 나비들이 빈의 가랑이 사이를 빠져나와 공중으로 날아오르며 생명 같은 핏물을 뚝, 뚝, 떨어트린다.

* 사진은 이연 님과 강정 님께서 도와주셨습니다.

** 지중해에 한 번도 가 본 적 없는 필자는 여러 분들의 여행 경험을 참조했고, 그 중 최정동 님의 여행기에서 많은 도움을 받았습니다.

이건 사랑 노래가 아니야

*

나는 지금 몹시 아프다. 조기 폐경에 골다공증을 앓고 있다. 그 때문에 1년여 만에 방에서 나왔고, 급히 병원에 가는 길이다. 처음엔 그냥 한곳에 너무 오랫동안 머물렀기 때문에 생긴 증상이라 생각했다. 가끔 배송 업체 직원이나 음식 배달부와 문 앞에서 대면했을 때, 얼굴이 화끈거리고 가슴이 두근거리는 건 오랜만에 타인에게 내 모습을 보였기 때문이라 여겼다. 그리고 불면증은…… 그건 당연하지 않은가. 방에 오랫동안 틀어박혀 본 경험이 있는 사람은 무슨 얘긴지 알겠지. 신경과민도 마찬가지. 너무나 조용한 곳에 혼자 오래 있게 되면 누구나 그렇게 되니까. 뼈가 시큰거리고 무릎이 시린 것도 운동 부족에서 오는 근육 위축 증세와 비슷했다. 손목

통증이야 종일 마우스를 클릭하다 보면 인대가 늘어나는 거고. 온라인으로 생필품 주문할 때 파스도 같이 주문해서 붙였었다. 두 달쯤 지나 파스 정도로 될 일이 아니란 걸 알았다. 어젯밤에야 온라인 건강 상담 코너를 클릭했다.

*

"어디가 불편하시죠?"

"별 이유 없이 얼굴이 화끈거려요. 특히 다른 사람을 대면할 땐 얼굴에서 불이 나는 것 같거든요."

"또 다른 증상은요?"

"음…… 가슴이 두근거리고, 불면증에 신경과민…… 집에 나방이 한 마리 날아다녀 그걸 잡느라 3일 밤을 못 잔 적도 있구. 무릎도 시리고 손목도 아프고……. 계속해요?"

"언제부터 그랬죠?"

"6개월 전쯤부터……인가? 그래요."

"여자 분이신가요? 나이는요?"

"네. 서른다섯."

"스트레스가 많은가요?"

"만땅이죠."

"지금 의심되는 건 조기 폐경입니다. 최근 들어 극심한 스트레스와 다이어트 때문에 많은 20~30대 여성들이 조기 폐경 되고 있어요."

"그럼, 뼈가 시리고 관절이 아픈 건요?"

"폐경이 오면 호르몬이 불균형해지면서 뼈로 가야 하는 칼슘 성분이 제대로 공급되지 못합니다. 골밀도가 떨어져서 골다공증이 생기죠. 폐경과 골다공증은 붙어 다니는 병이라 생각하시면 됩니다."

"어떡해야죠?"

"일단 확실한 진단을 위해 병원에 오셔야죠. 폐경이라면 질이 위축되고 건조해지니까 한번 확인해 보세요. 폐경기엔 여성 호르몬이 많은 포도가 좋고 골다공증엔 골량의 증가를 돕는 이소플라본 성분이 잔뜩 들어 있는 청국장이 아주 좋습니다."

*

암 환자한테 암 예방에 좋으니 영지버섯 달여 먹으라는 꼴이군, 젠장할……이라고 생각하면서 '응급처방이 있나요?' 라고 타이핑하려는데 그만, 접속이 끊어졌다.

*

급한 숨을 몰아쉬었다. 조기 폐경이라니. 하필이면 이런 때 접속이 끊기다니 말이다. 30분쯤? 컴퓨터 전원을 껐다 켜 보고 컴퓨터 제어판을 뒤져 보고 프로그램을 재정비했다. 여전히 접속이 되지 않았다. 접속이 끊기고 나니 갑자기 아무 할 일이 없어졌다. 포도나 청국장을 주문할 수도 없고 적당한 병원을 찾아 예약을 할 수도 없었다. 나는 벌떡 일어나 방 안을 경보로 둥글게 완주했다. 아무리 천천히 걸어도 너무 빨리 돌았다. 방은, 좁았다. 골똘히 생각에 잠긴 사람처럼 걷다가 책상 모서리에 골반을 부딪혔다. 진짜 아팠다. 갑자기 뭔가 잘못되고 있다는 생각이 들면서 불안해졌다. 누군가에게 전화라도 걸고 싶은 심정이었지만, 할 수 없었고, 새벽에 가까운 깊은 밤에 전화를 걸 만한 사람이 떠오르지 않았다. 모니터엔 마치 어떤 종류의 주문처럼 알 수 없는 글자들이 가득 찼다. 방이 점점 더 좁아졌다. 금세 세상의 모든 지식, 네이버가 그리워졌다. 시간이 초 단위로 흘렀다. 아니, 흐르지 않았다. 몸속의 내부 압력이 점점 높아졌다. 핸드폰을 찾아 들고 숫자판을 누르는데 자꾸, 마킹이 잘되지 않았다.

　"사랑합니다, 고객님. H통신 고객 센터입니다. 뭘 도와드릴까요?"

　"인터넷이 끊겼어요. 방문 수리 요청하려구요."

　"불편을 드려 죄송합니다. 그런데 증상이 어떤지 설명해 주시겠습니까?"

　"연결이 안 되고 모니터에 이상한 문자들이 뜨구요."

　"지금으로선 메모리 부족으로 CPU에 충돌이 생겨 메인보드가 착란을 일으킨 것 같은데요, 내일 낮에 방문하겠습니다."

　"아니요, 지금 와 달라구요."

"죄송합니다, 고객님. 지금은 기사님들 근무시간이 아니라서."

"내가 지금 얼마나 급한지 알아요? 방금 실직을 비관해 자살하겠다는 사람과 얘기 중이었다구요. 그 사람과 빨리 다시 연결되어야 한다구요."

"정말 죄송합니다. 방문은 내일 낮에 가능합니다. 그러시면 저희가 112에 신고해 드리겠습니다. 사이트 이름을 알려 주시겠습니까?"

*

아무 할 일이 없어져서 밥을 먹었다. 배고프지 않은데 허기가 느껴졌다. 냉장고에 들어 있는 걸 다 끄집어냈다. 버섯 된장국에 사천식 면 요리, 토마토소스 스파게티, 낙지 볶음밥……. 이 모든 걸 준비하는 데 소요된 시간은 채 30분이 되지 않았다. 이젠 누구나 다 아는 것처럼 요즘 레토르트 식품은 정말이지 훌륭하다고 생각했다. 원래 낮잠을 자고 일어나 양치하고, 밥을 먹고, 똥을 싸고, 웹 서핑을 하는 게 순서였는데, 인터넷이 끊겨 다시 밥부터 시작한 것이다.

가끔 사람 손을 탄 요리가 먹고 싶어질 때도 있다. 그럼 온라인으로 쌀이나 반찬거리를 주문해서 직접 요리해 먹든지, 아니면 식사를 주문하면 될 일이었다. 하지만 그건 말처럼 쉬운 일은 아니었다. 알겠지만, 직접 보지 않고 손에 받아 든 물건들은 종종 부실하기 짝이 없으니까……. 쌀에서는 간혹 군내가 나기도 했고, 배

달된 시금치는 누런 잎이 잔뜩 매달려 있거나 시들어서 끓는 물
에 데쳐 놓으면 뭉글뭉글 뭉개지기도 했다. 비 오는 날이나 눈 오
는 날에는, 1인분의 식사를 주문하면 배달부가 내 방문 앞에 식
사를 갖다 놓고 돌아서면서 불평을 해 댔다. "혼자 먹을 거면 와
서 먹든가 하지. 에이씨, 오다가 오토바이가 미끄러져 옷 다 버렸
는데……." 하면서 구시렁거렸다. 외롭다기보다는 그럴 때, 어깨가
움츠러들었었다.

　낙지 볶음밥을 씹으면서 낙지가 너무 질기다고 생각하는데 낮잠
을 자다 꾼 꿈이 떠올랐다. 커다란 수족관이 나왔는데 수많은 작
은 물고기들이 떠다녔다. 그중에 가장 큰 물고기는 꼬리 짓만 봐도
무척 힘이 센 물고기란 걸 알 수 있었다. 작은 물고기들 중에 유난
히 눈에 띄는 놈이 하나 있었는데 노란 몸체에 빨간 빛깔의 무늬가
어찌나 고운지 꿈속에서도 꼭 한번 만져 보고 싶다는 생각이 들 정
도였다. 그 물고기가 길게 하품을 하고는, 정말이다, 정말 물고기가
하품을 하고는 천천히 지느러미를 움직이면서 헤엄치기 시작했다.
그런데 가장 큰 물고기가 갑자기 입을 크게 벌리더니 빠른 속도로
헤엄쳐서는 빛깔이 고운 물고기를 한입에 잡아먹었다. 왠지 내가
먹혀 버린 물고기가 된 듯한 기분이었다. 젠장할. 그런 꿈을 꾸더니
인터넷이 끊기고 내가 조기 폐경에 골다공증 환자란 걸 알게 된 거
다. 35년 동안 맨몸으로 살면서, 사는 게 온몸에 상처 자국을 내는
일이란 사실을 깨달았다. 그래서 마치 껍질 속의 달팽이처럼 이 방
으로 들어왔다. 그리고 방 안에서 시간을 소비했다. 내 생각엔 모
든 소비 중에 시간을 소비하는 일이 가장 신나는 일이었다. 여기가

가장 안전한 곳이라 여겼는데 1년여 동안 방 안에 틀어박혀 있었던
결과가 고작 조기 폐경과 골다공증이라니.

*

　황량한 사막의 모래바람이 생각났다. 생각 속에서 모래알들은
방향 없이 휩쓸렸다. 팬티를 내린 뒤, 손바닥으로 음부를 쓸어 보
았다. 버석, 모래알들이 쏟아져 내릴 것 같았다. 모래 더미가 산을
이루고 그 바닥에 물기 없이 누워 있는 내 음부. 나는 모래 산에
묻혀 힘없이 퍼덕거렸다. 그러고 보니 성욕도 감퇴했다. 1년이나 굶
었는데 그동안 남자나 섹스 생각이 안 났다. 울어야 할 일인지 판
단이 안 되는데 울고 싶어졌다. 눈물이 나오지 않았다. 그 대신 오
줌이 마려워졌다. 오줌은 방울, 방울, 떨어졌다. 가운뎃손가락을
천천히 질 안으로 집어넣었다. 거기도 바싹, 말라 있다. 세 달이나
생리가 없었던 게 그제야 떠올랐다. 생산을 못 하는 여자가 될지
모른다는 생각에 가슴속에서 모래 산이 하르르, 허물어졌다. 모
래 산이 허물어지고 난 자리엔 먼지만 폴폴 날렸다. 눈물처럼 떨어
지는 오줌 방울을 빼면 내 모든 구멍은 모조리 말라 있었다. 피 흐
르는 구멍의 소중함은 미처 몰랐던 일이다. 병원에 가야 할 일이란
걸 깨달았다. 많이 아프니 당연히 치료를 해야 하지 않겠는가. 오
랫동안 성욕이 생기지 않았다는 사실이 슬펐다. 외출해서 병원에
들른 다음, 내 질에 두껍게 쳐져 있던 거미줄을 말끔히 걷어 내야

겠다고 마음먹었다. 누구든 걸리기만 해 봐. 죽여줘야지…… 라고
생각했다.

*

　오랜만의 외출 준비는 생각했던 것보다 긴 시간이 필요했다. 밖
으로 나가기 위한 모든 과정이 마치 처음인 듯 낯설고 복잡했다. 생
각해 보면, 1년이란 시간은 삶에 곰팡이가 끼기에 충분할 만큼 긴
시간이니까.

*

　예전엔 어떻게 이런 복잡하고도 지나치게 많은 단계를 거쳐야 하
는 과정을 매일 하고 살았을까 싶게, 정말 긴 시간이 흘러갔다. 복
숭아 향이 나는 보디 클렌저로 샤워한 후, 감고 나면 모발에 진줏빛
광택이 흐른다는 샴푸로 머리를 감았다. 모두 다 온라인으로 주문
한 것들인데, 주문 후 처음 사용한 보디 클렌저는 끈끈하게 엉겨 있
어 뜨거운 물을 넣고 한참이나 녹여야 했다. 외출에서 돌아온 다
음 배송 업체에 전화를 걸어 유통기한이 지난 제품을 배송한 거
아니냐고 따져 물을 생각이다. 그다음엔 사용 후에도 피부에 수
분을 그대로 남겨 준다는 폼 클렌저로 꼼꼼하게 세수했다. 그동안

쌓였던 시간의 이끼를 벗겨 내기라도 하듯 구석구석 정성을 들여 씻었다.

세수하고 나서도 수분을 꽉 잠가 준다는 광고와 달리, 세안을 막 마친 얼굴이 너무 당겨 화장실에서 나오자마자 얼른 수분 라인의 토너를 발랐다. 알몸인 채였고, 몸에서는 물방울이 뚝뚝 떨어졌다. 토너는 젤 타입이라 피부에 빨리 흡수되지 않아 손가락으로 피아노 치듯 한참이나 얼굴을 톡톡 퉁겨 댔다. 이어 아이 크림과 수분 세럼, 수분 크림을 바르고 5분쯤? 피부에 완전히 흡수되기를 기다려 자외선 차단제를 발랐다. 그러고 나니 수분이 증발한 몸이 버석거리는 게 느껴져 얼른 코코넛 오일이 들어간 보디 로션을 온몸에 듬뿍 발랐다. 나는 이 모든 과정을 마치 제의(祭儀) 직전의 제주(祭主)처럼 정성을 다해 하나하나 해 나갔다.

그리고 드라이어로 머리칼을 말린 다음, 막 피부 화장을 시작하려는데 겨드랑이와 다리 털을 밀지 않은 게 생각 나 도로 화장실로 들어갔다. 좁은 화장실에 어울리지 않게 커다랗게 붙어 있는 전신 거울 앞에 섰다. 예전, 적당히 말랐으면서도 탄력 있게 퉁겨지던 몸매를 가졌던 때, 그것만으로도 세상을 다 가질 수 있으리라고 믿었던 그때, 달아 놓았던 거울이다. 비춰 보니, 살이 많이 내리고 윤기도 사라졌다. 도드라진 등뼈에서 채 마르지 않은 물방울이 도르르, 굴러 떨어졌다.

내 몸은 이제 어느 곳도 풍만하지 않고 어느 구석도 도발적이지 않으며 어딘지 모르게 중성적이다. 모든 가능성과 욕망이 사라져 버리고 난 뒤의 피곤한 몸. 무관심하게 늘어져 있는 음모. 찌를

듯 단단하게 서 있던 젖꼭지는 늙은이의 그것처럼 쭈글쭈글하게 축 처져 있다. 물기 없이 메마른 피부에 허옇게 일어난 각질들. 가슴속에서 치받쳐 오르는 뭔가가 뜯겨 나갔다. 출렁이듯 길고 풍성했던 머리칼에서는 썩어 가는 낙엽 냄새가 났다. 폐경이 되고 나면 잘록한 옆구리가 살로 휘감기고 피부 밑에는 짱짱한 근육 대신 울룩불룩한 돼지비계 같은 지방질이 켜켜이 쌓이겠지. 비천하고 싸구려가 될 내 몸. 생명이 빠져나간 소멸의 몸. 내 몸의 뼈를 모조리 뽑아내 오독오독 씹고 싶다. 흐늘거리는 껍질만 남을 내 몸을 함부로 구겨 방구석에 처박아 버리고 싶다. 증오와 환멸과 연민의 내, 몸.

*

　문을 열고 문밖으로 한 발짝 내딛는데, 당연하게도 모든 것이 낯설었다. 1년여 만의 일이지 않은가. 급한 걸음으로 골목을 빠져나와 턱, 대로 앞에 나섰는데.
　느닷없이 봄의 햇살이 온몸을 휘감았다.
　화악, 내 몸이 개업 집 앞에 서 있는 막대 풍선처럼 부푸는 것 같기도 하고, 전자레인지 안에 들어 있다 꽃처럼 톡, 터지면서 부푸는 팝콘 같기도 하다. 모든 게 다 잘될 거야, 병원에 가서 그냥 생리 불순 처방약만 받아 오면 될 일인지도 모르지, 하는 생각이 갑자기 햇살처럼 정수리에 내리꽂혀 빨리 병원에 가고 싶은 마음에, 어찌

됐든 큰길로 발을 옮기는데, 아뿔사.

길 앞에 공무원인지 경찰인지 애매한 복장을 하고 있는 사람들 여럿이 폴리스 라인 비슷한 걸 일자로 죽 그어 펼치고 있다. 그리고 공무원인지 경찰인지 애매한 복장을 하고 있는 사람들 몇몇이서 그 아래 바닥에 금을 긋고 있다.

*

"아저씨, 지금 뭐하시는 거죠?"

"보면 몰라요? 금 긋고 있잖소."

"왜요?"

"왜라니, 그걸 몰라서 물어요?"

"모르니까 묻는 거지, 아저씨는 아는 것도 물어보나요?"

"아니, 이 아가씨가 바빠 죽겠는데……."

"난데없이 왜 금을 긋고 있냐구요? 난 얼른 가야 한다구요."

"이 아가씨가 어디 바빌론 탑에라도 갇혀 있다 나왔나……."

"선량한 시민이 물어보면 대답해야 하는 거 아닌가요?"

"허 참. 이 아가씨가."

"왜 밀고 그래요? 넘어질 뻔했잖아요. 난 지금 많이 아프단 말이에요."

"그건 아가씨 사정이지. 빨리 금 밖으로 비켜서라니까."

"밀지 말라고요. 지금 아저씨가 내 발을 밟고 있잖아요."

　그건 붉고 굵은 금지의 선이었다. 간지럼증이 발바닥을 타고 올라와 등허리가 쭈뼛했다. 다시, 얼굴이 붉어졌다. 화끈거리고 열이 올라 눈알이 빠질 지경이었다. 사람들 말로는 숭례문 사건 때문이라 했다. 불탄 숭례문을 두고 정부가 새로 내놓은 정책이 전국의 모든 문화재 주위에 사람들의 접근을 막는 것이라나. 보호가 필요한 문화재의 반경 2킬로미터 안쪽으로는 들어갈 수 없다는 것. 나는 보호와 차단의 모호한 경계 앞에서 망설였다. 도로 방으로 돌아갈까, 망설이다 물기 없이 메말라 결국 먼지처럼 공중에서 흩어져 갈 내 몸이 머릿속에 그려졌다. 무엇도 삼키지 못하고, 피도 뱉어 내지 못하며 거미줄이 쳐지고 있는 내 구멍. 불쌍하고 가여운 내 구멍. 조로한 늙은이가 천박하게 달뜬 것처럼 빨간 내 얼굴에 애원과 멸시의 표정이 동시에 떠올랐다.

　"왜 금을 넘어가면 안 되는 거죠?"
　"몰라서 물어요? 금이니까. 금이란 넘어가지 말라고 있는 거라구. 우린 지금 공공의 안전을 위해 애쓰고 있는 거란 말이야. 아가씨 혼자 넘어가게 둘 순 없다구."
　"금이 아니라 무슨 벽처럼 말하는군요. 하지만 난 넘어가야겠어

요. 병원에 가야한다구요. 오늘은 토요일이라 빨리 가지 않으면 병
원이 문을 닫는다구요."

"안 된다면 안 되는 줄 알아. 아가씨가 넘어가면 사람들이 다 따
라 넘어가잖아."

"어따 대고 소리를 지르는 거예요? 아얏! 아프잖아요. 비켜요.
그 손 좀 놓지 못해요?"

"안 되겠어. 어이. 상부에 보고해. 아가씨, 그 금 넘지 말라니까.
그 계단으로 내려서지 말라고. 어. 조심햇!"

"앗!"

*

금 밖으론 계단. 한 계단 내려서기. 아얏! 버그에 걸린 영화 장면
처럼 모든 게 뚝뚝 끊겨 느껴졌다. 마치 열 계단, 스무 계단을 한번
에 뛰어내린 것처럼 바닥에 고꾸라져 꺾인 내 다리. 넘어져 모로 누
워 있는 내 뒤통수와, 일자로 죽 그어진 금과 공무원인지 경찰인지
애매한 복장을 하고 있는 사람들과, 길바닥에, 내리쬐는 한낮의 햇
빛. 따사로운. 비틀려 기역 자로 홱 꺾어진 왼쪽 다리. 복사뼈 위쪽
으로 쭉 비어져 나온 하얀 뼈. 하얀 뼈를 타고 흐르는 핏방울. 방울
방울. 방울져 흐르다 이내 이루는 가는 골. 피의 골. 웅성웅성. 안
됩니다. 금을 넘어가면 안 돼요. 물러나란 말이에요. 절룩절룩. 푹,
고꾸라짐. 다시, 땅바닥에 짚은 손. 두 손. 손가락 새로 물드는 가는

골의, 피. 네 발로 걷기. 짐승처럼. 가축처럼. 콧속으로 스며드는 피 냄새. 갓 새겨진 상처에서 흐르는, 신선한. 걷기에 따라 흔들리는 내, 엉덩이. 킥킥. 쿡쿡. 도와주세요. 말이 되어 나오지 않는 말. 가르릉, 가르릉. 목구멍에서 고양이 울음소리가 들끓고. 한사코 금을 사수하고 있는 공무원인지 경찰인지 애매한 복장을 하고 있는 사람들. 따스하게 비추는 햇살. 갑자기 너무 넓고 높아진 길. 허리를 굽혀 네 발로 걸으니까. 아니, 기니까.

*

기어서 병원에 갔다. 흐른 피가 선이 되어 긴 꼬리처럼 내 뒤를 따랐다. 햇빛이 곧바로 내리꽂히는 한낮. 봄의 햇살을 받은 내 피는, 빛깔이 아름다웠다. 소녀의 수줍은 초경처럼 선연한. 그렇게 예쁠 수가 없었다. 서대문을 지나고, 헉. 광화문을 지나고…… 헉. 헉. 사람들 사이를 지나고……. 숨이 찼다. 나는 사람들 사이를 지났다. 애완견인 듯, 질질 내 상처를 끌고서. 통증이 일었고, 그리고 기분이 좋았다. 따뜻한 햇살은 언제나 기분 좋게 만든다. 사람들이 북적대서 더 좋았다. 말소리, 자동차 경적 소리, 어디선가 흘러나오는 노랫 소리. This is not a love song~ Happy to have, not to have not…… This is not a love song~ This is not a love song……. 그리고 내 피가 흐르는 소리. 혼잡한…….

1년 만에 겪는 무질서가 맘에 들었다. 바닥에 구르던 먼지가 내 손에, 다리에, 온몸에 엉겨들었다. 종로3가를 지나면서 그 옛날 숱한 처녀들이 흘렸을 눈물과 피를 잠깐 떠올렸다. 바닥엔 어학원과 김치 삼겹살과 텐프로 노래방에서 주는 전단이 서로 어울리지 못하고 흩어져 있다. 싸요, 싸. 3000원짜리 싸구려 안주가 즐비한 술집들과 대실 2만 원, 숙박 3만 원짜리 모텔이 늘어서 있다. 부대찌개 전단 위에 내 손과 누군가의 발이 동시에 얹혔다. 잘 닦인 발리 구두가 반짝였다. 그 발이 지나면서 내 손을 밟았다.

*

"진료 시간 끝났는데요."

"끝났다구요? 왜죠?"

"토요일이니까요. 월요일에 다시 오세요."

"나는 지금, 아주 아파요. 월요일까지 기다릴 수 없어요. 난 아주 먼 길을 돌아 여기까지 왔다구요."

"아니, 무조건 이렇게 들어오면 어떡해요? 의사가 없다니까요."

"내 상처를 보란 말이에요. 피 흐르는 거 안 보여요? 여기 하얗게 튀어나와 있는 뼈가 안 보이냐구요?"

"대체 무슨 소릴 하는 건지. 난 의사가 아니에요."

"여긴 병원이잖아. 아픈 사람을 치료하는 곳이 병원이잖냐구요."

"필요하다면 여기 약솜과 거즈, 연고가 있어요."

"여기, 뼈가 튀어나와 있잖아요. 병원에 환자가 왔는데 어느 뼈가 부러졌는지, 어디서 피가 흐르는지 먼저 상처를 정확히 봐야 하잖아."

"아니, 이 여자가……. 여기서 지금 행패를 부리겠다는 건가요? 경찰을 부를 수도 있어요."

"난 환자라구. 여길 봐요. 내 정강이뼈가 부러져 하얗게 살을 뚫고 나왔잖아. 거기서 계속 피가 흐르고 있잖아요. 피는, 여기서 흐르면 안 돼. 안 된다구. 피는, 내, 다른 구멍에서 나야잖아. 그렇잖아……."

*

다시, 여전히 환한 거리. 경쾌한 발놀림들. 주욱 흘러가는 청계천. 졸졸졸. 사람들 사이를 스치듯 비켜 가는 오토바이들. 그리고, 또 사람들. 좁디좁은 길. 헬멧을 손에 든 사내와 옷감 무더기를 어깨에 멘 사내가 내 앞을 가로막는다. 나 따위는 아랑곳않고 말이다. 얼른 병원에 가야 하는데……. "왜 옷감 한 롤이 모자라는 거야?" "그걸 왜 나한테 따져? 난 공장에서 주는 대로 받아 온 죄밖에 없어." 허름한 비닐 잠바 차림에 먼지 냄새 풍기는 두 사내가 목에 핏대를 세운다. "다섯 롤 발주했는데 네 롤이잖아. 공장에선 다섯 롤 보냈다는데?" "난 몰라. 그러니까 얼른 오토바이 요금이나 줘."

"아저씨, 좀 비켜 주세요……." 두 사내 사이에서 쪼그라든 내

214

목소리. 장면들은 스타카토처럼 끊긴다. "요금? 요금 같은 소리 하고 있네. 당신, 옷감 한 롤이 얼만 줄이나 알아?" "그걸 내가 어떻게 알아? 빨리 요금 2만 5000원이나 달라니까." "아저씨……. 좀…… 비켜 달라구요……." 고양이 울음이 섞인 내 신음 소리. "뭐? 2만 5000원? 뭐 이런 새끼가 다 있어?" "뭐? 새끼? 너 말 다했어? 이 개새끼가." "너 지금 뭐라 그랬어? 개새끼?" "그래, 이 씹새야. 니가 개새끼고 니 애빈 개고. 헐헐."

"아저씨…… 난…… 지금…… 아파요……." 난 지금 몹시 아프다. 방울방울, 튀어나온 뼈를 타고 핏방울이 바닥으로 떨어진다. "이런 미친 새끼가? 니 진짜 죄가 뭔 줄 알아? 오늘이 니 제삿날인데 그걸 모르고 있단 거다, 이 씹탱아." 옷감을 길바닥에 부려 놓는 사내. 날아드는 주먹에 고개가 돌아가는, 헬멧을 손에 든 사내. 꺾인 자세 그대로 사내는 헬멧을 들어 올려 마구 휘두른다. 서로에게 멱살 잡혀 바닥에 뒹구는 두 사내. 한꺼번에 몰려들어 둥글게 원을 그리는 관람자들. 둥글게, 둥글게. "그래. 그거야." "한 방 날려." "저 새끼 물건 꿍치는 버릇 단단히 고쳐 놔야지." 데시벨 높아지는 목소리들. 장면들이 툭툭, 나를 치고 흘러간다. 이리저리 튀는 핏방울. 바닥에서 점점이 날아드는 핏방울을 삼키는 옷감들. 노랑, 파랑, 보라색 스트라이프, 검정색 땡땡이 무늬. 그 위에 번져 가는 붉은 살기. 두 사내와 수없이 모여든 관람자들, 그리고 내 정수리를 비추는 따스한 햇살. 원형 극장에 쏟아지는 아프도록 따가운, 햇살. 빨갛게 타는 태양. "아저씨…… 난…… 가야 된다구요……."

*

　동묘 앞 뒷골목. 경찰의 단속을 피해 몰려든 벼룩시장 상인들이 구제 옷가지, 신발, 골동품, 고물들을 팔려고 내지르는 고함. 곳곳에서 풍겨 나오는 낡고 오래된 먼지. 피하고 피해도 몰려드는 사람들. 멸시받고 상처 입고 세련되지 못한. 길가에 삐죽 나와 있는 고물 전화기에 발이 걸렸다. 얼굴은 붉어지고 무릎이 꺾였다. 바닥으로 떨어진 내 몸. 흐늘거리며, 풀어지며, 지쳐 쓰러진 내 몸. 땅바닥을 짚은 내 손등 위로 포스터가 한 장 와 얹혔다. ‘놀라운 안수 기도. 병자가 치유되는 놀라운 기적을 체험하시라.’ 나는 문을 연 병원을 찾지 못했다. 그리고, 어디로 가야 할지 몰랐다.

　“예수 믿고 구원 받으세요.”

　고개를 홱 뒤로 꺾어 올려다봤다. 굵게 쳐진 줄무늬가 꼭 죄수복 같은, 짙은 잿빛의 유행이 지난 양복을 입은 남자. 저 멀리 내가 알 수 없는 곳에 가 있는 듯한 눈을 하고 입가에 기묘한 미소를 짓고 있는, 가슴팍을 있는 대로 앞으로 내밀고 엉덩이를 뒤로 빼 기세를 세우고 있지만 어딘지 허약해 보이는. 남자가 내 손을 잡아 일으켰다. 남자의 목소리는 쉰 듯, 혹은 지친 듯 무겁고, 찌르듯 날카롭다.

　“자매님, 부활절 대 부흥성회가 열리고 있습니다. 어디서도 치유받지 못한 죄, 예수께서 대신 짊어지십니다.”

　찌르르 등허리를 타고 흐르는 냉기. 다리의 상처는 내게 보내는 일종의 메시지처럼 일정한 주기를 두고 통증을 유발했다.

　“예수 믿고 평안을 찾으세요. 그분의 놀라운 치유 능력을 믿으십시오."

나는 이끌리듯 남자를 바라봤다. 치유……. 내려다보니 삐져나온 복사뼈가 시리게 하얬다.

"따끈한 쌍화차 한잔 하세요."

머리에 촌스럽고 커다란 큐빅 핀을 꽂은 노파가 밀차를 밀고 지나가며 종이컵을 내밀었다. 꼭 한 양동이 분량의 비듬을 뒤집어쓴 것 같은 허연 머리칼이 봄바람을 맞고 지저분하게 흩날렸다. 버짐이 인 얼굴에, 입술에는 촌스럽고 빨간 싸구려 립스틱이 자국만 남아 있다. 굴곡 없이 뚱뚱한 몸매가 위협하듯 내게 다가들었다. 무엇도 잉태하지 못하는 몸. "저리 가세요." 나는 질 나쁜 병원균이 들러붙기라도 한 것처럼 부르르 떨며 비명 질렀다. 남자의 팔을 붙잡고 왼쪽 다리를 절뚝이며 뒷걸음질 쳤다.

*

엄청나게 큰 원형 강당. 그 한가운데 우뚝 들어선 단상 위에서 목사 유니폼을 입은 사내가 거칠고 쉰 목소리로 끊임없이 설교를 하고 있었다. 곳곳에서 터져 나오는 곡소리. 할렐루야, 아멘. 주시옵소서, 오시옵소서. 상처 입은 자들의 절규. 주여! 주여! 두 팔을 벌려 하늘 높이 쳐들고, 머리는 조아리고.

강당 안에 가득 들어찬 열기로 머리가 어지러웠다. 왼쪽 다리, 상처에서부터 시작된 열기가 허벅지를 타고 음부로 치받쳐 오른다.

할렐루야, 아멘. 달팽이관을 부술 것 같은 고성과 흐느낌. 내 가슴을 치고 둥, 둥, 울린다. 북소리처럼. 방망이질처럼. 내 죄를 씻어 주소서. 내 상처를 보듬어 주소서. 나는 음부를 활짝, 열어 방망이질을 맞는다. 통렬한 한줄기 외침이 전신을 타고 죽, 흐른다. 아흑, 목구멍을 뚫고 올라와 입 밖으로 터진 내 가여운 절규. 원형 극장을 둘러싸고 맴도는 빛과 어둠. 눈을 뜬다. 감는다. 감아도 눈은 떠진다. 부시다.

문득 죄수복 같은 정장을 말쑥하게 차려입은 남자가 단상 앞으로 나갔다. "죄인이여, 그대는 어디가 아픈가." 남자가 설교자 앞에 무릎을 꿇었다. "허리가 아픕니다." 무릎 꿇고 엎드린 그 남자의 허리에 가 얹힌 설교자의 손. "마귀야 물러가라. 하얍!" 남자의 허리에 대고 장풍을 쏜다. 이어지는 설교자의 알 수 없는 말. 미친 듯이어지는 기도의 말, 말, 말. 랴랴랴⋯⋯나나나⋯⋯드드드⋯⋯크크크⋯⋯나하브압⋯⋯하브립⋯⋯. 새로운 혀. 마치⋯⋯ 메모리 부족으로 컴퓨터 하이퍼링크 연결이 CPU와 충돌해 모니터에 나타나는 알 수 없는 글자들처럼, 메인보드의 착란 현상처럼. "형제여, 무엇이 보이는가." 힘겹게 고개를 든 남자, "빛이 보입니다. 하얗고 밝은 빛이 내 허리를 관통하고 있어요." 아멘. 주여! 주여! 깊은 곳에서 터져 나오는 울음들. "주님께서 함께하리니. 믿습니까?" "할렐루야, 믿습니다." "성령이 임하여 마귀가 떨어졌습니다." 아멘. "자, 여러분. 성령의 은사로, 주님의 힘으로 여기 또 한 형제의 병이 치유되었습니다. 성령이 친히 우리 영으로 더불어 우리가 하나님의 자녀인 것을 증거하시나니." 할렐루야, 아멘. 광란의 콘서트. 토하

듯 이어지는 찬양의 노래와 통성 기도. 바닥에 툭, 툭 떨어지기 시작하는 눈물. 흑. 흑. 흑. "나도 아파요." 내 눈물을 밟고 무릎걸음으로 나아간다. 휘장처럼 펼쳐진 설교자의 가운 앞, 바닥에 엎드려 들어 올린 두 팔. "아파요." "자매여, 믿습니까?" "믿습니다. 아파요." 통곡 같은 울음 섞인 내 목소리. "아픈 곳을 보이세요. 주님이 함께하십니다." 나를 일으켜 세운 보이지 않는 손. 힘차고 억센. "여기예요." 벌떡 일어나 바지 지퍼를 열고 팬티를 내리고. 빛과 어둠 앞에 드러난 내 음부. 메마르고 무엇도 낳지 못하는. 악! 원형 극장에 터져 나오는 비명 소리. "저 여자 끌어내. 여긴, 주님의 전당이야." "난…… 아프다구요." "감히 주님의 성전을 더럽히다니. 불결한 계집을 끌어내." 곳곳에서 달려드는 사람들. 벌겋게 달궈진 눈동자들. 날카로운 창처럼 내 온몸에 쑤셔 박히는 시선들. 내 정강이에서 삐져나온 허연 뼈가 원형 극장의 허공을 향해 우뚝, 찌른다.

*

길을 따라 천천히, 흘러간다. 마치 오래된 산책자처럼. 지친 발을 바닥에 질질 끌면서. 저들의 안에만 머무는 저들만의 예수. 저들이 정한 곳에만 임하시는. 가장 먼저 지옥에 들어가실……. 흥인문을 지났다. 지나는데 사람들이 숭례문 얘기를 한다. 며칠 후, 조계종의 승려들이 사십구재를 지낸단다. 여기저기서 또, 공무원인지 경찰인지 애매한 복장을 하고 있는 사람들 여럿이 금을 긋고 있다. 금을 두고 멀리 둘러 가고 있는 사람들. 뜬금없이 공무원인지 경찰인지 애매한 복장을 하고 있는 사람들이 긋고 있는 금 때문에 여지껏 밖에 나오지 못했다는 생각을 했다. 정말 뜬금없게도, 나와 보니 세상은 온통 금투성이다. 문득 용마루를 넘실거리는 붉은 불길이 보고 싶어졌다. 불 생각을 하니까 오줌이 마려웠다.

쇼핑몰 1층의 화장실로 달려갔다. 오줌은 여전히 방울방울 떨어졌다. 쇼핑몰을 나오는데, 나올 틈이 없었다. 꾸역꾸역, 문은 좁고 사람들은 너무 많았다. 어깨를 세우고 몸을 옆으로 돌려 게걸음을 걸었다. 그러다 어떤 녀석과 어깨를 부딪쳤다. "미안합니다." 녀석이 나를 아래위로 훑어보곤 씨발, 하더니 몸을 돌려 들어갔다. 들어가는 녀석의 뒤통수를 멍하니 보는데 뒤통수에서 피가 흐르고 있었다. 저기요, 급하고 빠르게 불렀지만 녀석, 대꾸도 없이 사라졌다. 재잘거리며 내 발을 밟고 지나가는 두 계집애. 지나가는데, 계집애들, 다리가 한 짝씩이다. 이번에는 뒤에서 누군가 내 뒤통수를 탁, 치고 나를 앞서 간다. 커다란 봉투를 세 개나 머리에 인 남자. 봉투가 누군가를 치고 다닌다는 사실 따위는 상관없는 걸음새로 숨을 몰아쉬었다. 그는 양팔이 없다. 이상하다. 돌아보니 모두가 이상하다. 팔 없는 놈, 다리 저는 년, 겨드랑이에서 피 흐르는 여자, 갈비뼈가 툭 튀어나온 남자, 앉은뱅이 노인…… 누군가는 눈에서 피가 흐르고 또 누군가는 가슴에 커다란 구멍이 뻥, 하니 나 있다. 거대한 병동 같은 세상. 여기저기서 피가 줄줄 흐르고. 고개를 갸웃거리며 겨우 걸음을 떼 놓는데 앞쪽에서 누군가 양팔을 벌리고 나를 향해 다가든다. 나는 주춤, 하며 뒷걸음질 쳤다. 그 누군가는 눈이 빨갛고 표정 없이 텅 비어 있었으며, 마치 나를 물어뜯기라도 할 것처럼 날카로운 이빨을 드러내고 있다. 좀비처럼. 죽었으나 죽지 못하고 살았으되 사는 것이 아닌. 턱으로 침과 함께 주룩, 흐르고 있는 검붉은 피. 흡, 숨이 멈췄다. 뛰기 시작했다. 절뚝거리며 최대한 빨리 달렸다. 결코 돌아보지 않았다.

＊

사위어 가는 햇빛. 뚝, 뚝, 흐르던 피는 붉게 멍들어 복사뼈에 커다란 선홍빛 씨앗을 만들어 냈다. 영원히 싹트지 않고 시들어 버릴 씨앗을 끌고, 또 걸었다. 걷다 신당동을 지나고, 그래서 신당동(神堂洞)인가 싶게 점집이 즐비해서, 점집 간판이 보이는 좁은 시장 골목으로 들어섰다. '새로 내린 천상 선녀, 24시 영업.' 철거 직전의 재개발 동네처럼 바닥에 쓸리는 거라곤 토사물 같은 쓰레기들과 낮은 곳에 머무는 차가운 바람밖에 없는 어둑하고 좁은 길을 걸어, 갑자기 나타난 2층짜리 가정집 앞에 서서는 철제 난간처럼 건물 외벽에 붙어 있는 계단을 밟아 올랐다.

굳게 닫혀 있는 철문이 하나 덩, 하니 버티고 있어 조심스레 노크 했는데, 다시 두드릴까, 아니면 그냥 내려갈까 고민할 만큼 충분한 시간이 흐른 다음에야 벌컥 문이 열렸다. "들어오세요."라고 말하는 중년 사내가 툭, 튀어나와서 어정쩡하게 어깨를 구부리고 사내를 뒤따라 들어갔다. 좁은 현관에 간신히 신을 벗어 놓고 고개를 쳐드는데, 언제 염색했는지 물이 빠지고 있는 노랑머리의 중년 여자가 화들짝 반가운 표정으로 나를 맞았다. 발을 들이기 전에 먼저 눈으로 안을 살펴보니 옹색하고 초라한 살림집이라 중년 남녀가 어떻든 커플인가 보구나, 싶게 오래된 살림집의 궁궁한 냄새가 먼저 콧속을 차지했다. 여자가 이끄는 대로 안으로 쑥 들어가는데 어느새 중년 사내가 인스턴트 커피를 종이컵에 타 내와서는 내게 내밀었다. 나는 카페인 민감증이 있어서 원래 커피를 안 마시는데, 생각하면서 엉거주춤 종이컵을 받아 들고, 안쪽에 붙은 문을 하나 더 지나 안쪽 방으로 들어가 중년 여자의 안내에 따라 방석 위에 앉았다. 내게 등을 돌리고 제단 위의 촛대에 불을 댕기면서 중년 여자 하는 말,

"아직 때가 아니야."

가늘게 흔들리는 촛불. 방 안의 모든 것들이 불꽃을 따라 불안하게 일렁였다.

"길이 보이지 않아. 원하는 걸 얻으려면 꽤나 힘이 들거야." 하기에,

내가 뭘 원하는데…… 원하는 걸 아는 건지, 하는데, 여자가 작은 새가 우는 것 같은 휘파람 소리를 내면서 지그시 눈을 감았다.

"기다려."

"더 기다려야 하나요……. 난 너무 오래 기다렸고, 많이 지쳤어요."

하니, 중년 여자가 계속해서 작은 새의 울음소리 같은 휘파람을 불다가 젓가락 통도 한번 흔들어 보다가 내려떴던 눈을 갑자기 들어 나를 똑바로 쳐다봤다.

"누구도 큰 흐름을 바꾸진 못해. 하지만, 난 그 시간을 줄여 줄 수 있지. 부적을 쓰는 것도 좋은 방법이지만, 굿을 하면 효과는 더 빨리 나타나."

나는 다 식어 버린 인스턴트커피를 한참이나 홀짝거렸다. 깊은 한숨이 흘러나왔다. 중년 여자가 쌀알 몇 개를 집어 밥상 위에 탁, 던졌다.

"아가씨는 물고기야."

한숨. 내 앞에 가로놓인 깊고 어두운 동굴.

"결국 가장 큰 물고기에게 잡아먹히나요?"

"그것도 물이 있을 때 얘기지, 아가씬 지금 물이 바싹 말랐구먼. 먼저 숨을 쉬고 살아 있어야 잡아먹히든 어쩌든 할 거 아냐."

여자가 눈을 부릅뜨고는, 정말 나를 잡아먹을 것처럼 무서운 눈을 하고 아주 낮게, 내가 그 목소리에 깔려 납작해지는 건 아닐까 싶게 무거운 음역의 목소리로 말을 뱉었다.

"아가씨한테 아가씨 할머니가 씌웠어."

나는 너무나 깜짝 놀라 들고 있던 종이컵을 바닥에 떨어뜨렸다. 내 허벅지에 커피가 쏟아지는 것도 몰랐다.

"할머니라뇨?"

갑자기 3년 전에 치매를 앓다 죽은 할머니의 모습이 머리 위를 떠다녔다. 수분이 다 빠져나가 갈라 터진 표고버섯처럼 깊디깊은 주름에, 검버섯 잔뜩 앉은 거친 피부로 뒤덮여 있던 얼굴이 생각났다. 뭔지 잘 알 수 없는 광기로 번들거리던 눈빛이 생생해지고, 대소변 처리를 할 때마다 드러나던 할머니의 쭈글쭈글한 음부가 떠올랐다. 바짝 마른 불모의 음부……. 무엇도 낳지 못하는……. 물기도 핏기도 없던…….

"할머니를 떼 내야 해. 부적을 써야 한다구."

쿡쿡. 그랬었나. 할머니…… 안녕하셨어요? 나는 내 몸 어딘가에 붙어 있을 할머니에게 인사했다. 촛불 밝혀진 방 안에 할머니가 떠다녔다. 가늘고 힘없는 지느러미를 파닥거리며 물고기가 된 할머니가 공중을 헤엄쳤다. 물기 없이 바짝 마른 할머니 물고기. 물고기가 중년 여자의 정수리에 가 앉았다. 여자의 목소리에 할머니의 탁한 목소리가 섞여 나왔다.

"네년 때문에 우리 집안 대가 끊겼어. 네 이년, 낳을 수 있는 거라곤 비천한 고통밖에 없는 년."

나 때문에 진노한 할머니. 핏발 선 무서운 눈으로 나를 노려보는 중년 여자.

"잘못했어요. 할머니 똥을 들여다보다 밖으로 뛰쳐나가 토했던 것도, 쭈글쭈글한 사타구니를 보며 속으로 우쭐했던 것도 모두 다 내 잘못이에요. 용서해 주세요. 제발 내게서 떠나 주세요. 아파 죽겠다구요. 할머니……."

어느새 내 뒤로 와 어깨를 짓누르고 있는 할머니. 호통이 터져 나왔다.

"배고프다, 이년. 네년이 제삿밥이나 한번 제때 챙겼더냐."

머리에 노랑물 들인 할머니. 망치 같은 주먹으로 제 가슴을 친다. 나를 노려보는 눈.

"제를 올릴까요? 아님, 굿을 할까요?"

죽음 어린 입술로 말하는 할머니. 내 눈에 흐르는 눈물에 힘이 더 세진 할머니……. 나는 죽은 할머니를 위해, 내 물기와 피를 빼앗아 간 할머니에게 내가 가진 전부를 내주었다. 머리에 노랑물 들인 할머니가 꼼꼼하게 지폐를 세고 있다.

그랬는데……. 통증은 멈추지 않고 핏빛 복사뼈 멍울에서 시작된 아픔은 내 음부를 파고든다. 오늘은 토요일이고 서두르지 않으면 치료 받을 곳을 찾지 못할지도 모를 일이다. 공무원인지 경찰인지 애매한 복장을 하고 있는 사람들이 긋고 있던 금이 떠올랐다. 그 붉고 굵은 금을 돌아가야 할는지, 밟고 가야 할는지 나는 잘 모르겠다. 어깨에 할머니를 얹고 일어나는데 툭, 튀어나온 왼쪽 정강이의 허연 뼈가 오른쪽 다리를 찔렀다. 순간 나는 비틀, 했다.

너는, 어느 별에서 온, 누구냐

아니나 다를까. 부산항은 짐작대로 썰렁하고 뭐랄까, 좀 덜 갖춰진 느낌이다. 국제 여객 터미널이라지만 미학적 고려 없이 지어진 건물 내부는 전혀 인터내셔널답지 않다. 각 선박사들의 창구와 약국, 은행 환전소, 편의점, 스낵바 등 몇 안 되는 편의 시설이 전부인데다 전체적으로는 커다란 창고 같은 분위기다. 100여 명쯤 될까. 단체 효도 관광 팀으로 보이는 수많은 노인들이 여행사 가이드가 높이 쳐든 깃발을 놓칠까, 오글오글 모여 있다. 유행과 시즌이 모두 다 지나 버린 정장 혹은 나들이옷이 그들의 표정처럼 낯설게 느껴진다.

P는 출국 신고서를 작성하고 '드림 크루즈'사 창구로 가 승선권을 발부 받은 후 건물 밖 흡연 구역으로 나갔다. 바람이 갑자기 몰아닥쳐 중심을 잃은 몸이 잠깐 흔들렸다. 바람에 실린 머리칼이 P의 얼

굴을 가렸다 흩어졌다. 구름이 머리 위까지 낮게 내려와 있다. 비가 올 건가. 걷는데 여행 가방에 달린 바퀴가 바닥을 거칠게 긁어 댔다. 커다란 항아리에 잔뜩 담긴 모래 위에는 담배꽁초가 빽빽하게 박혀 있다. 꽁초는 항아리 주변 바닥에도 어지럽게 널려 있다. 한쪽 벽에 여행 가방을 세워 둔 다음 담배 개비를 꺼내 입에 무는데 노인들이 떼로 몰려 나와 항아리를 둘러싸 차지해 버린다. 별 수 없이 바닥에 꽁초를 버리고는 서둘러 터미널로 들어가 약간의 돈을 환전하고 화장실에 들러 오줌을 누고는 승선 수속이 시작되길 기다렸다. 기다리다 속쓰림이나 가라앉힐까 하고 편의점에서 녹차를 사 가지고 나오는데 승선 수속 개시를 알리는 안내 방송이 흘러나왔다.

"부산을 떠나 오사카로 향하는 드림 크루즈 호 승객께서는 2층 승선 수속대로 와 주시기 바랍니다." 오후 3시 30분. 술 마신 지 열 시간이 지났는데도 머리는 띵하고 속이 뒤집어진다. 아침에 겨우 일어나 대충 한 화장이 끈끈하게 엉기는 기분이다. 바닥을 끄는 여행 가방의 바퀴 소리가 달팽이관을 자극하기라도 한 듯 귀가 울리고 자꾸만 걸음이 엇갈린다. 2층으로 올라가자 한 덩어리로 뭉친 노인들이 내뱉는 말소리로 귓속은 마치 벌레들이 가득 찬 것처럼 자글거린다. P는 목구멍을 타고 오르는 구토를 간신히 삼키면서 끄트머리에 가 줄을 섰다. P는 깊숙한 곳에 엉겨 있는 가래를 끌어 올려 뱉듯 악, 소리를 지른다. 난장처럼 흩어지고 모이던 사람들이 일시에 멈춰 버린다. 그리고 사람들 틈을 비집고 정지된 화면 속으로 느긋하게 걸어간다. 입가엔 전리품처럼 승리의 미소가 매달린다……는 상상을 한다. 그러니까 좀 낫다. 제길.

비행기 탑승구처럼 긴 복도를 따라 걷는다. 벽이 투명 유리막으로 돼 있는 복도 밖 세상은 좀 흐릴 뿐 바람 한 점 없이 가라앉아 보인다. 하지만 자세히 보니 여러 척의 배에 달린 깃발들이 바람에 심하게 부대끼고 있다. 바깥에 부는 거센 바람과 고요한 복도 안쪽은 어쩐지 조화를 이루지 못해 P는 뭔가 다른 세상으로 가는 통로에 놓여 있는 듯한 착각이 든다. 그러니까 복도가 지나치게 길게 느껴진다. 발은 허공을 딛는 듯 바닥의 감촉이 느껴지지 않는다. 서너 번 커브를 돌고 돌아 마침내 '드림 크루즈 호' 입구. 딴 세상으로 들어가는 입구를 지나 짧게 이어진 에스컬레이터에 발을 얹는다. 다 오르자 동남아 출신인 듯 보이는 사내가 후줄근한 양복 차림에 지치고 심심한 표정으로 승객들을 맞는다. 카펫이 깔린 홀에는 왼쪽에 프런트가 보이고 중앙에 중세 유럽 궁중 의상을 입은 관현악단이 뭔지 모를 클래식한 음악을 연주하고 있다. 악기를 연주하고 있는 손을 따라 P의 시선이 흔들린다. 실은 걸음이 흔들리는 건지도 모른다고 생각한다. 관현악단이 입은 옷의 소매 끝은 하나같이 꺼멓게 때가 타 있다. 백인, 흑인, 아시아인이 섞인 그야말로 다국적 악단이지만 그저 꼴만 갖추고 있다는 느낌을 준다. 격(格)은…… 별로 미덥지 않다. 먼 나라까지 와서, 그것도 땅에 발붙이지 못하고 매일 배 위에서, 알지도 못하는 수많은 사람들을 위해, 잘 들어 주지도 않는 데다 취향도 아닌 음악을 연주하려니 죽을 지경이다, 라는 표정들이다. P는 자신의 표정도 저들과 닮아 있을까, 싶다. 홀 안으로 걸어 들어가는 P의 걸음이 한없이 무겁게 늘어진다.

P의 느린 걸음을 제치고 노인들이 우르르 몰려 올라왔다. 노인

들이 지껄여 대는 말소리가 먼저 홀을 점령해 버린다. 심한 사투리가 섞여 잘 알아듣기 어려운 말들은 천장과 사방 벽, 바닥에 마구 부딪혔다가 귓바퀴를 긁어 댄다. 또 멀미가 올라오는지 입 안에 신침이 고이고 속이 뒤집힌다. P는 한 손으로는 여행 가방을 끌고, 나머지 손으로는 한쪽 귀를 막고, 몰려드는 발들에 떠밀려, 떠밀려 간신히 프런트로 걸음을 옮겼다. 마치 무방비 상태로 낯설고 먼 곳에 함부로 부려진 것처럼 뭐라 말해야 하는지 생각나지 않는다.

"어서 오십시오, 손님. 선실 번호는 511호구요. 키는 같은 방 투숙객께서 먼저 찾아가셨으니까, 곧바로 방으로 가시면 됩니다."

승선권을 확인한 프런트 직원은 지친 표정으로 서 있는 P에게 미리 준비된 말을 빠르게 쏟아 낸다. P는 프런트 뒤쪽으로 난 좁은 복도를 따라 걸었다. 복도는 이리저리 사방으로 연결돼 있고 여행 가방이 자꾸 발에 걸려 걸음은 더딘 데다 안내 직원 하나 없어, 방을 찾아가는 일이 꼭 미로를 헤매는 기분이다. 곧 출항하려는지 길게 이어지는 고동 소리가 들린다. 오후 3시 50분. 돈 받는 일이 아니라면 이 따위 피곤한 배 여행은 할 생각도 안 했을 텐데. 어제 술자리에서 막 소주 한 병쯤 비웠을 땐가? 여행 잡지사 《굿데이 트래블》에서 일하는 S에게서 걸려 온 전화를 받았었다.

"너 어디야?"

S는 줄곧 같이 있다가 좀 전에 헤어진 사람처럼 대뜸 질러 들어왔다. 게다 P보다 세 살이나 덜 먹은 놈이 말끝마다 그냥 '너' 다. S에게 P가 '너'가 된 건 지난해 여름이 끝나 갈 즈음이었다. 같은 사무실에서 일하던 시절이었다. 그 달에 나온 잡지를 뒤적이며 사표를

넬까 말까 고민하고 있는데, S가 P의 팔을 잡아끌고 옥상으로 올라갔다. 옥상 문을 열자마자 한낮의 태양 빛이 쏟아져 P는 잠시 시야를 잃었었다. 개망초가 무성하고 건축 폐자재가 아무렇게나 널브러져 있는 옥상 벽에 부딪혔다. S는 다급하게 바지 지퍼를 내리고 P의 청바지를 함부로 벗겨 내렸다. 1년쯤 이어진 P와 S의 관계는 늘 그런 식이었다. 갑자기, 견딜 수 없는 듯, 그렇게라도 하지 않으면 가슴이 파삭, 타 들어가 순식간에 부서져 내릴 듯⋯⋯. 처음 S를 봤을 때 위태롭게 흔들리는 S의 눈빛에서 자기 자신을 봤다고 느꼈다. 하지만 시간이 쌓여 가면서 둘 다 안도의 숨을 깊이 들이쉬는 대신 오히려 부서짐을 피부로 느끼고 있었다.

한낮의 볕이 너무 강했다. 거친 움직임과 온몸을 바싹 말려 버릴 듯한 태양 볕에 난데없이 화가 치밀었다. S와 겹쳐질수록 더 비어 가는 느낌이었다. 목구멍이 오그라붙고 온몸이 땅으로 꺼지는 것 같았다. 이제 그만 끝내고 싶었다. 그래서 그랬다. 불규칙한 호흡으로 소리를 질렀다. S가 그러지 않을 거란 걸 잘 알고 있었기 때문에 말이다.

"너 이혼할 거야?"

순식간에 P 안에서 S가 쑥 빠져나가는 느낌. S는 눈을 가늘게 뜨고 입을 멍하니 벌린 채 P를 노려보고 있었다.

"선배⋯⋯ 아니, 너 나 사랑해?"

사랑⋯⋯해, 란 단어가 끝나기도 전에 P의 손이 S의 뺨에 올라붙었다. 바지는 그냥 내려진 채였다. S의 시선은 옥상 너머 어딘가를 바라보는 듯 P에게서 비켜나 있었다. 순간, P의 손이 다시 S의 뺨에 가 닿았다. 그러자 S가 P의 뺨을 후려쳤다. 고개가 잠시 돌아 갔다 제자리로 돌아온 P가 또 S의 뺨을 쳤다. 때리고, 맞고. 치고 또 때리고. 볕이 뜨거운 오후, 버려진 옥상에서 둘은 그렇게 말없는 비명을 지르듯 서로를 때리고 자신들을 후려쳤다. 정수리에 와 꽂 히는 볕이 점점 더 견딜 수 없어졌다. P는 S에게서 시선을 거둬들였 다. 거둬들인 시선은 P 자신에게로 쏟아져 아프게 가슴을 찔렀다. 등 돌려 걷는 발이 공중에 뜬 듯 자꾸만 엇갈렸다. P는 책상 위에 사표를 올려놓고 바닥을 딛는 발에 신경 쓰면서 사무실을 나왔다. 타는 듯한 볕에 덴 것처럼 뺨이 붉게 타오르고 있었다. 그렇게 상처 입고 피가 흘러 만신창이가 된 자기 자신을 들여다보는 일은 끝났 다고 생각했다. 그랬었는데…….

"어디면…… 왜?"

P는 내뱉는 대꾸에 소주가 묻어나고 있다고 생각했다.

"잘 사냐?"

반년도 더 지나 듣는 S의 목소리는 마치 편의점에 가서 물건을 사고 계산할 때 점원이 5500원입니다, 라고 말하는 것처럼 텅 비어 있다. P는 잔인하고 힘이 센 것의 정체가 시간인지 뭔지 모르겠다 고 생각했다. S에게서는 더 이상 붙잡을 끈도, 잡았다 놓칠 손길도 느껴지지 않았다. 이미 내부가 텅 비어 버린 S에게 P는 외부에 있는 사람이 된 것이다. 그래서…… 편안했다. P의 입가로 길고 낮은 숨 이 새 나왔다.

"잘 못 살지. 일거리 좀 줘 봐. 같이 좀 먹고 살자."

P도 디스 한 갑 주세요, 라고 말하듯 목소리에 얇은 막을 치고

농담처럼 대답을 이었다. 그렇게 대충 인사 끝내고 이어졌던 S의 용건. 다음 달 잡지에 한국형 크루즈 여행 소개 기사를 실을 예정인데 쓰기로 계약한 놈이 익스트림 스포츠 마니아다. 그젠가, 일산 호수공원 가서 보드 타고 묘기 부린다고 설치다 넘어져 엉덩이뼈에 금이 갔댄다. 그렇다고 기사를 미룰 수는 없는 일이고. 내일 출항하는 배편이고 일정은 2박 3일이다. 놀러 가는 셈 치고 갔다 오면 원고료도 넉넉히 챙겨 줄게. 나쁠 거 없잖냐. 공짜로 크루즈 여행 하고 돈도 벌고. 좀 급하긴 하지만 낼 아침에 서울역에 가서 티켓들이랑 찾으면 되고. 사진은 선박 회사에서 줄 테니까 그건 신경 끄고…….

나쁠 거 없을 거라 생각했다. 아침에 겨우 눈 떠 술이 덜 깬 머리가 깨질 거 같다고 느끼기 전까지는 말이다. S로선 경험 있는 사람이 급하게 필요했을 테고 P로선 생활비 보태 준다는데 이거 저거 가릴 처지도 아니고. P 안에 아직 남아 있는지도 모를 S의 흔적쯤이야 눈을 질끈 감아 버리면 그만이니까.

간신히 511호 앞에 선 P의 입가로 지친 한숨이 그치지 않고 새나온다. 눈 뜨자마자 수유리에서 서울역, 서울역에서 KTX를 타고 부산까지, 다시 부산항으로 이동해서 드림 크루즈 호 511호 앞까지. 비행기라면 오사카까지 왕복하고도 남았을 시간이다. 과연 시간과 돈을 버려 가며 이런 여행을 할 사람들이 많을까. 고개를 돌려 뒤쪽을 돌아다보니, 많다. 벌써 사진 찍으랴, 배 구경하러 돌아다니랴, 야외 갑판으로 올라가 보자는 둥 바쁘다.

어라. 방 안에 웬 남자가 떡하니 들앉아 있다. 남자 또한 짐을 풀다 말고 의아한 표정으로 P를 건너다봤다. 얼른 다시 방 번호를 확인한 P는 속으로 일이 꼬이려니까, 라며 중얼거렸다.

"511호 맞으세요?"

말없이 고개만 작게 끄덕이는 남자. 그럴 리가…… 생각하다가, S가 했던 말을 돌이켜보니 엉덩이뼈에 금 갔다던 게 '놈'이었군 싶다. 남자는 재빨리 웃옷 주머니에서 승선권을 펼쳐 내보인다. 하는 수 없이 P는 승선권을 들고 프런트로 갔다. 프런트 앞쪽은 방을 배정받으려는 단체 노인 관광객들 때문에 발 디딜 틈조차 없다. 없어도 어쩌겠는가. 사람들 틈바구니로 끼어 들어가 프런트 직원에게 제법 큰 소리로 항의했더니—사실 사정을 알고 보면 선박 회사에서 잘못한 건 별로 없는 셈이지만— 돌아온 말.

"죄송합니다. 하지만 단체 승객들 때문에 빈 선실이 없어 저희로서도 별 도리가 없습니다. 다시 한 번 죄송합니다."

방으로 돌아오면서 P는 남자와 인사라도 해야 할까, 생각했다. 방은 양쪽에 침대 하나씩, 그 가운데 작은 탁자가 있고 그 위에는 소형 TV가 한 대 놓여 있다. TV 뒤쪽으로 바다를 향해 창이 나 있다. 구석엔 세면대가 붙어 있고 침대는 커튼을 칠 수 있게 돼 있다. 둘러보고 말고 할 것도 없이 그게 전부다. 짐을 풀면서 힐끗 돌아보니 남자는 거의 표정이 없다. 『월드 트래블』 일본 편을 꺼내 들고 건성으로 책장을 넘기고 있다. 화장실로 가 편한 옷으로 갈아입은 P는 가방에서 노트북을 꺼내 들었다. 어제 마신 술의 찌꺼기인지 뭔지 모를 구질구질한 기분이 잠시 명치끝을 찌른다. P는 눈을 아프게 감았다 뜬다. 노트북의 빈 화면이 점점 더 커지는 것 같아 빠른 손놀림으로 그 공백을 채워 나간다.

꿈의 여행, 크루즈! 드디어 한국형 크루즈 여행의 서장을 연다!

난분분(亂紛紛) 난분분, 벚꽃 잎이 흐드러지는 봄. 사월. 꽃나무마다 물이 오르는 봄은 삶의 절정을 맛보는 시간이다. 겨우내 두꺼운 옷깃 여미며 꾸려 온 일상생활에 심신은 지쳐 있다. 시린 무릎으로 얼음장 같은 긴 겨울을 기어 온 끝에서 만난 봄은 '봄바람'이란 즐거운 농담을 섞지 않아도 저절로 미소 짓게 하는 생명의 힘이 있다. 일상에 지친 나를 돌아다보고 잠시 쉬어 가는 건 어떨까.

자! 떠나 보자.

숨 막히는 도심의 공해, 지긋지긋한 주말의 교통 정체, 짜증 나는 상사의 잔소리와 너저분한 집안 일, 그물처럼 얽힌 관계들을 잠시 잊고 바닷바람에 몸을 실어 보는 거다. 특급 호텔처럼 편안하고 안락한 일정을 보내며 바다 위 수평선으로 뜨고 지는 일출과 석양을 바라보면서……. 환상과 꿈이 가득한 크루즈 여행을 원했지만 비싼 경비에 망설였다면 더 이상 고민하지 말고 '드림 크루즈 호'에 승선하라. 꿈의 크루즈 여행이 어느새 곁으로 바짝 다가와 있다…….

부산항에서 간단한 수속을 마친 뒤 드디어 '드림 크루즈 호'에 승선. 먼저 관현악단이 연주하는 부드러운 음악이 온몸을 휘감는다. 관현악단이 차려입은 화려한 중세 유럽풍의 의상이 초대 받은 귀빈인 듯한 사치를 느끼게 한다. 깔끔한 정장 차림의 외국인 승무원이 친절하게 안내해 준 방은 조용하고 정갈하다. 많은 비용과 오랜 시간을 들이지 않았는데도 마치 먼 나라에 와 있는 듯 설레는 마음이 울렁거린다. 짐을 풀고 편안한 복장으로 갈아입은 다음엔 선상 갑판에 나가 보자!

이런 글을 쓸 때는 무엇이 중요한지, 읽는 사람들의 어떤 감성을 자극해야 하는지 P는 잘 안다. 매일 이어지는 일상은 지루하고 참을 수 없는 것으로 만들고 거기서 빠져나와야 살 수 있다는 절체절명의 운명을 짐 지워야 한다. 얄팍하고 값싼 감성을 자극해서, 그래서 꿈을 꿀 수 있도록, 머릿속에 환상적인 여행을 하는 자신의 모습을 그릴 수 있도록 만들어 줘야 한다. 중요한 건 읽는 사람들이 지갑을 열고 돈을 쓰게 해야 한다는 것이다. S 말로는 '드림 크루즈' 사가 잡지사에 후원을 했기 때문에 그 보상으로 특집 기사를 싣는 거라고 했으니 P가 할 일은 딴 거 없다. 무조건 끝내주니까 한번 꼭 타 봐야 한다는 인상을 남길 수 있는 글을 써 주면 된다. 그래서 나쁠 거 없다. 고민하지 않고 돈 주는 사람이 원하는 대로 쓰면 되니까.

"주로 혼자 여행 다녀요?"

남자가 슬멋 이쪽으로 고개를 빼고 P에게 말을 건다. P는 노트북을 향해 잔뜩 숙인 고개는 그대로 둔 채 눈만 들어 남자를 건너다봤다.

"어차피 하룻밤을 같이 지내야 할 텐데. 나는 R입니다."

30대 초반? 중반쯤? 적당한 울림이 있는 부드러운 목소리는 단단해 보이는 몸피와는 사뭇 다른 느낌이다. P는 노트북에 얹어 놓은 손도 떼지 않은 채 최대한 귀찮은 기색으로 대꾸했다.

"P라고 합니다. 보시다시피 여행이 목적이 아니라 일을 하러 왔기 때문에 좀……."

"그렇대도 모처럼 나선 길일 텐데 출항 장면은 봐야죠? 바깥바람도 쐴 겸."

듣고 보니 기사를 쓰려도 어차피 선상 갑판이나 출항 장면은 봐두는 게 낫겠다는 생각이 든다. 배 안 구조도 익혀 둬야겠지. 바람을 쐬면 멀미 기운이 가라앉겠지, 싶기도 하다.

배가 흔들려서 그런가. 자꾸만 허공을 딛는 듯 발이 바닥에 닿지 않는 느낌이다. 중앙 홀로 나가는 짧은 시간이 어느 만큼인지 가늠되지 않아 마치 먼 길을 가고 있는 것 같다. 걸음은 제자리에서 계속 맴돌고 있는 것 같은 기분이다. 제자리라고 했지만 실은 제자리가 어딘지도 잘 모를 지경이다. P는 자신이 어디 서 있는지 확인이 필요하기라도 한 듯 복도 벽을 만지고 발을 굴러 보고 지나치는 각 방들의 호수를 읽었다. 숙취와 피로, 스트레스가 쌓인 데다 낯선 배 여행 때문이겠지……라고 생각하기엔 공중에 떠 있는 발이 너무나 생생하다.

홀은 아직 노인들이 점령하고 있다. 후줄근한 양복 차림으로 승객을 맞이하던 사내가 꽁지 머리를 뒤로 묶고 티셔츠 차림인 채로 색소폰 연주를 하고 있다. 「목포의 눈물」이다. 노인들은 연주에 맞춰 쌍쌍이 돌고, 돌리며 춤을 춘다. 어떻게 「목포의 눈물」 같은 느린 곡조에 저렇게 춤을 출 수 있지? 어안이 벙벙하다. 자세히 보니 노인들의 가슴팍에 '광양 노인대학'이란 명찰이 붙어 있다. 그중 한 쌍의 노인들이 방향을 바꿔 돌다 한꺼번에 넘어진다. 바닥에 누운 노인들의 얼굴은 이미 불콰하다. 크루즈 여행과 광양 노인대학, 촌스럽고 울긋불긋한 옷차림에 엉성한 춤사위와 색소폰 연주. 한국형 크루즈 여행이라……. P는 기사의 다음 부분을 어떻게 이어갈지를 잠시 생각한다.

외부 갑판으로 통하는 문을 열자마자 휘몰아치는 바람이 먼저 온몸을 덮쳤다. 바람 때문에 거짓말처럼 몸이 뒤로 밀려났다. 남자가 눈을 찡그리며 얼굴을 문지르는데 콧등에 거뭇하게 검댕이 번진다. 올려다보니 거대한 굴뚝에서 시커먼 연기가 나와 몸을 떨면서 공중으로 흩어진다. 오후 4시가 조금 지났을 뿐인데 세상은 너무 어두워 시간과 공간이 아무렇게나 뒤섞인다. 딛는 걸음은 불안정하게 흔들려 물 위를 걷는 듯 꿈속을 헤매는 듯 허전하다.

"분진이 장난 아니네?"

P의 목소리는 찌르듯 밀려드는 바람에 갈갈이 찢겨져 남자에게 가 닿지 못한다.

"연료로 디젤유를 써서 찌꺼기가 날리네요. P 씨 얼굴에……. 뭐라고 했어요?"

남자는 자연스러운 동작으로 손을 들어 올려 P의 뺨을 쓸어 내고는 양손을 탁탁 턴다. 큰 소리로 말하느라 눈이 동그래지고 미간이 좁아진다. P는 남자의 눈이 왠지 모르게 비어 있다고 느낀다.

"오늘이 4월 14일이 맞냐구요?"

"네. 타이타닉이 비바람에 시달리다 빙산과 충돌해서 침몰한 날이 오늘이에요. 오늘 날씨도 어떤 사건의 예고처럼 심상치 않은데요."

남자의 말을 흘려들으며 P는 오늘이 14일이라면 단편소설 원고 마감이 며칠 남지 않았다는 데 신경이 간다. 소설가로 등단한 지 3년. P는 그토록 원했던 소설가가 되면 뭔가 달라지리라 기대했었다. 걷는 발에 힘이 실려 단단하게 땅을 밟고 곧추설 수 있을 거라고 생각했다. 가야 할 방향을 제대로 찾아 힘차게 발을 내딛을 수 있을 줄 알았다. 하지만 P는 여전히 전과 다름없이 먹고살 돈을 벌기 위해 땅에 발붙일 새 없이 일거리를 찾아 이리저리 뛰어다닌다. 자기 자신 안에서 울려나오는 목소리를 따라 길을 잡기보다는 일거리를 준다는 말을 좇아 부산이든 오사카든 내달려야 한다. 밖에 나가 이런저런 사람들을 만난 자리에서 직업이 뭐냐 물었을 때 작가요, 라고 대답하면 사람들은 백수와 동급 취급하는 눈빛이 되곤 한다.

지난해 여름이던가. 소설을 의뢰하겠다고 연락을 해 온 사람을 만난 적이 있었다. 의뢰하겠다는 소설인즉, 이러했다.

"온라인 소설을 써 주시오. 왜 있잖아요, 인터넷 소설. 요즘 잘나가는 작가 있죠? 수여니라고. 그 작가가 우리 회사 홈페이지에 소설을 연재해서 떴거든. 영화 만들고 책 만들고. 완전 떴잖아. 내가 당신을 그렇게 키워 줄게. 원고료도 맘에 들 거요. 왜 P 씨를 택했느냐고? 작가 협회에 올라 있는 사진을 봤어요. 가끔 오프라인 모임을 해야 하는데 사람들한테 잘 먹힐 얼굴이야. 어차피 영화도 하고 인터뷰도 하고 그러려면 화면발도 생각해야거든. 일종의 투자지."

대머리 훌렁 까지고 배가 툭 튀어나온 중년 사내는 덩치와 어울리지 않게 장난감처럼 조그만 컵에 담긴 에스프레소를 홀짝이며 느물거렸다. P 쪽으로 건너오는 진한 커피 냄새가 꼭 뜨겁게 달궈진 아스팔트 같았다. 그러니까, 나더러 10대 취향의 싸구려 감성을 자극하는 로맨스 소설을 써 달라? 대체 내 소설을 읽어 보긴 한 건가? 발이 공중으로 10센티미터쯤 떠 버린 심정이었다. 잠깐 발부터 시작해 온몸이 허공에서 허우적대며 고꾸라지는 상상을 했다. 대머리는 커피숍 창문을 넘어 들어온 한여름 햇살을 뒤집어쓰고 있었다. 보고 있자니 자연히 시선이 창문 밖으로 뛰쳐나갔다. 새로 개업한 '또와' 호프집 앞에 서 있는 풍선 인형이 눈에 들어왔다. 마치 P가 속 빈 풍선이 돼서 바람에 방향 없이 흔들리는 것 같았다.

"저는 그만한 실력이 없습니다. 다른 작가를 찾아보시죠."

그랬더니 배 툭 튀어나온 대머리는 한참을 설득하는 척하더니 이랬다.

"정 그러면 그건 그만두기로 하고. 어때요? 내 자서전을 써 주시는 게. 이래 봬도 인생 역정이 아마 소설 열 권 분량은 될 거요."

당신이 열 권이면 난 도서관이야, 란 대꾸를 내지르려다가 씹어 삼켰다. 대머리는 은밀한 움직임으로 손을 P 쪽으로 뻗었다. 눈빛은 더 음침해졌다.

"자서전이라면 전문으로 대필하는 사람을 소개해 드릴 수 있습니다."

"그러지 말고. 그럼 내가 직접 쓸 테니까 P 씨가 날 좀 도와줘요. 그게 좋겠네. 내가 사례는 충분히 할 테니까."

P는 일단 물컵을 들어 정확히 얼굴에 붓고 팔을 쭉 뻗어 대머리를 눌러서는 장난감 같은 커피잔 속에 대머리의 코를 처박는다, 는 상상을 하면서 가방을 챙겨 들었다. 거칠게 커피숍 문을 잡아당겨

나오면서 P는 얼마 남지 않은 통장 잔액을 떠올렸다.

또 한 번은 공룡이 나오는 SF 소설을 쓸 거다. 아이템은 확실한데 문장이 좀 딸리니까 당신과 공동 작업을 했으면 한다. 사례는 월 150만 원. 단 김포에 있는 작업실에서 같이 숙식하면서 작업을 진행해야 한다, 며 커피숍에서 은근슬쩍 P의 옆자리로 와 앉은 비쩍 마르고 손가락이 실뱀처럼 긴 남자도 있었다. 월 150만 원이라는 부분에서 귀가 잠깐 열렸지만 실뱀 같은 손가락이 정확히 P의 손등 지점에 와 닿았을 때 머리꼭지 뚜껑도 같이 열려 버렸다.

책이 나오면 1000만 원을 주겠다는 말에 부산의 한 조폭 두목의 자서전을 써 준 적도 있었다. 1000만 원이면 한동안은 소설 작업에 집중할 수 있겠다, 싶어 구상 중이던 장편소설을 미루고 한 작업이었다. 내 돈 들여 부산에 수도 없이 왔다 갔다 하고, 책이 나오고, 대여섯 번쯤 대필료를 독촉하다가 안면도가 고향이라 잠깐 고향에서 쉬고 있다며 그리로 내려오란 말에 안면도에 가서, 결국 1000만 원 대신 왕새우 열 상자 받아 와서는 친구, 선후배들과 2박 3일에 걸쳐 난데없는 새우 파티를 벌였었다. 장편소설과 맞바꾼 새우 열 상자를 해치우느라 비대해진 위장은 새우를 다 게워 내고 나서도 한동안 줄어들지 않았다. 그뿐 아니라 새우를 게워 내면서 같이 목구멍을 타고 올라온 위액 때문에 식도가 다 타 버려 또 한참은 아무것도 삼킬 수 없었다. 소설도 함께 가슴으로 품을 수 없던 시간들이었다. 젠장.

생각하니까 또 멀미가 난다. 어젯밤에 채 완치되지 않은 위장에 술을 들이부은 게 신호가 오는 모양이다. 위장에서부터 거꾸로 끓어 올라온 토사물은 바로 바닷물이 삼켜 버린다. 상처 입은 식도가 다시 타는 듯 뜨겁고 눈에선 눈물이 비어져 나온다. 온몸을 휘감는 바닷바람에도 토사물의 냄새는 가시지 않고 코끝을 자극해 그 냄새 때문에 또 토한다. 배 난간 밖으로 몸을 잔뜩 내밀고 구역질을 하고 있으려니 남자가 옆으로 다가온다. 곁눈으로 언뜻 본 남자의 걸음걸이가 눈에 설다고 느껴진다.

"배가 커서 웬만하면 멀미 안 하는데. 하긴 영국의 넬슨 제독도 뱃멀미로 고생했다더군요. 멀미 예방법은 여러 가지가 있어요. 귀를 막거나 되도록 먼 곳을 보는 것. 또는 약을 먹어도 좋지만 요즘엔 시 밴드(sea band)라고 손목에 두르는 뱃멀미용 밴드도 있다던데. 선글라스를 빌려 드릴까요? 흔들리는 시야가 가려지기 때문에 심한 멀미엔 선글라스를 쓰고 있는 게 도움이 되거든요."

P는 불어닥치는 바람을 맞으며 크게 숨을 들이쉬었다. 선두(船頭)가 헤치고 나가는 힘에 밀려 물살이 여러 갈래로 갈라지고 있다. 옆으로 보니 파도는 점점 높아진다. 남자의 목소리는 거친 물살에 휘말려 사방으로 흩어진다.

어제 Y대학 국문과 수업에서 P의 단편소설을 가지고 수업을 했다. 수업에 참관했다 이어진 뒤풀이에서 술이 그냥 술술 들어가 버린 게 말썽이다. 지난 계절에 발표했던 걸 아직 원고료도 못 받은 소설이었는데, 누군가가 그 소설을 읽고 얘기한다는 사실에 Y대학으로 가는 내내 걷는 걸음에 힘이 들어가 있었다. 가면을 소재로 한 소설로 현대인들이 자신의 정체성을 잃어버리고 불안한 자아를 가면으로 가리고 살아간다는 내용이었다. 학생들이 실제로 가면을 쓰고 나와 퍼포먼스로 연출한 수업 내용은 꽤 잘 짜여 있었다. 그 랬지만 결국 뒤풀이 비용으로 남은 생활비를 거의 축내고 멀미만 얻어 온 꼴이니.

방으로 돌아오면서 P는 어디로 걸어가고 있는지 모르겠다고 생 각한다. 불안한 걸음 때문인지 발끝에서부터 타고 올라간 통증으 로 등허리가 쿡쿡 쑤시기 시작했다.

"걸음걸이가 독특하네? 춤이라도 추는 거 같은데요."

남자는 침대에 걸터앉아 뚜껑도 따지 않은 생수 병을 건네며 물 었다. 한쪽 다리는 구부리고 나머지 다리 한 쪽은 쭉 뻗고 있어 남 자의 자세는 불안해 보인다. P는 기사나 좀 더 쓸 요량으로 노트북 을 펼치다가 생수 병을 건네받아 입 안을 가셨다.

"언젠가부터 발이 바닥에 닿지 않아요. R이라고 했죠? 그런데 다리가……."

다리가, 까지 말하는데 R이 P의 말을 끊고 들어왔다. 꼬리가 잘 린 P의 물음이 R의 대꾸에 겹쳐졌다.

"왼쪽 무릎이 구부러지지 않아요. 열두 살 때부터요. 내가 열두 살 때 엄마가 목을 매 자살했어요. 학교 갔다가 영어 학원 들렀다 태권도 도장까지 끝마치고 집에 들어갔더니 컴컴한 방 가운데 엄마 의 발이 하얗게 떠 있었어요……."

R의 말투는 화장실에 갔더니 글쎄 변기가 막혔더라구요, 라는 종류의 말을 하듯 심드렁하다.

"엄마가 죽었다는 사실보다 공중에 떠서 흔들리고 있는 발이 더 무섭더군요. 그래서 두 팔로 엄마의 다리를 꽉 붙들었는데, 다리는 바닥으로 내려오지도 않고 구부러지지도 않았어요. 그때부터 이래요. 의사는 정신적 외상이 신체적 증상으로 나타난 드문 경우란 말밖에 어떤 치료 방법도 말해 주지 못하더군요. 암튼 그래서 나는 한쪽 다리로 땅을 디뎌요. 한쪽 발은 공중에 떠 있는 거죠. 엄마가 죽은 뒤 새로운 엄마들이 세 명이나 차례로 들어왔었죠. 엄마가 넷이나 되는 거죠. 그런데 내겐 엄마가 없거나 너무 많거나 똑같은 거 같아요. 여전히 한쪽 다리로 세상을 걷죠……."

한쪽 다리로 세상을 걷거나 혹은 두 발이 공중에 떠서 바닥을 딛지 못하거나. P는 머릿속으로 구부러지지 않는 R의 한쪽 다리가 자신의 무릎 위에 얹혀 있는 장면을 떠올린다. R에게 온전히 가 닿지 못하고 허공에 멈춘 P의 눈에 창밖에 내리기 시작한 빗줄기가 들어온다. 하늘은 아까보다 더 무겁게 가라앉아 있다. 계속되는 R의 말을 듣고 있자니 침대에 걸터앉은 P의 다리가 공중에 떠서 흔들거리는 것 같다.

……목을 매 죽은 엄마의 발을 본 날부터 20여 년 동안 매일같이 가위에 눌렸다. 그래서 수년 전에 이 땅을 떠났다. 떠나서 바닷길로 열 시간 이상 떨어진 곳으로 가 농장에서 일했다. 끝 모를 만큼 넓게 펼쳐진 초원에 너무 파래서 투명한 하늘, 그림 속에 나오는 것 같은 언덕 위 통나무집에다 냄새도 향기로워 숨을 들이쉴 때마다 생명을 느낄 수 있는 곳이었다. 마치 딴 세상처럼 여기와는 전혀 다른 별인 것처럼 평화로운 곳이었지만, 다리는 구부러지지 않았고 여전히 밤마다 가위에 눌렸다. 그래서 돌아왔다. 돌아와서도 견디지 못할 지경이 되면 이렇게 아무 곳이나 또 떠난다……

이제 창밖은 완전히 어두워졌다. 말을 끝낸 R은 다시 여행 책자를 손에 들고 되는 대로 펼친다. 그러더니 발치에 놓인 가방을 끌어다 뒤지기 시작한다. 가방 속으로 쑥 들어갔다 나온 R의 손에 선글라스가 들려 있다. 어쩔까 하다 P는 선글라스를 받아 든다. 선글라스를 끼고 있으니 마치 한낮의 뜨거운 햇볕 아래에 있는 기분이다.

그날…… 태양 볕을 고스란히 받고 서 있지 않았더라면 S와는 뭔가 달라졌을까. P는 갑자기 한여름 옥상이 떠오른다. 머릿속에서 필름이 리와인드 된다. 황폐한 옥상에서 S가 뒷걸음질 치고 있다. 천천히 거꾸로 돌다 정지한 화면에 비친 S의 얼굴은 굳어 버린 듯 표정이 없다. 표정 없는 얼굴이 점점 흐려지더니 어느 순간 그 자리에 S 대신 R이 서 있다. S와 R은 텅 비어 있는 듯한 눈빛에서부터 겹쳐진다. R은 한쪽 다리를 절며 P에게 다가온다. 느닷없이, 견딜 수 없는 것처럼, 그렇게라도 하지 않으면 가슴이 파삭, 타 들어갈 듯한 표정이다. 이번엔 P가 먼저 다가가 R의 가슴을 열어젖힌다. 가슴의 굴곡을 따라 방울 져 맺혔던 땀방울이 길게 흘러내린다. 바지춤으로 손을 가져가던 P는 도로 가슴팍으로 손을 들어 올려 찌꺼기처럼 흐르고 있는 땀방울을 훔쳐 낸다. P를 건너다보는 R의 시선 또한 P를 지나쳐 어딘지 모를 먼 곳을 향해 있다. 태양 빛이 뜨겁다. 그 때문에 목구멍이 바싹 말라 버릴 것처럼 숨이 가빠진다. 선글라스를 쓰고 있어 다행이다. P의 이마에서 흐른 땀이 미간을 지나 콧등을 타고 흐른다. 튼튼하게 땅을 딛고 있지 않은 R의 다리가 조금 떨린다. 열두 살 아이 같다…….

R의 비어 있는 내부를 엿본 것 같은 기분이 든 건 갑판에서부터

였는지 모른다. R이 자연스럽게 P의 뺨을 쓸었을 때, P 쪽으로 바싹 다가온 눈동자를 들여다봤을 때부터. P는 선글라스 너머로 표정을 알 수 없는 R의 얼굴을 잠깐 건너다보고는 물을 한 모금 들이켜 속을 달랜다. 아까 갑판에서 다 쏟아 냈는데도 속이 아직 메스껍다. R은 한쪽 다리는 뻗고 나머지 다리만 무릎을 구부려 올린 자세로 침대에 드러눕는다. 침대 위에 앉아 노트북을 펼친 P는 선글라스를 낀 채 기사를 이어 쓰기 시작했다.

……알싸한 바닷바람만큼 훌륭한 피로 회복제가 또 있을까? 외부 갑판에 마련된 고풍스러운 벤치에 앉아 출항의 기적 소리를 듣고 있자니 영화 속의 주인공이 된 듯한 기분이다.

갑판 난간에 몸을 기대고 봄빛 가득한 하늘을 올려다보고 있다가 문득 배를 타고 저 넓은 하늘 위 우주를 여행하는 상상에 빠진다. 어릴 때 「15소년 우주 표류기」라는 만화영화를 본 적이 있다. 쥘 베른의 소설 『15소년 표류기』를 한국의 애니메이션 감독 정수용이 패러디해 만든 그 만화는 배 모양의 우주선을 타고 별과 별 사이를 종횡무진, 우주를 항해하며 겪는 모험 이야기다. 주인공들은 우주선 갑판에 나와 자신들을 지나쳐서 생겼다 사라져 가는 별들을 바라보며 세상에서 가장 순수하고 감동 어린 표정을 짓고 서 있었다. 어린 시절 누구나 꿈꿨을 광활한 우주여행. 환상의 크루즈에 몸을 싣고 마음껏 어린 시절의 꿈속으로 돌아가 보자. 또 한동안은 지긋지긋한 일상을 견딜 수 있는 자양강장제가 될 테니까.

침대에서 일어난 R이 창가로 다가갔다. 몸이 흔들리는 듯 침대 모서리를 붙잡고 서 있다. 선글라스를 끼고 있어서인가. P는 흔들림을 제대로 느끼지 못한다. 그러고 보니 창문에 와 부딪히는 빗소리가 심상치 않다. 탁탁. 타다닥. 빗방울이 부대끼는 소리가 창문을 거칠게 긁어 댄다. 선글라스 너머로 본 방 안은 창밖과 다르지 않게 어둡다. R은 불편한 걸음으로 침대로 돌아가다 P의 노트북을 힐끗 들여다본다.

"무슨 원고를 쓰나 보군요. 「15소년 우주 표류기」라. 생각나네. 엄마와 마지막으로 본 만화영화죠. 배 모양의 우주선이 황홀할 만큼 멋졌어요. 꼭 내가 그 우주선을 타고 우주를 항해하다 표류하는 기분이었죠. 주인공들이 어느 별인지 모를 행성에 들를 때마다 그런 생각을 했어요. 난 어느 별에서 온 누구일까. 어디서 왔는지 모르니 어디로 가야 할지도 결국 알 수 없겠지."

R의 말이 P의 귓바퀴에 걸려 맴돈다. 어디서 왔는지 모르는 R과 어디로 가는지 잘 모르겠는 P. 갑자기 배가 기우는 느낌이 들면서 몸이 한쪽으로 쏠린다. 쾅 소리를 내며 천둥이 천지를 흔들고, 형광색 번개가 어둔 하늘을 여러 갈래로 찢어 놓는다. 마치 천둥이 고막을 파고들어 달팽이관을 교란시키기라도 한 듯 어지럽고 균형 감각이 흔들린다. 벌떡 일어난 P는 바닥으로 내려서다 그만 고꾸라질 뻔한다. R이 P의 어깨를 잡아채지 않았더라면 바닥과 이마가 정면 충돌했을지 모른다고 생각하면서 R을 향해 어색하게 미소 짓는다. 선내 안내 방송이 P의 미소를 금세 지운다.

"갑작스러운 악천후로 배가 흔들리고 있습니다. 승객 여러분께서는 동요하지 마시고 배 안에서 뛰는 행동을 삼가 주십시오. '드림 크루즈 호'의 전 승무원은 목적지인 오사카까지 여러분을 안전하게 모실 수 있도록 최선을 다하겠습니다. 아울러 선상 레스토랑 '드림'에서 저녁 정찬을 겸한 우크라이나 출신 공연단의 공연이 있을 예정이니 승객 여러분께서는 공연과 식사를 즐기시기 바랍니다."

구부러지지 않는 한쪽 다리를 내려놓으며 R이 먼저 일어섰다. 나머지 한쪽 다리는 촉수를 세운 더듬이처럼 예민한 놀림으로 바닥을 짚는다. 바닥의 흔들림을 감지하고 힘주어 균형을 잡는 모양새다. P의 발도 따라 조심스럽게 바닥을 내려딛는다. 바닥에 사뿐히 내려서지 못한 P의 발은 공기의 흐름을 따라 미세하게 흔들린다. 고개를 꺾어 내려다보니 짧게 따라붙은 그림자도 공중에 둥실, 떠 있는 것만 같다. 언젠가 S가 했던 말이 떠올랐다.

3년 전쯤 같이 근무하던 잡지사에서 출장 목적으로 함께 서해안의 작은 섬 석모도에 갔던 날이었다. 인천 연안 부두에서 배를 탄 것까진 좋았는데 석모도 선착장이 두 군데란 걸 미리 체크하지 못해 엉뚱한 곳에 내려 헤매다 결국 섬 안에서 밤을 보낸 날이었다. 어쩌다 보니 하게 된 섹스가 끝나고 근처 바닷가에 앉아 새우 구이 안주에 소주를 마시고 있었다. 둘 다 소설가 지망만 수년째 해 오던 처지였다. 소설가만 되면 세상이 달라질 줄 알았던 때이기도 했다. 작가 지망생 노릇 그만둘까 봐, 라며 P는 낮은 숨을 내쉬었다. 밀려오는 파도 소리가 차갑게 P의 한숨을 삼켜 버렸다. S는 바닥을 모르게 가라앉은 P의 눈을 들여다보며 이렇게 말했었다. 절망하는 건 괜찮아. 아무리 절망해도 죽진 않으니까. 절망하다 보면 언젠가 바닥을 툭, 차고 오를 날이 생기거든…….

P가 공식적으로나마 소설가가 된 후에도 S는 버리지 못하는 오랜 습관처럼 깊은 가을이 되면 소설 습작에만 매달리곤 했었다. 마치 그것이 유일한 상처 치유 방법이기라도 한 듯. S와의 관계가 공중에 떠 버린 건 한낮의 옥상에 쏟아지던 햇빛 때문이 아니라 그날 함께 검은 바다를 바라보며 내쉰 한숨 때문이었을지도 모를 일이다. 아니면 둘 다 절망이 아직 바닥에 이르지 않았기 때문일까. 나는 바닥에 발을 딛고 서 있지 않으니 영원히 바닥을 차고 오를 수는 없는 거겠지.

레스토랑에 들어가 지정된 좌석에 앉는데 P의 발 대신 식탁 의자가 흔들리면서 바닥에서 뜬다. P는 배의 기울기를 감당하느라 양손으로 힘주어 식탁을 짚으면서 아무래도 바다 날씨가 제대로 심술을 부릴 것 같다고 생각한다. 공연은 마술 쇼부터 시작했다. 곱슬머리 금발의 남자가 감색 연미복을 입고 뻣뻣하게 선 자세로 줄과 봉, 카드를 이용해 보여 주는 간단한 마술을 표정 없는 눈으로 바라봤다. P는 마술사의 표정이 연미복의 꼬리처럼 지나치게 길게 늘어져 있다고 생각했다. 공연은 고양이 복장을 하고 나온 여성이 조그만 탁자 위에 올라가 온갖 자세로 온몸을 구부리는 아크로바틱 쇼로 이어졌다. 캣우먼이 펼치는 아크로바틱 묘기보다 배의 흔들림 때문에 언제 캣우먼이 탁자에서 굴러떨어질지 모른다는 불안감 때문에 더 긴장했다. 창밖으로 보이는 악천후는 서서히 폭풍으로 변해 가고 있다. 창문에 와 부딪히는 게 빗줄기가 아니라 배를 집어삼킬 듯 높아진 파도라는 걸 P도 R도 말없이 알아차린다. 그렇대도 배 안 식당에 앉아서는 폭풍의 실체조차 알 수가 없다. 그저 보이지 않지만 어느새 바싹 다가온 위협에 몸을 떨 뿐. 저녁 식사로 나온 등심 스테이크의 힘줄 부분이 씹히지 않아 그냥 꿀꺽 삼켜 버렸더니 목이 막혔다. 캣우먼은 흔들리는 탁자 위에서 양다리를 머리 뒤로 완전히 넘기는 묘기를 끝으로 퇴장. 이어 피에로가 등장했다. 볼링 핀 저글링 쇼는 원만하게 진행되지 못했다. 피에로의 손을 떠나 공중으로 올라갔던 볼링 핀들은 제멋대로 공중제비를 돌다 바닥으로 고꾸라졌다. 고기를 썰다 접시 귀퉁이에 내려놓은 P의 나이프와 포크가 접시 위에서 미끄럼을 타더니 이내 바닥으로 떨어져 굴렀다. 식사를 다 끝내지 못한 승객들의 목소리가 높아지기 시작했다. 물감으로 웃는 표정을 온 얼굴에 그려 넣은 피에로의 진짜 표정은 알 수가 없다. 바닥에 떨어진 볼링 핀을 주워 들고 주춤거리며 서 있다. 순식간에 사람들의 시야에서 잊힌 피에로는 체념한 듯 축 늘어진 등을 보이며 돌아섰다.

"예상치 못한 기후로 배가 잠시 육지 쪽으로 정박하겠습니다. 현재 위치는 일본의 히로시마를 지나 에히메 현 근처로……."

여기가 대체 어디라는 거지? 안내 방송이 떠들어 대고는 있지만 P는 이곳이 어딘지 전혀 감을 잡을 수가 없다. 돌아보니 복도 난간을 붙잡고 구토를 해 대는 사람들이 하나둘 늘어나고 있다. 배는 점점 더 흔들린다. 공연은 뒤이은 캉캉 춤으로 이어지지 못하고 막을 내렸다. 무대 뒤에서 대기 중이던 공연단은 순식간에 어디론가 사라져 버렸다. 위험을 먼저 감지한 짐승들 같다고 생각하면서 P는 너나할 거 없이 자리를 뜨는 사람들을 따라 일어섰다. 배는 정말 에히

메 현인지 어딘지로 가고 있는 걸까.

식사도 채 끝내지 못하고 방으로 돌아오는데 프런트에 사람들이 무리 지어 모여 소리를 질러 대는 게 눈에 들어온다.

"어디로 간다구? 거기가 어딘데? 대체 우릴 어디로 끌고 가는 거지? 다시 부산으로 돌아가! 집으로 가고 싶다구."

한쪽에서 누군가 울음을 터뜨린다. 울면서 연신 누군가의 이름을 불러 대고 있다. 또 누군가는 울고 있는 사람의 등을 쓰다듬는다. 그 옆에서는 한 사람이 구토를 하고 있다. 토사물은 카펫이 깔린 바닥에 그대로 쏟아진다. 곤죽이 돼 쏟아진 음식물이 사람들의 발등을 적신다. 그걸 보고 있던 또 다른 사람이 같이 토하기 시작한다. 홀은 금세 토사물의 냄새가 가득 차 떠도는 공기마저 오염된다.

"선장 나오라 그래. 폭풍이 오는 걸 알면서도 배를 띄운 거 아냐? 이러다 배가 뒤집히기라도 하면 당신이 책임질 거야?"

P는 무겁게 발을 옮긴다. 난간을 붙잡고 간신히 발을 떼놓는다. 침대에 앉았어도 몸이 계속 좌우로 기우뚱거린다. 선실 밖, 복도에서는 누군가 게워 내는 구토 소리가 끊이지 않는다. P는 코끝에 걸쳐진 선글라스를 추켜올리며 귀를 막거나 눈을 가리면 멀미도 멈추고 끓어오르던 속이 가라앉으면서 세상이 고요해진다고 했던 R의 말을 떠올린다. 창밖은 온통 어둠뿐이다. 육지 어느 쪽으로 정박한다더니 희미한 등대 빛도 보이지 않는다. P는 기울어지는 몸을 지탱하려고 침대 모서리를 단단히 붙잡는다.

갑자기 쿵 소리가 나고 P는 몸이 앞으로 쏠려 양손으로 바닥을 짚었다. 일어나려다 다시 바닥에 주저앉았다. 한쪽 귀에서 벗겨져

나간 선글라스는 기우뚱, 우스꽝스러운 모양새로 한쪽 눈만 간신히 가리고 있다. 배가 좌우로 다시 한 번 요동치자 R이 침대에서 떨어져 바닥에 모로 누웠다. R은 애써 몸을 일으키는 대신 바닥에 그대로 누워 오히려 눈을 감아 버린다. 우리는 어느 별에서 온 누구일까. 지금 우리는 어디로 가는 걸까. P는 바닥에 누운 R을 내려다본다. 얼마나 시간이 지났을까. 아주 오랜 시간이 흐른 것만 같다. 많은 시간들이 한꺼번에 지난 것 같은 기분으로 천천히 R의 다리 쪽으로 시선을 옮긴다.

선내 안내 방송이 뭐라 뭐라 떠드는데 소리는 귓속으로 들어오는 대신 거친 파도를 타고 어디론가 빠져나간다. P는 머릿속으로 상상할 수 없을 만큼 커져 버린 파도가 창문을 부수고 방으로 들어와 두 사람을 집어삼키는 상상을 한다. 꼭 그럴 것만 같다. 깊은 물속에 잠긴 기분이다. 호흡이 서서히 멈추는 것만 같은……. P는 일어나 창문에 커튼을 친다. 높이 매달린 커튼을 여미느라 까치발을 드는데 물속을 유영하고 있는 느낌이다. 발은 물속에서처럼 공중에서 허우적거린다. 도로 R이 누워 있는 옆자리에 다리를 쭉 뻗고 앉은 P는 구부러지지 않는 R의 한쪽 다리를 들어 자신의 다리 위에 겹쳐 얹는다. 그리고 공중에 뜬 엄마의 다리를 부둥켜안았던 R처럼 이번에는 P가 R의 다리를 감싸 안는다. 그러니까, 이제 두 사람의 발은 모두 바닥에서 떨어져 있는 모양새가 된다. 이어 P는 표정 없는 R의 뺨을 쓸어내린다. 그러자 어떤 흔적처럼 R의 한쪽 뺨이 붉게 타오른다.

여의도 저공비행

*

― 대체, 어떻게 내가 여기에 있는 거지?

밑 지름이 무려 64미터나 되는 반구(半球) 모양의 돔형 지붕 위에 주저앉아 있는 일이란…… 생각해 보자면 몹시 낯선 일이다. 게다가 날카로운 소리를 동반한 바람이 방향 없이 몰아닥치고 있다. 장의 가슴에서 토해져 콧구멍과 입가로 한꺼번에 새 나온 날숨은 겨울 초저녁 하늘에 잠시 머물 뿐, 그마저도 도로 급하게 들이마시는 들숨 때문에 곧 사그라든다. 말하자면, 두려운 것이다. 빌어먹을 고소공포증 때문이야, 라고 중얼거리면서 장은 똥 싸는 자세로 쭈그려 있던 몸을 납작 엎드려 스파이더맨 자세를 취한다.

자세를 취하긴 했으나…… 그다음은 어쩐다……. 장이 스파이
더맨이라 생각한 자세는 오히려 두꺼비가 웅크린 모양새에 가깝다.
두꺼비처럼 목을 잔뜩 집어넣은 포즈로 아래를 내려다……볼 엄두
가 나지 않아 차라리 하늘을 올려다본다. 저물어 가는 저녁 하늘
은 구름 낀 것처럼 흐릿하다. 세상에는 일어날 수 있는 일도, 또 절
대로 일어날 수 없을 것 같은 일도 이래저래 벌어지고 있지만, 생길
거라고 생각해 본 적 없는 일이 자신에게 일어난다면 그건 사정이
좀 다르다. 스파이더맨인지 두꺼비인지 모를 자세를 취하고 장은 곰
곰이 생각에 잠겼다. 멀리 길게 누워 있는 길은 이정표대로라면 인
천까지 쭉 뻗어 있을 테지만, 검고 반질반질한 길은 어떤 호흡도 느
껴지지 않는다.

　—어쩌다 내가 여기에 올라오게 된 거지?

　장은 반원형의 정수리 부분에 납작 엎드려 손바닥에 최대한 힘
을 모아 찰싹 달라붙어 있다. 반원의 크기를 볼라치면 추락에 대
한 우려는 잘 접어 덮어 놔도 될 만하지만 장의 두려움은 그보다는
왜, 에 있었다. 도무지 이유와 과정을 알 수 없다는 것. 아무래도
상관없다고 생각하기엔 지금 상황이 무지 황당하니까. 제기랄. 어디
한 번 찬찬히 되짚어 보자구. 어떻게 내가 여기에 올라앉아 있는
건지.
　증권 장도 마감하고 채권 팀도 업무 정리를 하고 있을 시각, 장
은 사무실에서 대충 일하는 척하다가 도원동(桃源洞) 빌딩 제안서

와 책상 속에 꿍쳐 놨던 비행 학교 입학 원서를 양손에 각각 꺼내 들고 마지막으로 고민에 빠졌었다. 자장면이나 짬뽕이냐의 선택보다는 쉬울 듯 보이던 그 고민은 생각보다 오랫동안 장의 눈을 양손에 번갈아 주며 떼지 못하게 했다. 그러다 문득 고개를 들어 사무실 유리창을 별 이유 없이 쳐다보았다. 전면이 통유리지만 어디를 살펴봐도 열림 장치가 없는 창밖으로 어스름이 깔리기 시작하는 것을 보고 드디어 장은 깊숙이 고개를 두어 번 끄덕였다. 도원동 빌딩 제안서는 책상 위에 놓아 둔 채 비행 학교 입학 원서를 손에 들고 발소리를 죽여 사무실 유리문을 밀쳤다. 밀고 나와 엘리베이터를 타려는데, 마침 띵 소리와 함께 엘리베이터 문이 열리면서 박 팀장이 어깨를 툭 쳤다.

—어디 가? 제안서는 받았지? 그거 끝나면 아마 넌 TV 신화 창조 같은 프로그램에 나올 거다, 인마. 부러운 자식.

장은 헤헤 웃으면서 그러잖아도 조용한 데서 혼자 구조 좀 짜 보려구요, 라고 느물거린 뒤, 박 팀장이 또 말을 붙일까 봐 얼른 엘리베이터 닫힘 버튼을 눌렀다. 초고속 엘리베이터를 타고 숨 한번 고를 새도 없이 1층에 내려서서는 밖으로 나오기까지 유리문을 두 개나 더 밀쳐야 했다. 나와서, 횡단보도를 건너고 시범 아파트 앞을 지나 여의도 길을 걸었다. 한강 개발 붐이 막 일기 시작했을 무렵에 한국 최초로 개발된 신도시 여의도(汝矣島). 이명박식의 마인드를 가진 그 당시 서울시장이 앞뒤 안 가리고 밀어붙인 성과라지, 아마. 아무 쓸모없는 모래무지 땅에 말을 기르던 양말산(養馬山)이 전부인 곳이어서 농담으로 '너나 가져라.' 하던 것이 한자로 너 여(汝) 자를 이두식 표기로 바꿔 불렀다는 여의도다. 원래 섬이었던 양말산 자리에 국회가 들어서고 인근에 전경련 회관을 비롯해 많은 금융사와 방송국 등이 들어서면서부터 여의도는 한국의 정치, 경제, 문화의 중심지가 되었다. 장은 시범 아파트 단지 앞 시범 사우나 간판을 쳐다보며 여의도를 개발하지 않고 놓아둬 한강 가운데 나무 우거진 섬으로 보존했더라면 어땠을까, 하는 쓸데없는 생각을 잠깐 했다. 시범 아파트는 와우 아파트 붕괴 후 지은 한국 최초의 고층 아파트다. 아파트 단지 안에 공원과 유치원, 동사무소, 쇼핑 센터를 갖추고 엘리베이터까지 설치했으니 그때로서는 지금 강남의 타워팰리스의 위상에 견줄까. 엘리베이터를 처음 본 노인들을 위해 엘리베이터 사용법을 알려 주는 전담 여직원까지 고용했으니 그야말로 한국 최초의 엘리베이터 걸이었다.

—그러니까, 내가 지금 딛고 있는 땅을 파헤치면 금방 부슬부슬한 모래땅이 나온단 말이지…….

섬이 사라지고 난 자리에 들어선 한화증권과 교보증권, 미래에셋 증권 건물을 차례로 지나면서 장은 모래땅 위에 서 있는 자신을 상상했다. 바닥이 단단하지 않아 발이 푹푹 빠지고 중심을 잡지 못해 어, 어, 하다가 결국 바닥에 고꾸라지는 모습. 국회의사당이고 전경련 회관이고 간에 모두 다 고작 40년 된 땅에 간신히 서 있는 꼴이잖아. 뿌리가 깊지도 않고 바닥이 단단하지도 못한 땅에 말이야. 장은 비행 학교 원서 접수처 사무실이 있다는 빌딩을 찾으려 두리번거리면서 마치 모래땅을 밟는 듯 불안한 걸음을 떼 놓고 있었다. 어스름 무렵이었는데 난데없는 바람이 불어왔다. 사라져 버린

섬에 불어닥치는 모래바람을 상상하고 있는 순간, 들고 있던 비행
학교 입학 원서가 부는 바람에 휘말려 날아올랐다. 막 국회의사당
앞을 지나고 있던 때였다. 그래서 원서를 쫓아 빠른 걸음으로 뛰기
시작했는데…….

　─그런데…… 어떻게 내가 국회의사당 지붕에 올라앉아 있는 거
냐구…….

＊

　조종실 문이 닫히고 세상과 격리되는 순간, 터질 듯한 긴장과 설
렘은 온몸을 근질거리게 만든다. 시동을 걸자 아날로그식 속도계의
바늘이 움직여 서서히 속도가 높아진다. 속도가 1노트씩 빨라지고
바닥에서 바퀴가 떨어져 천천히 공중으로 날아오르기 시작하면 고
도계의 바늘도 같이 따라 움직인다. 기체가 심하게 요동치다가 차
츰 떨림이 가라앉는다. 비행술 중 이륙은 가장 어렵고 위험한 과정
이어서 이륙할 때는 언제나 절로 눈이 부릅떠지고 머리가 텅 비어
한곳만 바라보게 된다. 하늘에도, 구름 위에도 길이 있다. 아니, 하
늘에 올라서야 비로소 길이 열린다. 남들은 잘 알지 못하는 내 길
을 따라 가면서 뭔지 모를 안도감과 패배감이 동시에 교차하는 것
을 느낀다. 한없이 높게만 보였던 고층 빌딩들이 발아래에서 점점
존재감이 약해지고 드디어 온 도시가 마치 모델하우스의 모형처럼

정지하는 순간, 비로소 나 자신이 또렷해진다…….

장은 천천히 눈꺼풀을 들어 올려 머릿속에 들어 있는 하늘 길에서 빠져나온다. 이제 두려움이 좀 가신 듯하다. 기체 안에서 조종하고 있는 상상은 늘 장을 편안하게 해 준다. 잔뜩 엎드렸던 몸을 펴는데 찬 겨울 저녁 바람이 등허리를 날카롭게 훑는다. 불어온 곳과 가는 곳이 뚜렷한 하늘 위의 바람과는 달리 낮은 곳에서 부는 바람은 방향 없이 장의 온몸을 휘감아 돈다. 장은 이제 돔형 국회의사당 지붕에 책상다리를 하고 앉는다. 앉고 보니 광장에 서 있는 동상이 눈에 걸려든다. 한복 차림의 여자가 긴 머리를 풀어헤친 모습에 팔에는 아이를 안고 있는 동상이다. 참 진부한 차림새에 피곤한 듯한 표정이다, 라고 장은 생각한다. 동상 밑에 '평화와 번영의 상'이라는 제목이 붙어 있다. 평화와 번영은 시대에 따라 그 의미가 달라지는 건가? 저런 모습으로는 도저히 평화도 번영도 가질 수 없을 것만 같아 흐흐 웃는다. 그리고 다시, 눈을 감는다.

열린 하늘 길로 쭉 올라간다. 드디어 고도계 계기판의 바늘이 FL 150을 지난다. 플라이트 레벨 1500피트 상공. 이젠 구름조차 희미한 안개처럼 저 멀리 아래에서 흩어진다. 날짜 변경선을 지나고, 나는 이미 지나 버린 시간 속으로 들어가거나 혹은 아직 오지 않은 내일로 순식간에 이동한다. 이때의 혼란은 인간이 만들 것일 뿐, 자연은 언제나 그 자리에서 조용하거나 혹은 변덕을 부린다. 갑자기 거센 빗줄기가 기체 앞유리를 두들겨 대면서 사위는 온통 어두워진다. 뒤섞인 시간 속에서 잠시 당황하지만, 이내 침착하게 고도를 낮추자 승강계의 바늘이 잠시 흔들리다 왼쪽으로 15도쯤 움직인다.

구름에 가려 있던 산악 지형이 불쑥 나타나 서둘러 방향을 바꿔 안전한 지대로 이동한다. 기체 뒤로 만년설로 뒤덮인 산 정상이 처음처럼 고스란히 버티고 서 있다. 그리고 나는 또 다시 내 길을 만들면서 하늘 위에서, 앞으로, 나아간다……

나아간다, 앞으로…….

눈을 번쩍 뜬다. 몸은 여전히 지붕 위에 앉아 있다. 국회 정문 바깥쪽으로 교회의 십자가가 우뚝 걸려 있는 게 보인다. 좀 더 멀리 눈을 두자니 시야에 들어오는 십자가만 네 개다. 십자가들은 붉은 형광등 불빛으로 반짝이는 게 꼭 불야성의 도시에 점점이 밝혀진 네온사인 같다. 할렐루야. 도시 여기저기로 밤놀이 가는 저들의 밤길을 불 밝혀 주시옵고, 저들이 행여 억눌렀던 낮의 욕망을 다 풀어 내지 못한 채 집으로 기어 들어가는 몹쓸 패악을 부리지 않도록 굽어살펴 주옵시며, 저들의 방종과 밤 사이의 일탈과 새벽녘의 구토를 용서하여 주옵소서, 할렐루야. 그래야 저들의 평화가 유지되리니……. 장은 책상다리 자세로 두 손을 깍지 껴 십자가를 우러러보면서 웅얼거린다.

—그나저나 내려가긴 해야겠는데 어쩐다…….

간혹 지나가는 사람들이 있긴 해도 아직 누구도 국회의 지붕 위에 올라가 있는 장을 눈치채지 못한 모양이다. 구조 요청 전화를 해야 하나? 어디다 걸어야 하는 거지? 장은 주머니에 손을 찔러 넣어 핸드폰을 만지작거리면서 전화를 걸어야 할 곳이 112인지 119인지 가늠한다. 아니면……. 전화를 걸 만한 전화번호가 쉽게 떠오르지 않는다. 웅. 핸드폰이 진동한다. 문자 도착 신호음이다. '할 말 있으니까 늦지 않게 와.' 빈이다. 아차. 빈과 만나기로 했었지. 여기서 내려가야 빈을 만나러 가든지 원서 접수를 하든지 할 거 아냐. 그런데 빈에게 얘길 해야 하나. 그러잖아도 요즘 빈의 표정이 꼭 '저놈을 잘라? 말아? 고민하는 듯 애매하게 굳어 있던데. 잘나가던 회사 때려치우고 비행 학교 초짜 신입생이 되겠다면 뭐라고 할지. 묘한 불안함을 느끼게 하는 빈의 날카로운 콧날과 유난히 가는 윗입술과 달리 도톰한 아랫입술이 동시에 떠오른다. 몸이 부르르 떨린다. 춥다. 젠장.

청소부인 듯 주황색 조끼를 입은 한 남자가 나타나 건물 앞을 왔다 갔다 하고 있다. 그러다 곧 본관 건물 쪽을 떠나 국회 도서관 건물을 향해 느린 걸음을 떼 놓는다. 청소부를 불러 세울 수도 없고 그냥 119나 112에 전화를 걸자니 쪽팔린다. 망설이는데 주머니 속에서 웅. 웅웅. 웅웅웅……. 얼른 핸드폰을 꺼내 손에 든다. 반갑다, 전화야. 하마터면 좋아라 웃을 뻔했다. 그런데 왜 하필 박 팀장이냐고. 받아? 말아?

—팀장님, 장입니다.

짐짓 크게 뱉어 낸 장의 목소리엔 어느새 추위가 스며 있다.

—어디야? 서류도 안 챙기고 대체 어딜 간 거야?

아……. 책상 서랍에 넣어 두는 걸 깜박했네, 제길.

—당장 내일 아침에 1차 회의 있는 거 몰라? 거기 어디냐구?

박 팀장의 목소리를 듣자 하니 몸이 어지간히 달았다. 하기야 짓게 되면 한국 최고는 물론이고 아시아 최고층 빌딩이 될 테니 흥분할 만도 하겠지. 그래 봐야 뭐 할 줄도 모르면서 굿이나 보고 떡이나 챙길 인간이다.

—그게, 저, 갑자기 급한 볼일이 있어서…….

—깜박할 게 따로 있지. 지금 정신이 있는 거야? 물론, 니가 다 알아서 해야 할 일이지만, 그래도 말이야……. 얼른 뛰어 와!

다 안다. 박 팀장은 나를 쫄 수도 없고, 솔직히 말하자면 내가 안 된다고 할까 봐 잔뜩 긴장하고 있다.

—지금 갈 수가 없습니다. 사정이 좀 생겨서……

—사정은 무슨 놈의 사정. 사정은 내가 좀 하자. 멋지게 한판 하고 쫑내는 거야. 얼마짜리 프로젝트인지는 니가 더 잘 알잖아. 그럼 너도 은퇴해서 너 살고 싶은 대로 살면 되잖아. 지중해 같은 데 가서 쭉쭉빵빵한 언니들 끼고 평생 뒹굴든지. 좋아. 내가 가지. 거기 어디야?

귀찮게 됐다. 내가 안 가면 기어이 올 인간이다. 부산에 있다면 아마 거기까지라도 뛰어올 거다. 그만한 돈이 걸린 일이다. 공사비만 1000억 원 가까이 들 테니 안달 안 할 인간이 어디 있겠나. 자동차들이 쏜살같이 달려가면서 헤드라이트 불빛이 잠깐씩 이정표를 비춘다. 인천이라고 적힌 글자가 드러났다, 사라지기를 반복한다.

—여기 국흽니다. 그런데 제가 지금은 움직일 수가 없어서…….

*

　참 빨리도 왔다. 박 팀장이 '평화와 번영의 상' 앞에서 얼쩡댄다. 멍청해 보인다. 지중해를 떠올리다가 지중해까지의 하늘 길을 막 상상하려던 참이었는데. 가지가지로 도움이 안 되는 인간이다. 그런데 여기서 박 팀장을 부르면 들리나? 직선거리만도 50미터는 넘을 테고 난 지금 국회 본관 건물 지붕에 올라앉아 있는데. 전화를 걸어야 하나. 일단 질러 볼까.

　—팀장님, 여깁니다.

　소리를 지를 것도 없었는지 모른다. 팀장은 장의 목소리에 정확히 반응했다. 곧바로 시선을 지붕으로 던져 올리고는 입을 쩍 벌린다.

　—너, 너, 뭐야. 왜 거기 올라가 있어?

　박 팀장의 목소리는 분명 옆 사람에게 말하듯 크지 않다. 그런데 잘 들린다. 신기하다. 그러고 보니 놀라 자빠질 것처럼 커진 박 팀장의 눈까지 뚜렷하게 보인다. 거 참. 세상엔 일어날 수 있는 모든 일과 더불어 일어날 수 없는 일까지 모두 다 벌어진다는 말이 새삼 실감난다.

　—어쩌다 그렇게 됐어요. 그건 그렇고, 빨리도 오셨네요. 흐. 흐.

　—이번 프로젝트 성사 못 시키면 너랑 나랑 동반 자살 해야 하는 거 잘 알잖아? 내가 무슨 죄냐? 너 땜에.

　그럴 만도 하겠지. 준공되면 명실 공히 한국의 랜드마크가 하나 더 생기는 셈이고 또 얼마나 남는 장산데. '21세기 한국의 새로운 도약'이란 슬로건부터가 회사의 사활을 걸 만큼 중요한 일이란 걸 증명하고도 남는다. 그게 무슨 나라의 번영과 선진의 상징인 것처럼 떠들어 댈 테니까. 장에게 그 총디렉터 역할을 맡으라는 거다. 회사에서 그거 할 사람이 장밖에 없다는 건 박 팀장이 더 잘 안다. 프로젝트가 성공적으로 끝나고 나면 입지전적인 인물이 되겠지. 그런데 왜?

장은 뜬금없이 자신이 모래땅 위, 여의도 한복판에 있단 사실을 떠올린다. 그리고 동시에 자신이 모래 알갱이가 돼서는 부스스, 허물어지는 상상을 한다. 도원동 프로젝트는 구조를 짜 보니 최소한 8년은 걸릴 일이다. 그럼 청춘이 다 가 버린다. 이 바닥에선 마흔이 은퇴 시기다. 그게 불문율이고 관습이다. 더 일할래도 밑에서 치고 올라오는 통에 버티기도 어렵다. 그 때문에 여의도 사람들은 돈에 목숨 건다. 어차피 무한경쟁이 유일한 가치인 마당에 뭐 문제될 건 없지만 장은 왠지 두렵다. 본관 건물 앞에 제안서를 들고 서서 안절부절못하고 있는 박 팀장의 모습이 손에 잡힐 것처럼, 무서울 만큼 또렷하게 보인다. 장의 시선이 툭 튀어나온 박 팀장의 배 부분에 가박힌다. 박 팀장의 몸뚱이에 자꾸만 장의 모습이 겹쳐 보인다. 난데없이 장은 박 팀장이 돌처럼 굳어 가고 있는 중이라고 느낀다. 사지가 점점 뻣뻣해지다가 결국 무슨 방법을 써도 다 소용없이 저 상태로 죽어 가는 모습. 비행 학교에 입학하려면 올해가 마지막 기회다. 타 전공자도 비행술을 배울 수 있는 곳이 있어 다행이다. 말하자면, 터닝 포인트다.

도원동(桃源洞). 한강 가운데 섬처럼 떠 있는 한강변의 마지막 남은 미개발지다. 수풀이 우거지고 때때로 철새들이 날아드는 데다 온갖 생물들이 서식해 환경 보호 구역으로 지정됐지만, 그 역시 모래땅이어서 지금껏 남아 있었다. 매일 밤, 도심에 휘황한 불빛들이 켜지면 도원동만 잠들어 고요하다. 거기에 150층짜리 빌딩을 짓는다……. 환경 보호 단체의 극심한 반대는 그만두고라도 한강의 줄기를 바꾸고 지질의 문제도 해결해야 할 뿐더러 교통의 편리 운운하면서 아예 섬 자체를 없애야 가능한 일이다. 거기에 곧 각종 기관과 건물들이 차례로 들어서겠지. 도원동의 고요한 밤은 사라지고 또 다른 여의도가 탄생하겠지. 그게 가능한 일이냐고? 물론 가능하다. 개발이 곧 번영인 이 땅에서 공간을 변형시키고 시간을 교란하는 것쯤 문제될 게 없다. 150층 빌딩은 섬이 사라진 자리, 그 모래땅 위에 불안한 발을 딛고 서서 시간과 공간을 지배하게 될 것이다. 장이 아니더라도 결국 누군가 하겠지.

—박 팀장을 어떻게 떼어 놓지?

골치 아프게 됐다. 장은 머리를 푹 고꾸라트리고 고민에 빠졌다.

*

난기류를 만나 기체가 심하게 흔들린다. 승강계의 바늘이 좌우로 움직이고, 고도계의 바늘도 요동치기 시작한다. 조종간을 꽉 붙든 손바닥에 땀이 배 난다. 고도를 조금씩 낮추고 난기류 지역을 벗어

나기 위해 속도를 높이지만, 쉽지 않다. 점보기라면 이 정도는 문제 없을 텐데. 경비행기로 오를 수 있는 최대 고도를 넘긴 것이 문제다. 장은 심한 바람을 느끼며 어떻게든 중심을 잡으려고 애를 쓴다. 허공에 떠 있는 기분이란 이런 거군. 마치 길을 잃은 것 같다. 하는 수 없이 착륙을 시도하려고 이륙했던 곳을 찾는데 두꺼운 구름이 길을 가리고 나섰다. 갑자기 이런 생각이 든다. 대체 여긴 어디지? …….

두려움에 장은 몸을 부르르 떤다. 그 결에 반짝, 눈이 떠진다. 이런. 그새 잠깐 졸았었군. 기분 참 더럽군. 낮은 숨을 내쉬며 장은 하늘을 올려다본다. 밤에 꾸는 백일몽이라. 그것도 국회의사당 지붕 위에 올라앉아서 말이다. 환몽이다. 아직 꿈에서 덜 깬 듯 등줄기를 타고 흐른 식은땀이 선연하다. 손엔 핸드폰이 들려 있다. 누군가의 전화번호를 눌러 볼 엄두가 나지 않는다. 바닥에 발을 딛고 있지 않아선가. 몸이 흔들리는 것만 같다. 하늘 위에 있으나 지붕 위에 있으나 발이 땅의 뿌리에 가 닿지 못하는 건 마찬가지니까. 밤이 짙어갈 시각이지만 도시는 마치 가상 세계처럼 그저 부옇게 흐려 있다. 장은 기체 안에 있는 자신이 현실인지 지붕 위에 올라앉아 있는 자신이 진짠지 잠깐, 헷갈린다. 어느 틈에 장은 다시 기체 안에 앉아 하늘 길을 헤매고 있다…….

……조종간의 흔들림은 조금 잡혔다. 하지만 난기류와 악천후에 기체의 요동은 멈추지 않아 곧 착륙해야 한다. 이륙했던 지점은 좀체 눈에 띄지 않는다. 어찌해야 하나. 서둘러 통신 장비를 살핀다. 이런. 어찌된 일인지 아무런 응답도 들려오지 않는다. 장은 잠시 생각에 잠겼다가 곧 주머니에서 핸드폰을 찾아 꺼내 든다. 터진다. 다

행이다. 오른손은 조종간을 붙든 채 왼손으로 번호를 누른다. 그런데 웬일인지 핸드폰의 버튼이 눌리지 않는다. 이제 장은 당황하기 시작한다. 손가락 끝에 힘을 잔뜩 주고 버튼을 누르기 여러 차례. 3을 누르면 핸드폰 액정 화면에 7이 마킹되고 분명 9를 눌렀는데 액정엔 아무것도 떠올라 주지 않는다. 어찌된 일일까. 허공에 떠서 길은 보이지 않고 누구에게도 손길이 미치지 않는다. 식은땀 한 줄기가 등을 타고 흐른다. 차가운 겨울바람에 땀은 금세 얼음장처럼 머리를 쭈뼛하게 만든다. 그 서슬에 장은 기체 안에서 국회 지붕 위로 순간 이동한다.

　─ 얼른 내려가야 하는데…….

　장은 다시 고개를 숙여 바닥 쪽으로 눈을 돌린다. 어떻게 내려가야 하지. 어떻게 올라오게 됐는지 모르니 당연하게 내려갈 길을 알지 못한다. 이러다 영영 내려가지 못하는 거 아냐? 좀 더 눈이 멀리 간다. 여의도 복판을 오가는 수많은 ‘나’가 보인다. 여의도는 저기, 걷고 있는 사람들의 삶에 대해 아무것도 말해 주지 않는 것만 같다. 도대체 사람들은 어디서 나와서 뭘 하러 저렇게 빠른 걸음으로 어디로 가고들 있는 건지 모르겠다. 밤의 역할은 점점 사라지고 시간은 불연속적으로 변해 간다, 는 쓸데없는 생각을 하고 있는데 누군가 말을 걸어온다. 누구든 반갑다.
　─ 당신 누구야? 거기서 뭐하는 거요?
　목소리를 따라 옮겨 멈춘 시선에 주황색 형광 조끼를 걸친 사내가 들어온다. 아까 그 청소부로군. 그런데 박 팀장은 어디로 사라진 거지? 그냥 갈 위인이 아닌데. 아마 화장실이라도 간 모양이라고 생각하면서 장은 청소부의 얼굴을 내려다본다. 보고 있다 보니 어디선가 많이 본 얼굴이다. 혹시.

─너, 혹시 조 아니냐?

여기 올라앉아서도 밑에 있는 사람 얼굴이 뚜렷하게 보인다는 것엔 이제 놀라지 않는다. 다만 그가 조라는데 눈이 똥그래진다.

─어, 뭐야. 너…… 장이잖아? 그런데 너 왜 거기에 불시착해 있는 거냐?

불시착……. 녀석의 말투는 여전하군. 고등학교 시절 조와 장은 함께 비행기 조종사를 꿈꿨었다. 전투기 조종사도 좋고 민항기 기장이 되길 꿈꾸는 것도 멋있는 일이었다. 조종실 문이 닫히고 세상의 틀에서 벗어나 오로지 자신만의 길을 날아간다……. 그 터질 듯한 긴장감을 충분히 맛본 다음 육중한 기체를 하늘로 띄워 올리는 순간…… 그리고 날짜변경선을 수시로 드나들며 인간이 만들어 놓은 시간을 교란시키는 꿈. 그러다 험악한 산악 지형과 악천후를 동시에 만나 눈동자에 핏발이 서고 온몸의 신경 줄이 곤두설 만큼 악전고투하다가 끝내 누구도 가 보지 못한, 아무에게도 알려지지 않은 새로운 땅에 불시착하는 가슴 터질 듯 설레는 꿈 말이다.

그런데 어떻게 된 거냐고? 뻔하지. 대단한 시련이나 난관 때문에 꿈을 포기한 것도 아니었다. 장은 외아들에 대한 부모의 기대에 부응하려고 일단 경영학과를 택했고, 그러다 보니 어영부영 졸업하고 또 그러고 나니 증권사에 취직이 돼서 일단 다녔다. 취업하기도 어려운 때에 부모는 감사할 일이라고 했다. 조가 입시에 떨어져 재수 학원으로 '불시착'하면서 조와는 연락이 끊겼다. 잔인한 시간이 흐르면서 사람은 누구나 살다 보면 그렇게 될 일이라고 여겼다. 살다 보면 꿈도 뭣도, 또한 '나'도 잊게 될 일이라고. 그렇지만.

—어쩌다 그렇게 됐어. 그런데 조, 넌 어떻게 된 거냐?

조는 주황색 형광 조끼를 벗어 어깨에 턱, 걸쳤다. 장은 오늘 비행 학교 원서를 들고 사무실 문을 밀쳤고, 어찌된 일인지 모르게 국회의 돔형 지붕에 올라앉아 있으며, 조를 만났다. 야간 자율 학습을 땡땡이 치고 학교 지붕에 올라가 조와 담배를 꼬나물던 기억이 잠깐 스쳤다. 조는 단단해 보이는 어깨와 달리 유난히 가늘고 긴 다리로 바닥을 차고 오르는 시늉을 하고 있었다.

—재수 학원 다니다 어떤 놈하고 시비가 붙은 일이 있었어. 왜 그랬는지 학원 끝나고 새벽녘에야 집으로 돌아가는데 다리가 휘청거리잖아. 휘청, 하다가 지나던 술 취한 놈하고 부딪쳤지. 그놈이 다짜고짜 멱살을 잡잖아. 너도 알지? 내가 그래도 한주먹 하는 거. 가뜩이나 열 받는데 잘 걸렸다 싶어서 한 대 쳤지. 그런데 글쎄 그놈이 죽어 버렸어. 그래서 몇 년 굴러먹었지.

그놈 참. 지나가다 똥개 새끼 한 마리 발길질해서 죽인 것처럼 애기하네. 난 되지도 않는 경영학 책을 옆구리에 끼고 다닐 무렵이구먼.

—그러고 나니까 대학이고 뭐고 내가 있을 데가 없는 거 같더라고. 말하자면 갑자기 나타난 이상기류를 피하려다 막다른 벽 쪽으로 조종간을 틀어 버린 거지. 결국 추락해서 다 망가져 버린 거야.

조는 기체 추락 직후 팔다리가 찢겨 나가고 온몸에서 뿜어 나오

272

는 핏덩이를 그저 망연하게 바라보는 표정이다. 조의 얼굴을 들여다보다 말고 장은 슬몃 시선을 돌려 하늘을 올려다봤다. 왠지 모르게 헛배가 불러 오는 느낌이다, 라고 생각하는데 돌연 멀리 교회 십자가에 걸려 있는 허연 물체가 눈에 들어왔다. 앗. 비행 학교 입학 원서다. 저절로 신음이 새 나온다. 스르르, 장의 표정이 조를 닮아 간다. 너나 나나 추락하긴 마찬가지다, 인마. 넌 바닥으로 떨어져 곤두박질치고 난 공중으로 오르다 추락한 것뿐. 할렐루야. 부디 공중에 떠 있는 어린 양을 불쌍히 여기시고 더불어 바닥에 고개 처박고 있는 저 어린 양 또한 살펴 주소서, 아멘. 제기랄. 백날 읊어 봐야 기분만 더러워진다.

─넌 어떻게 청소부가 된 거냐?

조는 바닥을 살피던 눈을 들어 다시 장을 올려다본다. 그러고 보니 정말 닮은 것도 같다. 장이나 조나.

─말 마라. 체력 검정 시험에서 하마터면 떨어질 뻔했잖냐. 경쟁률이 65대1이었으니까. 내가 팔 힘은 좋아서 턱걸이 오래 매달리기는 50초를 넘겼는데, 참고로 만점은 56초고 보통 사람은 30초 넘기기 힘들거든. 그런데 30킬로그램 모래주머니를 어깨에 지고 뛰는데, 바닥이 흔들리기 시작하는 거야. 지진이라도 난 줄 알았다. 다리는 휘청거리지, 걸음은 꼬이지, 거기다 모래주머니가 어깨를 누르니까…… 위태롭더군. 그런데 넌 왜 거기 올라가 있는 거야?

왜? 라고 물으니까 난감하다. 올라오고 싶어서 올라앉은 게 아니니.

─나도 몰라. 여의도 길을 걷고 있었는데 어느 순간 내가 여기 있더라구.

한강 물이 밀고 내려온 모래가 쌓여 생겨난 모래무지 땅에 '육군 소장'이 아파트를 짓고 다리를 세우고 광장을 만들고 국회의사당을 세웠다지. 그전엔 백사장이 아름다운 섬이었다는데. 지금은 사라져 버린 섬……. 그 자리에 그 속에 뭐가 들어 있는지 모를 돔형 지붕과 거대한 십자가가 떡 버티고 있다. 수많은 말들과 헛된 구원의 약속들이 넘쳐 난다. 수수께끼 같다, 라는 생각을 하면서 천천히 걷고 있었는데. 깊은 곳에서 짓눌린 모래알들이 몸을 뒤채느라 사방에서 바람이 불어닥쳤나.

─장, 여기에 비행장이 있었다는 거 아냐?

들었다. 비행을 꿈꾸던 나는 비행장이 있었던 자리에서 에어컨 나오면 여름이고 히터 틀면 겨울인 줄 아는 시간들을 보냈다. 가끔 열리지도 않는 통유리창으로 햇빛이 쏟아지면 유리창을 깨부수고 싶단 생각이 들곤 했다.

─그건 그렇고, 넌 여기서 일하는 거냐?

─응. 얼마 전부터. 전엔 여의도 길에서 일했어. 새벽 1시에 출근해서 길거리를 청소했지. 여의도에서 하루 동안 나오는 담배꽁초 수가 얼마나 되는지 알아? 줄잡아 2000개는 되지. 찌그러진 깡통들, 종이 부스러기들에다가 차에 친 고양이 시체도 수없이 치웠고, 새벽엔 술 먹고 취한 새끼들이 토해 놓은 찌꺼기 치우는 게 일이었다. 그러고는 다들 밤새 무슨 일이 있었냐는 표정으로 출근하지. 가끔 어떤 새끼가 싸질러 논 콘돔도 줍는데, 그건 대체 어디서 쓰고 버리는 건지 모르겠단 말이야. 호호호.

그거 혹시 내가 쓰고 버린 거 아니었나? 큭큭. 장은 중얼거리면서 입가로 실소를 흘린다. 내가 밤새 저질러 놓은 걸 저놈이 처리하고 있었군. 큭. 큭. 큭.

—그런데, 넌 거기서 안 내려올 거야?

*

어디선가 진동이 느껴진다 싶더니 전화다. 빈이다. 7시 34분. 약속 시간이 벌써 34분 지났다. 화났겠다.

—어, 나야. 벌써 와 있지?

빈이 입을 떼기 전에 선수 친다.

—그래. 와 있어. 더 늦어?

무슨 일이지? 빈의 목소리가 바닥으로 꺼져 들어간다. 정말 삐쳤나? 가늘고 긴 눈에 뾰족한 턱을 내밀고 신경질적인 표정을 짓고 있을 빈의 얼굴이 떠오른다. 빈은 지금 63빌딩 꼭대기 층 레스토랑 '워킹 온 더 클라우드'에 있다. 저기 보인다. 언제 기압이 낮아졌는지 안개가 자욱하게 낀 것이 빈이 창밖을 내다보고 있다면 정말 구름 위에 있는 기분일 것 같다. 풍수에서는 돛단배 모양의 서울 중에서 여의도가 돛의 위치라나. 그래서 우뚝 돛을 세워 돛단배가 잘 나가게 하기 위해 세웠다는 63빌딩이다. 지금은 서울에 초고층 빌딩들이 줄줄이 늘어서 있으니 돛도 참 여러 개를 단 격. 150층짜리 빌딩이 새로 들어서면 돛의 위치가 바뀌는 셈일 테니 풍수학자들은 또 뭐라고 하려나. 아무튼 빈은 지금 돛의 꼭대기에 간신히 매달려 있는 셈이다. 아슬아슬하다. 빈의 목소리가 그렇다.

─사정이 좀 생겨서 당장은 못 갈 거 같은데. 지금 어디냐면…….

─알았어.

알았단다. 국회의사당 지붕 위에 올라앉아 있단 말을 듣고도 그냥 알았단다. 그러고는 전화가 끊겼다. 별로 화도 안 낸다. 왠지 불안하다. 빈은 부모의 성화에 못 이겨 하고 싶어 하던 그림 대신 경영학을 전공하고, 장을 만나 사귀고, 졸업하고, 괜찮은 외국계 은행에 취직하고, 그리고 늘 불안하다. 너는 왜 나를 만나는 거냐, 는 장의 물음에 빈은, 너한테선 뭔지 모르게 분열의 냄새가 나. 그래서 못 끊겠어, 라고 말했지만, 실은 빈이 그렇다. 그리고 그런 빈이 좋기도 하고 견디기 힘들기도 했다. 그런데 오늘은 뭐랄까…… 아무튼 좋지 않다.

─이제 어쩐다……. 일단 내려가야 입학 원서도, 빈도 해결할텐데.

장은 교회 십자가에 걸려 있는 입학 원서와 조와 박 팀장이 어슬렁대고 있는 바닥을 교차해 바라보며 망설인다. 아. 어느새 박 팀장이 돌아왔군. 그런데 조와 박 팀장이 원래 아는 사이였나? 그들은 뭔가에 대해 심각한 표정으로 얘기를 나누고 있다. 그러더니 박 팀장이 어디론가 전화를 걸고 10분도 채 되지 않아 한 사내가 나타난다. 누구지? 사내는 커다란 사다리와…… 음…… 저게 뭐지? 아,

밧줄 같은 거로군. 암튼 그런 걸 들고 있다. 설마? 저런 걸로 날 여기서 끌어 내리겠다고? 분명 박 팀장 짓이다. 늘 분위기 파악 못 하고 되지도 않을 일을 벌이는 인간이다. 그러고 보니 저 사내는 회사 건물 주차 관리인이군. 한숨 난다. 툭 튀어나온 배로 돈이나 밝히고 번 돈으로 주상 복합 아파트에 살면서 BMW 몰고 골프공이나 치러 다닐 줄 알았지, 도무지 생각이라곤 없는 사람이다. 박 팀장 같은 사람하고 여태 어떻게 같이 일했는지 생각해 보니 대단한 일을 한 거로군, 싶다. 몇 년 후에 저 모습이 될 걸 생각하니 아예 여기서 안 내려가고 싶은 심정이다.

—일단 해 보자고. 좀 있다가 소방차 올 거다, 인마. 내가 뭐 그리 생각 없는 놈인 줄 아냐?

대단하십니다, 박 팀장님. 옆에 서 있는 조도 기가 막힌다는 표정이다. 조의 빈약한 하체가 박 팀장의 배에 가려 잘 보이지도 않는다. 주차 관리 사내는 사다리를 펴서 건물 앞에 댈 준비를 한다. 하다 말고 사다리와 밧줄을 번갈아 보며 고개를 갸우뚱한다.

—이래서 될 일이 아니구먼.

사내가 쯧쯧 혀를 찬다. 당연하지. 고가 사다리차가 와도 될까 말까인데. 그나저나 내려가긴 가야 할 텐데. 빈의 목소리가 갈퀴처럼 머릿속을 계속 긁어 댄다. 다시 스파이더맨 자세를 하고 박 팀장과 조, 사내를 동시에 내려다보면서 오늘은 얘길 해야겠다고 마음먹는다. 빈과 있으면 늘 그 모양일 거다. 뭐든 바꾸지도 못하고 그렇다고 체념도 못하고……. 이제 지겹다. 바야흐로 터닝 포인트니까. 그래. 오늘은 꼭 찢어지자고 말해야지.

—그건 그렇고 주차증 좀 줘 봐. 오늘 정산하는 날이던데.

어느새 사다리를 접어 치워 버린 주차 관리 사내가 장에게 슬쩍 말을 던진다.

—내일이 주말이라……. 근무 시간 외 주차는 비용 정산해야 하는 거 알잖아…….

사내는 말을 흐리면서 손으로 괜히 모자를 한번 쓱 훑는다. 회사에 건의해서 사내에게 표창이라도 해야겠다. 자기 직업에 충실하다. 좋은 일이다. 겸연쩍은 듯 미소를 짓는 사내를 내려다보면서 장은 주머니를 뒤진다.

—그러죠, 뭐. 어려운 일도 아닌데요.

지갑에서 주차증을 찾아 꺼내려는데 그만 지갑이 툭 떨어진다. 떨어진 걸 조가 집어 사내에게 건넨다. 주차증을 찾느라 사내는 지갑 안을 구석구석 살핀다. 그러고 보니 맘대로 열어도 된다고 허락도 안 했잖아. 여러 장의 신용카드, 영수증, 신원 증빙 서류들이 고스란히 드러난다. 나를 증명해 주고 내 하루 일과를 다 알 수 있는 증거들. 저것들이 없으면 나는 내가 누구라고 설명할 말도 없다, 이제는.

—어, 보기보다 어리네. 어깨에 잔뜩 힘주고 다니기에 난 또…….

사내는 얼핏 주민증을 꺼내 보고는 픽, 웃는다.

—저 사람이 그렇게 나이 들어 보여요?

어느새 왔는지 빈이 장의 지갑을 들고 있는 사내에게 한마디 보탠다. 빈의 표정은, 어찌 보면 심상하다. 빈을 바라보는 박 팀장과 조, 사내의 표정이 뜨악하다. 고급스러운 크림색 알파카 코트를 입

없었는데도 빈은 추워 보인다. 하긴. 여름에도 추워 보이는 여자다. 조와 박 팀장은 대충 눈치챈 듯 어정쩡하게 빈에게 인사를 건넨다, 자기소개를 한다, 정말 황당한 일이 아니냐, 는 등의 말을 건네느라 어수선하다. 웃긴다. 마치 높은 자리에 앉아 연극 무대의 한 장면을 보고 있는 것 같다.

　—박 팀장: 소방차는 왜 안 오는 거야?

　—조: 올라갔으니 내려올 방법도 분명 있을 텐데. 건물 안으로 들어가 보면 어떨까요?

　—빈: …….

　—사내: 그나저나 박 팀장님은 이번 달 주차 요금 정산하셨나?

　—박 팀장: 지금 그게 문젭니까? 이게 얼마짜리 일인 줄 알기나 해요?

　박 팀장이 사내를 향해 눈을 부릅뜬다.

　—사내: 왜 나한테 화를 내고 그래요? 나도 내 일 하자는 건데. 내가 장을 밀어 올렸나? 박 팀장, 당신이 너무 장을 괴롭힌 거 아니냐? 아님 이 추운 겨울에 장이 왜 저기 올라가 있겠어?

　—박 팀장: 뭐라고? 당신 말 다했어?

　성질 급한 박 팀장이 사내의 멱살을 움켜쥔다. 사내는 엉덩이를 뒤로 뺀 자세로 어, 어, 소리를 지른다. 지나가던 사람들이 다 쳐다본다. 쪽 팔린다.

　—조: 왜들 이래요? 장부터 내려오게 해야 할 거 아닙니까?

　조가 박 팀장의 두 팔을 잡아 끌어 내린다. 팔에 얼마나 힘이 들어갔는지 팅겨 나온 박 팀장의 팔꿈치가 옆에 서 있는 빈의 옆구리를 툭, 친다. 그 서슬에 빈이 휘청하면서 들고 있던 핸드백이 바닥에 떨어지고, 풀려난 사내는 컥컥 숨을 몰아쉰다. 넘어질 뻔한 빈이 이 내 일어나 코트 자락을 매만진다. 조가 얼른 빈의 백을 집어 친절하 게 손수 빈의 어깨에 걸쳐 준다. 그러고는 시선을 피하는 빈을 향해 히죽 웃는다.

―빈: 내버려 두세요. 자기가 내려오고 싶어지면 알아서 내려올 거예요. 올라갈 때도 스스로 올라갔을 테니까요…….

빈의 싸늘한 목소리에 박 팀장과 조, 사내가 동시에 얼어붙는다.

―박 팀장: 그래도…… 지금 한시가 급한데. 아가씨가 몰라서 그래요. 소방차가 빨리 와야지. 나 참.

―조: 그러지 말고 우리가 올라가 봅시다. 장도 올라갔는데 우 리라고 못 올라가겠어요?

조는 말을 끝내기도 전에 건물 앞으로 바짝 다가선다. 박 팀장은 다시 119에 전화를 걸고 사내는 바닥에 가래침을 탁 뱉고는 뒤돌 아서 사다리와 밧줄을 챙겨 국회의사당을 빠져나간다. 요지경이다. 헛웃음이 난다. 아차. 내 지갑.

박 팀장은 몇 걸음 떨어져 전화에다 대고 고래고래 남은 성질을 부리고, 조는 건물 안으로 들어간다. 장은 잠시 63빌딩이 내쏘는 불 빛을 노려보다 눈을 질끈 감는다. 그리고 숨을 들이마신다. 빈이 있 었던 '워킹 온 더 클라우드'. 구름 위를 걷는 기분은 어떨까. 비행기 조종석에 앉아 흩어지는 구름을 바라본다. 그러다 조심스럽게 기 체의 문을 열어젖힌다. 훅. 한꺼번에 바람이 들이닥쳐 눈을 뜰 수가 없다. 숨을 길게 내뱉은 다음, 기체 바깥쪽으로 한쪽 발을 내디딘

다. 발은 허공에서 방향을 잡지 못하고 떨고 있다. 곧 나머지 발도 기체 바깥으로 내민다. 발은 아주 잠깐 구름 위를, 공중을 걷다가 이내 떨어진다. 불시착. 혹은…… 바닥을 차고 다시 공중으로 훌쩍. 하늘 위에는 여전히 내가 길을 만들 수 있다. 하늘은 열려 있다.

─빈……. 있잖아. 곧 내가 그리로 가려고 했는데 사정이 이래서……. 저, 근데 말이야. 할 말이 있는데…….

─나 임신했어.

어, 그래, 라는 대답이 불쑥 튀어나올 뻔했다. 장의 말꼬리를 끊고 질러 들어온 빈의 목소리는 그럴 만큼 간결했다. 말하자면, 사무적이다. 그래서 빈의 말뜻을 알아차리는 데 아주 긴 시간이 흘러 버렸다. 아님 너무 짧은 찰나였거나. 아무튼 애인의 임신 소식을 듣기에 국회의사당 돔형 지붕 위는 좀, 그렇다. 장은 명상에 잠기는 자세를 취하고 빈의 말을 곱씹었다. 임신했어, 라고 내뱉은 빈의 어투는 어딘지 정치적이다. 뭔가 다른 냄새가 난다.

─그렇군. 그런데 어쩌지? 난 여기서 내려갈 방법이 없는데. 어떻게 올라왔는지를 모르거든.

어떻게 내려가야 하는지도 모르겠고, 또 어떻게 해야 할는지도 모르겠다. 빈, 말이다. 시뻘건 네온 불빛의 십자가에 아직도 걸려 있는 입학 원서, 저 종잇조각은 또 어쩌지? 여의도 밤거리에 셀 수 없이 많은 '나' 들이 갈 곳을 몰라 헤매고 있다. 저들은 다 어디로 가나…… 생각하다 걱정도 팔자다, 싶다. 저들이야 어찌됐든 당장 어쩌난 말이다.

─지웠어.

이번에도 하마터면 어, 그래…… 할 뻔했다. 그러다 말문이 막혔다. 그렇군. 빈의 목소리가 왜 그리 심상했는지 알 것도 같다. 아무 말 안 해도 된다는 허락의 표시다. 고마운 일이다.

—이만 갈게.

—어, 그래.

결국 어, 그래, 했다. 빈이 돌아선다. 한 걸음씩 멀어져 간다. 딛는 걸음이 불안해 보인다 싶더니 빈의 고급스러운 알파카 코트 밑으로 뭔가 뚝, 뚝, 떨어진다. 뭐지? 장은 고개를 쑥 빼고 빈의 다리 사이를 유심히 내려다본다. 피다. 핏방울이 바닥에 떨어진다. 어두운데도 피의 붉은색이 선명하다. 핏방울이 빈이 멀어져 가고 있는 길에 흔적을 남기고 있다. 박 팀장과 조가 이쪽으로 한꺼번에 몰려온다. 어느새 조는 건물 안을 통과해 이쪽으로 올라오기를 포기했나 보다. 출구를 향해 걸어가던 빈이 잠시 주춤하더니 곧 다시 멀어져 간다. 빈이 잠깐 서 있던 자리에 핏방울이 망울 져 떨어져 있다. 멀리서 소방차 사이렌이 울린다.

—어, 이제야 오나 보네.

박 팀장이 고개를 빼고 멀리 여의도 거리를 바라본다. 조는 장에게 인사 한마디 없이 빈을 따라 나간다. 박 팀장은 소방차를 맞으려는 듯 평화와 번영의 상 앞을 지나 곧장 국회 출구로 걸어간다. 사이렌이 더 가까워졌다. 그리고 다시 혼자가 됐다.

—이제 어쩐다……. 내려갈까…… 아님…… 올라갈까…….

사이렌 소리가 점점 더 커지는가 싶었는데 어느 순간 프로펠러 비행기의 엔진 음으로 바뀐다. 스로틀 밸브를 당겨 엔진 출력을 높인다. 최대 고도로 급상승. 기체는 거침없이 올라간다. 나는 지금 하늘 위의 페라리로 불리는 콜롬비아 400 경비행기에 앉아 있다. 땅에서와는 전혀 다른 감각들이 깨어난다. 갑자기…… 흔들린다. 어찌된 일이지? 당황한 몸짓으로 사방을 둘러본다. 이런. 스로틀 밸브를 당긴다는 게 그만 급유 차단 버튼을 눌러 버렸다. 이제 기체는 한없이 추락한다. 땅으로 사정없이 내리꽂힌다.

장은 떨리는 눈꺼풀을 들어올린다. 여의도의 밤이 더 밝아지고 교회 지붕에 걸린 십자가는 더 붉어진다.

나는 왕십리에서 태어났습니다. 지금 내게 남아 있는 가장 먼 기억 속에서 왕십리는, 하늘 아래 첫 동네입니다. 지상에서부터 끝도 없이 이어진 좁고 가파르고 더러운 계단들을 밟아 오르면, 거기에는 가난하고, 억눌리고, 가슴속에 분노와 화, 그리고 슬픔이 가득한 삶들이 오글오글 모여 있었습니다.

나는 지금도 왕십리에 살고 있습니다. 그 옛날 하늘 아래 첫 동네라 생각했던 달동네에 그대로 살고 있습니다. 지금은 재개발로 온통 아파트 천지가 되어 버린 이곳은 여전히 지상에서부터 한참이나 올라온 곳에 자리 잡고 있습니다.

바로 얼마 전에 들은 이야기가 생각났습니다.

내가 태어나던 날 밤, 내 아비는 갓 태어난 핏덩이에게서 떨어져 나온 태를 까만 비닐봉지에 넣어 가슴에 품었습니다. 그러고는 무작정 밖으로 나왔습니다. 구멍가게에서 소주도 한 병 샀다고 했습니다. 아비도 태를 본 건 그때가 처음이어서 어찌해야 할지 몰랐다 했습니다. 아비는 그것을 들고 하염없이 동네를 어슬렁거리며 걸었습니다.

그러다 집 근처 살곶이 다리에 이르렀습니다. 그곳은 한양대에서 내려다보이는 작은 개울가입니다. 오래전부터 왕들의 사냥터나 군사들의 화살 쏘기 연습장이었던 곳이어서 살곶이 벌이라 부른다 들었습니다. 아비는 어둠을 틈타 그 개울가로 걸어 내려갔더랬습니다. 가슴속의 따뜻한 태 덕분에 한겨울 추위도 그리 춥지는 않았다고 했습니다. 한참이나 주위를 둘러보고는 누구의 시선도 느껴지지 않는 깊은 밤이 돼서야 피범벅인 태를 살곶이 다리 아래, 그 개울물에 던져 넣었습니다. 그러고는 소주를 병째 들이켰다고요.

더러운 개울물 속에 가라앉은 내 태는 오랜 시간을 두고 천천히 썩어 갔을 겁니다. 그런 줄도 모른 채 나는 그 개울을 둘러싼 가난한 동네가 파헤쳐지고, 뒤집어지고, 새로운 건물들이 수도 없이 올라오는 걸 보면서 자랐습니다. 그리고 내 첫 문장 또한 그 풍경 속에서 나왔더랬습니다.

얼마 전에야 그 이야기를 듣고 나는 나의 이야기들과 나 자신이 이 동네를 떠나지 못하는 이유에 대해 생각해 보게 되었습니다. 그저, 묘한 기분이 들었습니다. 아주 오랫동안 그 개울물에 잠겨 있었을, 꼬물꼬물하고 피범벅이고 따뜻했을 내 태…….

그것은 기묘한 형태로 내 마음속에 새겨져 다시는 사라지지 않을 듯싶습니다. 왜냐하면 그것은 나의 처음이고, 내가 온 곳이고, 언젠가 내가 돌아가야 할 곳이니까요.

아마도 내 문장과 이야기들은 내가 태어나고 살았던 왕십리에서 자유롭지 못할지도 모릅니다. 내가 아무리 창공을 휘저으며 날아다닌다고 해도 저 발밑 더러운 개울물 속에 내 태가 잠들어 있다는 사실에서 벗어날 수는 없을 테니까요.

그래 보렵니다. 길고 긴 내 태의 한쪽 끝을 붙잡고 저 멀리 날아보렵니다. 그래도…… 언젠가…… 길 잃지 않고 온 곳으로 다시 돌아갈 수 있을 테지요.

내가 뭘 하든 그저 묵묵히 지켜봐 주는 석희 씨, 그리고 가족들, 읽는 재미에 보는 재미도 있으면 좋겠다, 는 내 생각에 주저 없이 나를 도와준 이연 씨, 그리고 민음사 분들에게 진심으로 감사드립니다.

2009년 봄, 왕십리에서

김이은

엘리펀트 맨의 외출

양윤의(문학평론가)

1 저공비행술

"위태롭더군."(「여의도, 저공비행」, 이하 「저공비행」, 273쪽) 저공비행을 하다가 건물의 지붕 위에 간신히 '불시착'한 남자를 향해, 한 사내가 건네는 말이다. 이 말은 작가 김이은의 두 번째 창작집 『코끼리가 떴다』(이하 『코끼리』)를 압축한다.

김이은은 공고한 현실에 대한 강한 자의식을 창작의 동기로 삼고 있으면서도, 현실적 한계를 훌쩍 뛰어넘는 재주를 가지고 있다. 이 작가는 개인의 불행과 현실의 고통을 외면하지 않으면서, 그 참담함의 하중에 침식되지 않는 나름의 방식을 고안한다. 이른바 '저공비행술'이다. 그것은 환상적 세계로 진입하기 위한 상징적 '문턱'을 힘들게 넘겨 줄 조종술이다. 그것은 태생적으로 자유분방하여 쾌

속 질주의 고공비행을 즐기는 2000년대 작가들과의 차이점이기도 하다.

김이은의 첫 번째 창작집인 『마다가스카르 자살예방센터』(이하 『자살』, 현대문학, 2005)에서 강조된 바, 인물들이 뼈저린 고통과 파국의 순간들을 견뎌 왔다는 점을 떠올린다면, 『코끼리』에서 보다 유연하게 적용되는 환상성의 차원이나 유머러스한 문체에 대해서 미미한 변화라고 말할 수는 없을 듯하다. 첫 번째 창작집에서는 서사를 에워싼 폐쇄적 회로가 출구를 찾지 못한 채 반복되다가 상상력을 통해 비약했다면, 두 번째 창작집에서는 닫힌 공간 '속으로' 보다 집요하게 뛰어들면서 역설적인 방식으로 또 다른 통로를 찾는다. 인물들이 안전한 거처가 존재하지 않는다는 것을 인식하게 되기 때문이다. 그것은 위태로운 삶을 보다 적극적으로 떠안은 주체가 보여 주는 내속적 곤궁이다.

김이은의 소설적 질문은, "어느 쪽으로 길을 잡아야 하는 걸까. 돌아갈 곳이란 애초부터 없던 건 아닐까."(「외인 출입 금지」, 『자살』)라는 체념적 의문문의 방식에서, "지금 우리는 어디로 가는 걸까."(「너는, 어느 별에서 온, 누구냐」, 254쪽, 이하 「누구냐」)라는 존재론적 질문을 던지는 지점으로 그 방향을 튼다. "지금 우리는 어디로 가는 걸까."라는 질문은 기원을 찾기 위한 질문에 속한다. 운이 좋다면, 우리는 이런 대답을 듣게 될 수도 있다. "몸을 낮춰 보라구. 몸이 낮아지면 대신 다른 게 열리기도 하거든."(「지진의 시대」, 174쪽)

2 코끼리의 행방

데이비드 린치 감독의 영화인 「엘리펀트 맨」(1980)은 희귀한 병에 걸린 한 남자가 서커스단에서 냉대와 착취를 견디며 살아가는 비극적인 이야기를 담고 있다. 엘리펀트 맨이 한 의사의 도움으로 병원으로 옮겨질 때 누군가는 치유와 회복을 기대했을지도 모른다. 그러나 파우스트적 개인의 인식욕으로 인해 엘리펀트 맨은 '두 번' 죽는다.

상징적인 죽음과 실제적인 죽음. 이 영화를 떠올리게 하는 '훼손된 신체', '불구' 모티프는 김이은의 소설 전반에서 발견되는 중요한 공통점이다. 이전 창작집 『자살』에서 '안면 근육이 뒤틀린' 여자는 자기혐오와 알 수 없는 분노 사이를 오간다.(「일리자로프의 가위」) 그에 비해 『코끼리』에서 발견되는 불구 모티프는 흉터나 거울 속 이미지를 통해 간접화되거나, 균형 감각의 결핍이라는 증상적 차원에서 드러나는 경우가 많다. 외상적 고통을 각자의 방식으로 내면화한 결과라고 말할 수도 있을 것이다. 소설 속에서 인물들이 미세한 진동을 감지하고 멀미를 느끼거나 구토증을 호소하는 이유가 여기 있다.

표제작 「코끼리가 떴다」(이하 「코끼리」)는 퇴락한 놀이 공원에서 탈출한 코끼리들이 일상적인 도시를 한순간 낯설게 만드는 장면으로 시작한다. 여기서 코끼리 탈출기는 중층적인 은유를 담고 있다. 우선 문명의 타자로 규정될 수 있을 동물(성)에 대한 문제를 담고 있다고 말할 수 있다. 그런 점에서 이 작품은 영화 「엘리펀트 맨」

의 김이은식 패러디다. 동물원에서 탈출한 코끼리들은 인간들이 강요한 "무리한 연구에 따른 견디기 힘든 학대를 이기지 못"하고 우리를 박차고 나온다. 인간의 문명적 차원에서 볼 때 덩치 큰 코끼리는 의학적 실험 대상이고 유용한 자원(선)이다. 그러나 코끼리들의 탈출은 곧바로 폭력적 사태의 모든 원인(악)으로 규정된다. 그러한 의미의 이중성은 정치적 담론에 따라 상황을 호도하거나 위압적인 분위기를 조성하는 데 이용된다. 문명의 비인간적 잔혹성과 정치적 위장술은 신속하게 이루어지고 사람들에게 그것은 퍽 자연스럽게 여겨진다. "코끼리는 광장 한복판에서 공개 처형됐다."(「코끼리」, 73쪽) '광장' 한가운데서 사살된 코끼리의 죽음은 언급되거나 공론화되지 않는다.

'코끼리의 언어'를 이해한다고 믿고 있는 사육사가 코끼리의 이미지와 겹쳐치면서 탈출한 코끼리들은 "큰 귀를 가"진 퇴행적 인물형에 대한 두 번째 은유로서의 유비를 완성한다. 코끼리는 "집단으로 움직이는 습성"(「코끼리」, 85쪽)이 있고, 덩치가 크다는 점에서 변화에 능동적으로 대처하지 못하는 거대 조직에 대한 은유로 사용되곤 한다. 혹은 "방 안의 코끼리(Elephant in the room)"라는 말처럼, 함부로 입 밖에 내지 못하는 사회적 문제를 일컫기도 한다. 가령 인종 문제나 총기 문제처럼 누구나 알고 있지만 쉽게 발언하지 못하는 사회적 사안들을 가리키는 것이다. '방' 안에 버티고 서 있는 거대한 코끼리는 장님이 아니고서야 못 볼 리 없음에도 불구하고, 모두 못 본 척하는 익명적 광장의 실상을 폭로한다. 즉 "머릿속에 한계가 정해진 지도를 갖게 되는" 코끼리의 적응력처럼, 인간들 역시

'정해진' 설계를 통해서만 소극적으로 움직인다는 점이 드러난다.

각국의 취재진이 몰리면서 이제 '유혈의 광장'은 화려한 "코끼리 쇼"의 무대가 된다. 스펙터클 사회에서 '거대한 살덩어리'가 스러지는 순간은, '그림자밟기 놀이'에 가려 거대한 볼거리를 제공할 뿐이다. 여기서 코끼리의 "집단 탈주극"을 통해 드러나는 것은 '보호'와 '안전'이라는 구호가 가리고 있는 사회(질서)의 외설적인 얼굴이다. 코끼리가 탈출을 시도한 이후, 정부는 도시민의 안전을 위해 도시를 둘러쌀 수 있는 보호 펜스를 설치하기로 결정한다. "이미 많은 코끼리들이 빠져나간 상태고 코끼리들이 돌아와 도시를 공격할 것에 대비하기 위해서다. 보호 펜스는 코끼리들이 돌아왔을 때 집단적인 공격을 막아 낼 수 있을 만한, 튼튼하고 강한 강철로 지금 즉시 설치될 것이다."(「코끼리」, 104쪽)

그러니 '잠재적 재앙'이라는 정치적 당위를 통해, "이제 곧 도시는 쇠창살로 무장한 우리로 변"하게 될 것이다. 누군가 코끼리의 탈주 사건을 가리켜 우발적인 해프닝일 뿐이라고, 혹은 일종의 상상적 차원에서 이루어지는 알레고리일 뿐이라고 말한다 해도, 그를 통해 드러나는 사회 메커니즘의 '이면'은 주목할 필요가 있다. 진보하는 사회에서는 쇠락한 것, 지워져야 할 것, 잊혀야 할 것들은 어떤 형태로든 가시적으로 드러나서는 안 된다. 흔적까지 지워지는 "엘비스"라는 아이콘(얼굴)처럼, 처형되거나 이송되고, 삭제되어야만 한다.

"너나 나나 추락하긴 마찬가지다. 인마. 넌 바닥으로 떨어져 곤두박질치고 난 공중으로 오르다 추락한 것뿐."(「저공비행」, 273쪽) 예상할 수 있듯이, 김이은의 소설 속 주인공들은 낙오자들이거나 제대로 된 기회 자체를 배분받지 못한 시스템의 '오류'들에 속한다. '정글의 법칙'이 적용되는 경쟁 사회에서, 서로를 물고 서로에게 뜯기는 '늑대'라고 해도 모자랄 판에, 서로에게 겁먹는 '코끼리'라니!

"어디 가니?"(「코끼리」, 80쪽) 동물이건, 사람이건 간에, 누군가의 '입'을 통해 가장 빈번하게 던져지는 질문이다. "여기가 대체 어디라는 거지?"(「누구냐」, 252쪽) 그러나 무책임한 대답만 돌아올 뿐이다. "나도 몰라."(「저공비행」, 273쪽) 참으로 난감하겠다. 인물들은 상황이나 사태의 원인도 모른 채, 막다른 골목에 서 있다.

여기 불행한 사람들을 차례로 만나 보자. ('기표들'의 집합으로 읽고만 싶은 'S'들이 있다.) 'S'는 발기불능으로 첫 연애에 실패한 뒤로는 자신감을 잃어서인지 입사 면접시험에서 번번이 낙방한다. 그는 결국 칩거 생활을 하다가 밤에만 도시에 몸을 드러내는 대리기사가 된다. 그는 "야간 대리운전 수입으로 살아가야 하기 때문에 최소한의 생필품만 구입하고, 어떤 즐거움도 누리지 못"하며 살아가는 처지다.(「가슴 커지는 여자 이야기」, 16쪽, 이하 「여자」)

「잃어버린 몸을 찾아서」의 주인공은 두 명의 유부남과 자유연애를 즐기는 능력 있는 싱글족처럼 보인다. 그러나 그녀는 J와의 '불안한' 관계, '그'와의 '애증적' 관계 때문에 내적으로 갈등하는 인물이

다. 그녀에게 과거 시제가 되어 버린 '그'는 이제 "달리 그림 속에 나
오는 시계처럼 축 늘어져 있는" 남근 형상으로 대체된다. 그것은 사
랑의 실패와 욕망의 불만족을 동시에 보여 준다. '그'와의 관계의 역
학은 "과거의 기억 속에 멈춰 있"어서 오직 "기억 속에서"만 작동한
다. 한편 그녀의 미래가 되어 줄 거라고 믿었던 'J' 역시 자신을 쉽
게 포기하고 떠난다. "둘 다 가 버리고, 나는 여기 혼자 남"는다.

혼자 남겨지는 것에 대한 '두려움'은 『코끼리』에 수록된 아홉 편
의 소설들을 관통하는 공통의 정조다. 「코끼리」의 수습 사육사 'S'씨
는 '간이침대'에서 숙식을 해결하고 "시간당 3000원 받는" 비정규
직 도시 노동자다. 그가 받는 시급으로는 "파스 값도 제대로 안 나
올 판"이지만, 코끼리를 "좋아한다"는 데 나름의 의미를 둔다. 그는
어머니와 동생이 코끼리들을 따라 도시 바깥으로 떠나 버림으로써
가족을 한꺼번에 잃게 된다. 'S'는 동물원에 남아 있는 코끼리들과
함께, 처음으로 그 도시를 빠져나온다.

「지진의 시대」의 '장'은 "월급으로 30만 원짜리 방의 월세를 지불
하고 나면 늘 혼자 살기도 빠듯한 생활"을 해야 하는 광고 기획사
직원이다. 그는 이 땅에서는 더 이상 "기대할 수 있는 것 또한 아무
것도 없"(191쪽)다고 말하는 냉소적인 인물이다. 그는 악의적이지는
않지만 무책임하고 소심한 성격을 갖고 있다. 그것은 자신의 아기를
임신한 '빈'을 대하는 무관심한 태도를 통해 드러난다. 이와 비슷한
남녀 구도는 (또 다른) '장'과 '빈'의 관계를 통해 반복된다. 「저공비
행」에서 '장'은 어느 날 눈을 떠 보니, 국회의사당 지붕에 올라가 있
는 자신을 발견한다. '장'은 안전하게 내려갈 방법을 찾다가 주위의

도움을 받을 수 있게 되지만, 결국 자신의 실수로 공중에서 맨땅으로 추락하게 된다. 국회의사당 지붕 위에서 '장'은 '빈'이 자신의 아이를 임신했다는 사실과 이미 중절수술을 받고 왔다는 사실을 통보 받는다. 바야흐로 "아비에게 책임을 묻는" 시대가 지났다는 말이다. 돌아가는 '빈'을 보면서, '장'은 안도한다.

무력한 남성의 초상이 사회의 구조적인 차원에서 기인한 듯 보인다면, 여성의 폐허화된 몸은 보다 본질적인 차원에서 논의된다. '몸의 추락'을 보여 주는 여성적 사례는, 조기 폐경에 골다공증을 앓으면서 불면증과 신경과민에 시달리는 인물의 이야기를 꼽을 수 있다. 「이건 사랑 노래가 아니야」(이하 「사랑 노래」)의 주인공은 이른바 '일인족' 혹은 '코쿤족'의 전형적인 라이프 스타일을 보여 준다. 주인공은 최근 자신의 '방' 바깥으로 나갈 일이 많지 않았다. "1인분의 식사를 주문"해서 먹거나 '레토르트 식품'으로 간편하게 끼니를 때운다. 누군가에게 묻고 싶은 것이 생기면 "네이버 지식인"을 찾으면 된다고 여기면서 살았다. 그런데 그 결과는 그녀의 예상을 배반한다. "여기가 가장 안전한 곳이라 여겼는데 1년여 동안 방 안에 틀어박혀 있었던 결과가 고작 조기 폐경과 골다공증이라니."(「사랑 노래」, 205쪽) 본능적인 욕망 자체를 포기한 그녀의 '몸'은 "곰팡이가 끼"도록 방치된 몸이다. 그녀는 "생명이 빠져나간 소멸의 몸"을 바라보며 점차 "증오와 환멸"을 느낀다.

김이은이 마련한 무대에 등장하는 인물들은 자신들도 모르는 사이 스스로의 몸을 유폐함으로써 위험한 바깥 세계로부터 도피처를 얻었다고 믿는다. 그러나 건조하고, 황폐한 몸, 상처 나고 무기력해진 몸은 '이중으로' 소외된다. 남편의 상습적인 성폭력에 못 이겨 가족에게서 도망쳐 나온 'P' 여사의 사례가 보여 주듯이, 조금 더 멀리 도망가고 있다고 믿는 행위는 사실 자발적인 자살(체념)과 다르지 않다.

이들은 "한없이 추락한다. 땅으로 사정없이 내리꽂힌다."(「저공비행」, 283쪽) "프로펠러 소리가 마치 전장에서 살상 무기가 퍼붓는 공포와 죽음의 소리 같다."(「코끼리」, 90쪽) 때로 죽음의 냄새를 맡고 남들보다 먼저 다가오는 공포를 감지하기도 한다. 요컨대 이들은 바로 우리처럼 "이 도시에서, 험한 사회에서 살아가느라" 상처 받고 지친 사람들이다. 이들은 신체에 내린 재앙(황폐함과 불모성)을 운명처럼 떠안기도 하지만, "가능성과 욕망"(「사랑 노래」, 207쪽)을 회복하기 위해 자기 치유의 노력을 시도한다는 데 두 번째 창작집의 또 다른 '가능성'이 있다. 치유는 완전한 회복이나 종교적 구원과는 거리가 멀다. 그보다는 '타인과 나'의 사이에 소통의 기미를 찾는 데서 출발해야 할 것이다. 그것은 눈을 감거나 골방으로 숨어드는 것이 아니라, 어떤 미약한 신호를 자신을 향한 기호로 받아들이는 데서 시작한다.

4 벌거벗은 얼굴

얼굴은 신비로운 신호 장치다. 인간의 얼굴에 털이 없는 이유는 가장 확장적인 방식으로 소통의 기능을 수행하기 위해서가 아닐까.

물론 '얼굴'의 신호가 인간에게 완전한 '고유성'을 부여하고 그를 통해 개체화를 곧바로 가능하게 한다면, 누군가의 말처럼 얼굴을 '지문'이라고 말할 수 있을 것이다. 그러나 얼굴은 성장하면서, 그리고 건강 상태에 따라서, 혹은 기분에 따라서 순간순간 가변적이다. 누군가 '아름다운 얼굴'을 담보하는 고정된 틀이 있다고 주장한다면, 우리는 그에게 '관음적'인 방식으로 '구분 짓기'를 하는 것은 아닌지 반문해야 한다. 그것은 단지 아름다움에 대한 '관념'을 통해 얼굴을 영토화한 결과이기 쉽다. 또한 성스러운 얼굴형을 연역할 수 있다고 믿는 사람이 있다면, 그것은 '관상학'적 관습의 미신화를 부추기는 경우라고 반박해야 할 것이다. 사람들 간의 감정과 그의 심리 상태에 따라 얼굴과 표정은 다양한 의미를 맥락화한다. '상호' 송(수)신 한다는 의미에서, 얼굴은 잠깐 '출현'한다고 말해야 온당하다.

「외계인, 달리다」에는, 얼굴을 감추는 가짜 피부라고 '믿어 왔던' '가면'에 대한 문제 제기가 잘 드러나 있다. '가면', '얼굴', '거울' 등의 (이제는 다소 진부해진) 모티프가 정체성과 분열적 자아, 타자 등의 문제로 연결되는 지점은 대표적으로 선배 작가 최인훈의 여러 작품들을 통해서 익히 확인해 온 바다. 물론 최인훈의 『가면고』와 김이은식 '가면고' 사이의 거리는 상당하다. 최인훈의 경우, 인물의 심리적 외상을 예술과 사랑을 통해 분열을 극복하려는 시도를 '탈 쓰기'의 실패를 통해 상징적으로 보여 준다. 2000년대 김이은의 버전에서는 이미 '익명성'이 보편적인 조건으로 전제된다는 점에서 전자와 구별된다. 우리는 익명성을 '가시화'하는 방식으로만 우리의 초상권을 주장할 수 있다.

안타깝게도 사람들의 시선은, 타인의 얼굴에 '끝내' 다다를 수 없다.(서동욱, 「얼굴의 출현」, 『일상의 모험』, 민음사, 2005) 그런 점에서 '가면 쓰기'는 오히려 타인의 일방적인 시선을 통해 유지되는 듯 보이기도 한다. 가면의 기만성은 인위적인 태도와 가시적인 매너를 통해 유지될 뿐이다. 그것이 가면/얼굴이냐의 진위 문제는 사람들에게 그다지 중요하지 않다. 그것은 부서진 정체성을 주워 담기 위해 훈육받은 사회적 방어기제의 일환이다. 소설 속에 등장하는 소설가의 주석처럼 「외계인, 달리다」는 "현대인들이 자신의 정체성을 잃어버리고 불안한 자아를 가면으로 가리고 살아간다는 내용"(「누구나」, 244쪽) 을 담고 있다고 요약할 수 있다.

저쪽에서부터 누군가 여자 쪽을 향해 뛰어오고 있는 게 보인다. 여자는 가만히 선 채로 그를 바라본다. 차츰 다가오고 있는 그의 얼굴에도 역시 가면이 씌워 있다. 좀 더 가까워지자 그가 쓰고 있는 가면의 모습이 선명하게 드러난다. 가면은 여자의 얼굴을 하고 있다. 좀 지치고, 두 시간 가까이 뛴 탓에 볼이 붉게 상기되어 있는 얼굴 말이다. 턱엔 작은 흉터도 나 있다. 여자는 가까이 다가온 그의 얼굴에서 가면을 벗겨 내서는 자신이 쓰고 있는 가면을 벗어 던지고 자신의 얼굴 가면을 뒤집어쓴다.

— 「외계인, 달리다」, 69쪽

가면을 판매하는 가게라는 설정 자체는, 그림자(영혼) 팔기 모티프의 역전된 버전이다. 가면이라는 상징성은, 사회가 요구하는 인격(persona)을 가리키기도 하지만, 자신의 고유성을 위해서라면 벗어 던져야 할 껍데기이기도 하다. 여기서 주인공은 '가짜 얼굴'과 '진짜 얼굴' 사이에 구별이 없다는 것을 알게 된다. 오히려 명백한 '차별'이나 '구별'이 허구적 질서의 산물이다. 때문에 누구도 티 없이 완전한 얼굴을 가질 수 없을 뿐 아니라 '바라보지' 못한다.

이곳은 '종합 쇼핑몰'이 들어서면 감쪽같이 어둠 속에 묻힐 공간이라는 점에서 도시의 '골방'(무의식)이라고 말할 수도 있다. 사회에서 요구하는 "억지웃음을 짓"는 획일화된 가면의 공간이 아니라, 질서의 호명 구조로는 '셈'해 지지 않는 '어둠'의 지대다. '뿔 부러진 해골'이라는 이름에 함축돼 있듯이, 여기는 부러진 남근(뿔), 제대로 작동하지 않는 남성적 은유의 공간이다. 이곳에서는 '익명성' 그 자체를 전시할 수 있다. 그런 점에서 이 공간은 "온 세상에 해골과 유령과 드라큘라와 외계인"이 '불시착'한 곳, 타자의 공간이다.

가면과 얼굴, 혹은 표정과 시선이라는 점에서 암시적이기는 하지만 「외계인, 달리다」는 상상적 이미지와 환상의 구조에 대한 논의와 연결될 필요가 있다. 그것과 함께 이야기할 만한 작품이 바로 「지진의 시대」다. '장'은 '나비 랜드 개장'을 앞두고 광고를 기획하던 중 환상적인 경험을 하게 된다. 이른바 현대판 『구운몽』이다. '장'은 시야가 전체적으로 "흔들리는 것" 같은 떨림과 진동을 느끼는데, 그 낯설고 은밀한 전조에 동물적(본능적) 촉각을 곤두세운다. "지반을 뚫고 나올" 어떤 새로운 '기운'을 예감하는 '장'의 다급한 심정은 동료들에게는 뜬금없는 소리로 들릴 뿐이다. "짖어 봐. 멍멍."

(「지진의 시대」, 174쪽)

　얼마 후 '장'은 어처구니없게도 '자신의 죽음'을 듣게 된다. 잘못된 소문이 낳은 결과지만, '장'은 "내가 죽었다"는 소문의 공정 과정을 역으로 전해 들으면서, 어디선가 밀려오는 '사향 냄새' 즉 '죽음의 냄새'를 맡는다. 그리고 '박제된 나비'가 떼 지어 몰려오는 환영을 본다. "나비들은 장의 몸속으로 들어갔다가, 장의 나비가 되었다가 하면서 끊임없이 교란된다." 작가는 의도적으로 장(자)과 나비의 백일몽을 떠올리게 한다. 또한 '나비 떼'와 '몸'을 피사체로 삼아 촬영한 몽환적인 분위기의 사진들을 함께 배치한다. 그리고 '빈'의 출산(하혈)과 나비의 개화(비상) 이미지가 교차적으로 제시된다. 이 장면은 21세기적 호접지몽의 초현실주의적 표현이라고 할 만하다.

　　빈은 가랑이를 내려다보며 신음을 내뱉고 있다. 빈은 왜 피를 흘리며 신음하고 있는 거지? 장은 자신과 빈에게로 달려드는 나비 떼를 올려다보며 나비는 또 왜 저리 방향 없이 날고 있는지 궁금해진다. 그렇구나. 프로그램 오류로 망각하는 대신 엉키고 있는 거구나. 장은 어렴풋하게 깨달으면서 빈과 자신, 나비와 흐르는 붉은 피에 번갈아 시선을 준다. 바닥의 흔들림은 점점 심해져 책상과 의자, 컴퓨터와 인쇄용지들이 한꺼번에 흔들리면서 제자리를 잃는다. 일어나야 하는데……. 빨리 병원에 가야 하는데. 빈은 곧 태어날 생명 때문에 고통스러워하고 있다. 나비들이 소리 없이 모든 걸 내려다보고 있다. 나비들은 장의 몸속으로 들어갔다가, 장이 나비가 되었다가 하면서 끊임없이 교란된다.

—「지진의 시대」, 196쪽

라캉이 설명한 장자와 나비의 꿈 사례는 궁극적으로 눈(eye)과 응시(gaze)의 분열을 논의하기 위한 예시다. 타자의 응시가 먼저 전제되지 않으면 주체는 바라보지 못한다. 장자가 꿈속에서 나비가 된다는 것은, 꿈속에서 자신을 응시하고 있는 나비를 본다는 뜻이다. 나비의 응시를 통해 무상으로 '주어진 볼거리'가, 바로 응시의 본질이 지닌 근원성을 드러낸다고 말할 수 있다.(자크 라캉, 맹정현·이수련 옮김, 「눈과 응시의 분열」, 『세미나 11』, 새물결, 2008) 그러나 주체의 환영 속에서 응시의 차원은 망각(생략)된다. 소설로 돌아가서, '장'이 고안한 "망각 프로그램"(의 실행 여부를 떠나서) 이전에 망각된 응시의 차원이 있다. 어지러운 나비 떼와 고통스러워하는 '빈'과 흔들리는 바닥, 이것들을 바라보던 '장'의 시선은 교란되고 분열된다. 혼미한 '장'이 '뒤늦게', 자신을 이 모든 것을 응시하는 나비들(의 응시)을 본다. "나비들이 소리 없이 모든 걸 내려다보고 있다."

주체를 바라보는 타인의 실존이라는 기능 속에서 응시를 논의한다면, 응시는 바로 타인의 현존 그 자체라고 말해야 할 것이다. "미세한 균열이 생기고 있어. 우리가 딛고 있는 바닥은 생각처럼 그리 대단한 게 아니란 말이야."(「지진의 시대」, 174쪽) 우리는 세계의 흔들림과 불안정함을 통해서 우리의 세계를 토대 짓는 '근거'가 얼마나 치명적인 균열을 감추고 있는지를 목도하게 된다.

"왜 금을 넘어가면 안 되는 거죠?"(「사랑 노래」, 210쪽) 어느 날 세상으로 나와 보니 "온통 금투성이"다. 여기서 자신의 깊은 상처를 어떤 방식으로든 치유하려는 이들에게 '금 바깥', 혹은 '금 너머'의 차원을 발견한다는 점은 매우 중요하다. 인물들이 '빈'을 만나러 '심율처'로 가면서 "바깥세상과 전혀 다른 차원의 비밀 세계에 들어선 기분"(「여자」, 10쪽)을 느끼는 이유가 여기 있다.

"걸음걸이가 독특하네? 춤이라도 추는 것 같은데요."(「누구냐」, 245쪽) "지진이라도 난 줄 알았다. 다리는 휘청거리지, 걸음은 꼬이지, 거기다 모래주머니가 어깨를 누르니까……"(「저공비행」, 273쪽) 이들의 걸음걸이가 우스꽝스럽게 보일지 모르지만, 그 위태로움은 인물들이 몸의 감각을 통해 감지한 또 다른 의미의 균열이다. 인물들은 제대로 걷지 못하거나, 서지 못하고, 혹은 제대로 잠들지 못한다. '직립'의 기능을 수행하지 못하는 몸뚱이는 진보의 상징이 아니라 퇴행하게 될 종족의 표식인지도 모른다.

언제나 화려한 도시를 배경으로 폼 나게 살 줄 알았다. 물론 도시의 '기식자'에 불과하지만, 자칭 "강남 최고의 쇼맨"이었으니 말이다. 쇼맨인 'P'는 '마담 형'이 알선해 주는 '언니들'의 술시중을 들면서 '밤 도시'를 밝히며 환락가를 누빈다. 한때 잘나갔던 그는 이제 "탑(Top)에 올라와 탑(塔)에 갇힌 신세"다. 그가 자발적으로 그곳을 떠나 새로운 삶을 시작하지 못한다는 점에서, 그의 몸은 무언가에 사로잡혀 있다. 즉 쇼맨은 자본주의적 도시 생태와 물신화에 중독

된 대표적인 사례다. "등허리가 굽어 가고 눈가가 짓물러도 저주처럼 발이 멈추지 않아 발목을 댕강, 잘라 낼 때까지 춤을 춘다……는 상상을 한다. 탑에 들어설 때면 늘 그렇다. P도 발목이 잘릴 때까지 춤을 멈추지 못할 거란 예감……."(「쇼맨」, 143쪽) 쇼맨이 강조하는 것은 속물적인 삶의 방식뿐만이 아니라 각성 자체를 거부하는 무감각한 삶이다. 동화 속 '빨간 구두'처럼 그의 중독된 상태는 "발목을 댕강, 잘라 낼 때까지 춤을" 출 수밖에 없는 운명을 타고난 현대인의 속성을 은유한다.

이들이 겪는 불행은 자신의 과실인가, 불가항력인가. '탑'에 갇혀서 춤을 멈추지 못하는 쇼맨이 있다면, 여의도에서 돛을 달고 대롱대롱 매달려서 항해 중인 남자도 있다. 시적 표현이지만, 이들이 "돛단배 모양의 서울"의 한가운데 돛을 달고 항해하는 거대한 함선에 동승하고 있다면, 서로 도와서 닻을 내리고 어딘가에 안착할 수도 있지 않을까? 그러나 이곳보다 더한 현실이 이들을 향해 검은 입을 벌리고 있는 형국이다. "몇 년 후에 저 모습이 될 걸 생각하니 아예 여기서 안 내려가고 싶은 심정이다."(「저공비행」, 277쪽)

그렇다면 현실을 어떤 방식으로 견딜 수 있을까. 소설가에게 '글쓰기'는 일종의 치유의 힘을 부여할 수 있을까. 또 다른 'P' 씨인 소설가의 삶을 보자. "소설도 함께 가슴으로 품을 수 없던 시간들"이 있다고 말하지만, 그녀는 오래된 습관처럼 가을만 되면 소설 습작에만 매달리곤 한다. "그것이 유일한 상처 치유 방법이기라도 한 듯"(「누구나」, 251쪽) 소설 쓰기 역시 어떤 실효성을 가지고 있는지는 확인할 방법이 없다. 더 살아 보는 수밖에. 단지 우리는 타인의 몸을 감싸 안음으로써 그 '시간'을 견딜 수 있다고 암시하는 소설의 마지막 장면에 기대를 걸어 볼 수밖에 없겠다.

　다른 작품들에서도 자주 제시되는 바, 두 사람의 몸을 맞대거나 두 사람 사이의 거리를 좁히는 순간들은 주목을 요한다. 이들은 보폭을 줄여 트랙을 함께 달리기도 하고(「외계인, 달리다」) 서로의 몸에게 시간을 주기도 한다. "아주 오랜 시간이 흐른 것만 같다. 많은 시간들이 한꺼번에 지난 것 같은 기분으로 천천히 R의 다리 쪽으로 시선을 옮긴다."(「누구나」, 254쪽) 그를 통해 이런 수줍은 고백도 들을 수 있다. "같이 사막에 안 갈래요?"(「외계인, 달리다」, 59쪽) 둘이 함께 달릴 수 있다면, 길을 잃지 않고 서로의 간격을 맞출 수 있다면, 사막이라 한들 어떠랴. '시간의 상처'에서 벗어나는 방법은, 시간의 끝(죽음, 목표)을 향해 달려가는 전령사가 되는 것이 아니다. 통증에 맞서되 자신의 이야기에 '참여'하는 이야기꾼이 될 때 비로소 가능하지 않을까. 그것은 단순히 풍요로운 '바깥'을 꿈꾸는 것이 아니라, 지금 '사막'으로의 여행을 시작하면서 가능해진다.

　김이은의 소설 속에서 신화적 모티프와 동서양의 고전, 다양한 국적의 단어들, 그 단어들의 어원에 대한 풍부한 출처를 찾는 것은 어렵지 않다. 그를 통해 공들여 의미 있는 전언을 던지는 이 작가의 소설 속에서 '언어'의 위력을 다시 강조할 필요는 없을 것이다. 한 아이가 가족, 혹은 사회라는 상징적 그물망 안으로 진입하는 순간은, 아이가 '말'의 위력을 깨닫게 되는 시점과 동시적으로 이루어진다. 즉 말이 나의 욕구를 제대로 전달할 수 '없다'는, 언어에 있어서 자신의 무능함을 인식하게 되는 순간이다.

말과 욕구, 필요 사이의 '간극'은 김이은의 소설 속에서 해소되지 않는 '웅얼거림'이나 '웅성거림'을 통해 드러난다. 그것은 특정 누군가의 고통이 아니라 보편적 인간의 좌절과 박탈감에 속한다. "뭔가 말을 하고 싶었는데 도무지 말이 되어 나오질 않"는 이상한 언어들, "입속으로 말이 되지 않는 언어를 우물거"리는 존재감 없는 사람들.(「여자」, 15쪽) 이들 앞에 동물원의 수습 사육사 '엘리펀트 맨'이 있다면, 그는 이들의 '웅얼거림'을 향해 기꺼이 귀를 열고 고개를 기울이고 몸을 앞당기는 것을 주저하지 않을 것이다.

"치유"(라는 위험한 단어)는 '심율처'에서 모든 '고객'들에게 자신을 희생하면서 '모성적' 치유력을 베푸는 상징적 '어머니'(빈/혹은 대문자 '여자')가 전유할 수 있는 가치가 아니다. 오히려 주체 스스로가 '통각'을 회복하고 '고통받을 권리'를 되찾는 행위를 통해서 가능해질 것이라고 본다. 몸의 기능을 회복하고, 부드럽게 '흐르'도록 하는 '심율'의 과정은 "평소엔 전혀 느껴지지 않던" 몸의 "진동"을 느끼는 것이고, "몸이 있는 체"하면서 주는 진통을, "진짜 여자의 몸이 소리를 내고 아프다고 말하는" 소리를 듣는 일과 같기 때문이다.(「외계인, 달리다」, 61쪽)

이제 코끼리의 이야기로 돌아가서 끝을 맺자. 유명한 인도 신화 중 하나인 '코끼리 신'의 가네사(Ganesa)의 탄생 신화를 소개하겠다. 가네사는 모든 일의 시작을 중재하고 장애물을 제거하는 역할을 하는 동물 신이다. 누군가 여행을 떠날 때나, 책을 읽을 때, 혹은 편지를 쓸 때조차도 개입하는 '지혜'와 '사리 분별'의 신이자 훌륭한 '서기'며 경전에도 조예가 깊은 신이다.

어느 날 파르바티가 목욕을 하다가 몸에서 벗긴 '때'와 '기름'을 빚어 어떤 형상을 만들고, 거기에 강물을 끼얹어 생명을 불어넣었다. 이렇게 태어난 아이가 눈이 부시도록 아름다워서, 그녀는 아이를 자신의 아들로 삼는다. 파르바티는 아들에게 자신이 목욕하는 동안 강의 길목을 잘 지키라고 명령한다. 때마침 남편 시바가 파르바티를 보러 왔다가 자신의 앞길을 막는 아이를 본다. 아이의 존재를 모르는 시바는 그 행동에 격분한 나머지 아이의 목을 내려친다. 뒤늦게 몸뚱이만 남아 있는 아이를 발견한 파르바티가 크게 슬퍼하였다. 그녀의 울음소리는 천지에 울리고, 그에 온 하늘이 진동하고 산이 무너져 내렸으며 삼계가 불안에 떨었다. 시바는 군사들에게 명을 내려, 북쪽으로 머리를 향하고 있는 첫 번째 짐승의 머리를 가져오게 했는데, 그들이 발견한 첫 번째 동물이 바로 코끼리였다. 파르바티는 코끼리의 머리를 아이의 몸통에 붙여 다시 힘과 생명을 불어넣었다. 그러자 진동이 멈추고, 온 세상이 즐거워했다. 이것이 자애와 관용, 지혜로움의 신인 코끼리의 신 '가네샤'가 탄생하는 순간이다. (베로니카 이온스, 임웅 옮김, 『인도 신화』 범우사, 2004)

보다시피 '엘리펀트 맨'은 어머니의 몸피의 조각들, 피부와 각질, 때 등의 작은 살점이 모여 만들어졌다. 그 거대한 살덩어리는 현대의 시각적 욕망에 사로잡힌 '매끈한' 신(여)체와는 거리가 멀다. 그것은 경계가 흐물흐물 허물어지고, 형체를 알 수 없는, 물컹거리는 '살코기'로 이루어져 있다. "빈의 얼굴에 J가 겹쳐"지듯이, 그의 거대한 '얼굴'은 주체와 주체가 서로의 피부를 뚫고 조우하는 장소다.

신화의 영웅이 가진 '능력'은 동시에 '결함'이다. 결핍의 표식으로 보이는 어떤 '흔적'(상처)이나, 남다른 '감각'은 결함(만)이 아니라 일종의 은총이기도 하다. 김이은의 '엘리펀트 맨'은 퇴화하는 인간의 '고통받는' 몸을 가지되, 동물(타자)의 말(웅얼거림)을 구사할 줄 아는 '복화술사'로 환생했다. 아마도 그것은 "영영 닫혀 버린 왼쪽 귀"를 위해 "살아남은 귀를 더 크게 열어" 둔 덕분이 아니겠는가. 그러니 한쪽 구멍의 단절은, 또 다른 통로를 개시하는 셈이다. 그것은 단절과 불통, 오해와 배신이 부른 공포(horror)와 폭력(terror)의 시대에, 그가 받은 은총이 아닐까 싶다.

김이은

1973년 서울에서 태어났다. 성균관대 한문학과를 졸업하고 2002년《현대문학》으로
등단했다. 소설집『마다가스카르 자살예방센터』,『피크』(공저) 등과 어린 독자들을
위한 책으로『호 아저씨, 호치민』,『부처님과 내기한 선비』등이 있다.

1판 1쇄 찍음 · 2009년 5월 20일
1판 1쇄 펴냄 · 2009년 5월 29일

지은이 · 김이은
발행인 · 박근섭, 박상준
편집인 · 장은수
펴낸곳 · (주) 민음사

출판등록 1966. 5. 19. (제16-490호)
서울시 강남구 신사동 506 강남출판문화센터 5층 (135-887)
대표전화 515-2000 팩시밀리 515-2007
www.minumsa.com

* 이 책은 2008년 한국문화예술위원회의 문예진흥기금 지원을 받았습니다.